고마움에 대한 오래된 일기

9070 엄마와 딸의 가족이야기

고마움에 대한 오래된 일기

9070 엄마와 딸의 가족이야기

원옥연·박영춘 지음

리북

또 하나의 가족 서사를 보태며

이 모든 일의 시작은 아버님이시다. 아직 286 컴퓨터도 아니고 전동 타자기를 쓰던 시절, 아버님은 내게 60년 당신 삶을 적은 공책 <나는 이렇게 살았다>를 건네 주셨다. 나는 이 원고를 전동 타자기로 쳤고, 몇 권을 복사 제본해서 아버님께 드렸다. 칠순을 앞두고 아버님은 다시 수정한 자서전 원고를 내게 건네주셨다. 이 원고에서 아버님은 자서전을 쓴 이유를 두 가지로 드셨다.

첫째, 아버님은 선대 어른들의 삶에 대해 거의 아는 바가 없어서 당신 후손들에게 이 같은 일이 되풀이되지 않기를 위해 기록을 남긴다고 하셨다. 둘째, 당신 삶을 되돌아보기 위함이고, 당신 후손이 당신 삶을 보고 좋은 점은 따르고 잘못된 점은 따르지 말도록 하려는 뜻이라고 하셨다.

나는 아버님의 자서전에 가족의 글을 보태 칠순 기념 가족 문집 <아버님은 소나무이십니다>를 펴냈다. 1996년의 일이었다. 아버님 칠순 잔치에는 친척만 초대했다. 아버님은 축의금을 받지 않으셨고,

친척에게 마지막으로 밥 한 끼 대접하는 거라 하셨다. 그 무렵 아버님 건강은 그만큼 나빴다. 비용 부담 때문에 친척만 초대한 것은 아니셨다. 아버님은 회갑 때도 집에서 손수 음식을 마련해 친척만 초대하셨다. 많은 사람을 초대하고 축의금을 받아 잔치하는 건 허례라고 생각하셨다.

부모님 뜻을 받들어 2001년 어머님 칠순도 가족 행사로 진행하였다. 행사를 위해 어머님의 삶을 인터뷰 방식으로 소개한 동영상 <원옥연 님을 아십니까?>를 제작하였다. 조카 준상이가 해설, 큰딸 혜진이가 인터뷰, 둘째 혜민이가 삽화, 내가 촬영과 편집을 맡았다. 동영상의 시작은 아침 기도를 바치는 어머님, 아침 요가로 물구나무를 선 아버님의 모습으로 시작하였다. 연출이 아니라 두 분의 일상이었다. 이때 가족 행사 이름으로 <소나무와 민들레>를 처음 사용했다. 우리는 아버님이 소나무의 삶을, 어머니가 민들레의 삶을 살아오셨다고 생각했다.

칠순이 당신의 마지막 잔치라고 생각하셨던 아버님은 매형이 남긴 수지침 책을 독학으로 공부하시더니 건강을 되찾으셨다. 팔순 때는 오히려 더 건강해지셨다. 아버님 팔순 잔치 <소나무와 민들레 3>에서 우리는 큰누나의 가사에 조카 혜영이가 곡을 붙인 노래 <소나무와 민들레>를 가족 합창으로 부르기도 했다. 조카 원석이는 이승환 곡으로 뮤직비디오 <가족>을 제작했다.

2011년 어머님 팔순과 큰누나 육순을 앞두고 문득 두 분도 아버님처럼 자서전을 써 보면 어떨까 생각했다. 두 분이 흔쾌히 해 보겠다고 하셨고, <엄마와 딸>을 출판했고 출판기념회 성격의 <소나무와 민들레 4>를 마련했다.

그로부터 10년이 흘러 어머님은 구순, 큰누나는 칠순을 맞는다. 아버님 구순은 아버님 건강 때문에 직계 가족만 모이는 가족 모임으로 대신해야 했지만, 다행히 어머님은 건강하시고 여전히 총명하시다. 그래서 두 분께 지난 10년의 삶을 기록할 것을 부탁드렸더니 이번에도 두 분 모두 좋다고 하셨다. 10년 전에 쓰셨던 글을 다듬고 고치고 다시 10년 삶을 보태 <고마움에 대한 오래된 일기>를 펴낸다.

지난 10년 동안 소나무와 민들레 가족의 가장 큰 변화는 소나무 아버님이 2018년 6월 29일 우리 곁을 떠나셨다는 것이다. 아버님은 가족과 의료진에게 따로 유언장을 남기셨다. 가족으로부터 분에 넘치는 존경과 효도를 받았기에 더는 삶의 여한이 없고 그러니 연명 치료 없이 편히 죽음을 맞고 싶다는 내용의 유서를, 아버님은 완전 실명하기 전인 2009년 10월에 쓰셨다.

민들레 어머님과 봄꽃 큰누나의 <고마움에 대한 오래된 일기>는 우리 가족 서사의 마지막이 아닐 것이라고 믿는다. 아버님이 회갑 기념 자서전 <나는 이렇게 살았다>로 시작하신 우리 가족의 서사는 앞으로도 계속 이어질 것이다. 그것이 삶으로 우리를 가르치신 우리 가족의 스승 아버님께 드리는 우리의 영원한 사랑과 효도라고 믿는다.

박영대

봄꽃이야기

바람은
지나가려고 분다
• 123

민들레이야기

돌이켜보니
감사할 뿐입니다

남편이 하늘로 가신 뒤
모든 것이 멈출 줄 알았는데
새로운 생활이 시작되었다.
이 또한 감사한 일이다.

사노라면 좋은 일도 나쁜 일도

십 년 전 막내가 엄마의 팔십 년 동안 있었던 일, 재미있던 일이며 어려웠던 일이며 보람 있던 일을 글로 써보면 어떠냐고 하여 생각나는 대로 두서없이 글을 썼다. 그로부터 다시 십 년 세월이 흘렀다. 지난 십 년 동안 있었던 일을 보태서 다시 적어 보려고 한다.

지난 구십 년간 겪었던 일들을 다시 생각하니 모든 일들이 주마등같이 내 머릿속을 스쳐 간다. 어려웠던 일, 재미있던 일, 어느 하나 소홀히 할 수 없는 일이지만 가장 기억에 남는 일은 홍미면으로 고무신 장사에 나섰다가 죽을 뻔했던 일이 아닐 수가 없다. 몸도 마음도 떨렸던 그때 일은 지금도 잊혀지지 않는다. 지금 같으면 감히 생각도 못 하는 일이다. 뭐니 뭐니 해도 배고픈 설움이 제일이라 했다. 너무 배고파서 나는 그런 위험한 일도 할 수 있었다. 그때 내가 살아오지 못했다면 지금의 내가 있을 수 없었으며, 내 사랑하는 아들딸이며 손자 손녀가 어떻게 있을 수 있단 말인가. 사랑의 하느님이 나를 지켜주셨고, 큰딸 영춘이가 엄마를 살렸고 저도 살게 했다.

아들딸들이 무난히 학교에 입학하고 졸업하였고 가정을 이루었으니 그것도 행복이 아닌가? 돌이켜보니 감사, 감사할 뿐이다.

하느님을 모르고 살던 나는 9개월 동안 천주교 교리교육을 받고 1980년 11월 2일에 세례를 받았다. 그 뒤로는 하느님을 열심히 믿었으며 봉사도 열심히 했다. 봉사하며 사귄 친구인 우리 삼총사, 이금령 데레사·이순업 엘리사벳은 둘도 없는 친구들이다. 안타깝게도 이순업 엘리사벳은 암으로 먼저 세상을 뜨고 말았고, 이금령 데레사도 자주 만나지 못하고 있다.

나는 대가족과 함께 황해도에서 피난 나왔고, 외가 식구 모두 자기 일을 하며 열심히 살았다. 태어날 때는 순서가 있지만 갈 때는 순서가 없다고 했다. 아버지, 어머니, 삼촌들, 고모들, 고종사촌 동생을 모두 저세상으로 먼저 떠나보냈다. 작은고모를 떠나보내면서 나는 홍식 동생에게 '이제 이북에서 나온 사람은 너하고 나뿐이다.'하고 울먹였다.

사노라면 좋은 일도 나쁜 일도 있는 법이라고 생각하며 내가 살아온 이야기를 두서없이 적어보겠다.

안악 부자 맏손녀로 태어나다

나는 1932년 3월 19일 황해도 안악군 용순면 유순리 156번지에서 태어났다. 할아버지 원덕희와 할머니 송봉운, 아버지 원종락과 어머니 이소진 사이에서 태어났다. 할아버지께서 자손을 늦게 두셔서 아버지를 일찍 결혼시키셨다. 옛날에 부잣집은 아들을 일찍 장가들게 하곤 했다.

아버지는 소학교 때 서당에도 다녔다. 훈장 선생님이 아버지의 뛰어난 재주를 알아보았고 서로 동네에서 잘 알고 있는 처지라 당신 동생과 혼사를 맺게 하였다. 외가가 우리 집에서 두 집 건너였기에 다 잘 아는 처지였다. 할아버지가 한의사이셔서, 다들 우리 집을 '원주부네'라고 불렀다. 안악에서 알아주는 부자였다. 혼인했을 때 아버지가 14세, 어머니가 19세였다. 아마 아버지가 나이에 비해 성숙했으며 어머니도 싫지 않아서 혼사가 잘 이루어졌다고 본다. 아버지 17세, 어머니 22세 때 나를 낳았다. 아버지는 소학교 졸업과 동시에 해주로 유

친정 식구들과 함께. 앞줄 왼쪽이 어린 영순이를 안고 있는 나. 뒤에 남편. 앞줄 가운데 계신 분들이 아버지와 새엄마. 오른쪽 어린이는 동생 태연. 남편 옆은 막내삼촌.

학길에 올랐다.

할아버지는 나를 무척 예뻐하셨다. 여섯 살 때 할아버지가 돌아가셨기 때문에, 어렴풋이 그때 생각이 난다. 할아버지는 눈이 많이 내린 겨울에 돌아가셨는데, 만사(輓詞, 죽은 이를 슬퍼하여 지은 글을 비단이나 종이에 적어 기(旗)처럼 만든 것)를 많이 들었던 장례 때 사진이 지금도 생생하게 기억난다.

아버지의 새장가로 친엄마와 살다

할아버지가 세상을 떠나시자 우리 집에는 폭풍과도 같은 큰 변화가 일어났다. 할아버지가 돌아가실 때까지 잠잠히 있었지만, 아버지는 해주 유학 때 새엄마 신의숙 씨와 장래를 약속하였던 모양이다. 할아버지가 살아 계실 때는 감히 말을 못 꺼냈는데, 할아버지가 돌아가시자 신의숙 씨가 결혼하겠다고 들고 일어났다. 아버지도 시골에 있는 엄마를 버리고 새장가를 갈 각오를 하고 이혼을 결심하였다.

하지만 어머니는 절대 이혼할 수 없고 계속 살려고 생각한 모양이었다. 외삼촌이 이혼하고 나와 함께 살라고 어머니를 설득하였다. 그러나 어머니가 쉽게 받아들이지 않으시니, 어느 날 갑자기 외삼촌은 나에게 택시를 타고 엄마에게 가라고 했다. 지금도 생생히 그때 일을 기억한다. 내가 일곱 살 때 일이었으며, 그 후 나는 어머니와 함께 살게 되었다.

그때 우리 집이 부자였기 때문에, 이혼 소송 끝에 위자료를 많이 받아서 먹고살 땅도 마련하고 집도 샀다. 내가 성장한 뒤 할머니께 들은 얘기다. 그래서 나는 어머니와 함께 안악의 약간 변두리에서 살게 되었고, 소학교도 여덟 살에 입학하였고 엄마가 세상을 떠날 때까지 거기서 살았다.

어머니 무덤가에 무성했던 싱아

어머니와 둘이서 살다가 내가 아홉 살 때 어머니가 앓아누우셨다. 그때 어머니는 길쌈을 하셨는데, 마무리도 못 하고 돌아가셨다. 어머니가 몸져눕자 큰이모께서 와서 간병하셨다. 나는 지금도 그때 일을 잘 기억하고 있다. 어머니가 마지막 가시는 길에 입으셨던 옷도 기억에 생생하다.

그런데 외가 식구들은 할머니에게 알리지 않고 어머니의 장례를 치렀다. 장례 날이 때마침 안악 5일장이 서는 날이어서 오가는 사람이 많았다. 사람들은 내가 상복 입은 것을 보고 깜짝 놀랐고, 할머니께 어머니의 죽음을 전하였다.

어머니가 돌아가신 때가 음력 4월 즈음이었던 것으로 기억한다. 우리 고향에는 '싱아'라는 식물이 있어서 줄기를 잘라 까먹기도 하였다. 어머니 무덤 곁에 내 키의 반이 넘게 싱아가 무성히 자라있던 것이 지금도 생생히 기억난다. 어머니를 매장할 때 다른 어르신들이 보기에 너무 안쓰러울 정도로 내가 많이 울었던 것도 생각난다.

어머니가 돌아가신 뒤 할머니께서 외삼촌 댁에 있던 나를 데리러 오셨고, 나는 할머니를 따라 집으로 오게 되었다. 그때 할머니는 할아버지가 세상을 떠나시고 우리 부모님도 이혼하자 고향에서 사는 게 편치 않아 신천군 동무지로 이사해 살고 계셨다. 나는 그때부터 다른 환경에서 생활했고 학교도 전학해 다니게 되었다.

진학을 위해 장연소학교로 유학하다

내가 할머니와 함께 살게 되면서 새엄마도 함께 지냈지만, 나를 무척 사랑해준 분은 큰고모님이셨다. 지금은 하늘나라에 계시는 큰고모님은 나보다 10년 위였다. 할머니는 큰고모 밑에 큰삼촌, 나와 동갑인 가운데삼촌, 작은고모, 작은삼촌을 두셨다. 나이가 같은 또래여서 친구나 형제처럼 잘 어울려 놀면서 지냈다. 지금은 모두 고인이 되어 하늘나라에 계시다. 큰고모님은 어딜 가든 나를 잘 데리고 다녔고 예뻐하셨다. 지금 생각하면 나는 자라면서 별로 말썽을 안 부렸고 공부도 삼촌 고모들보다 잘했던 것 같다.

3년이 흘러 내가 5학년이 되었을 때, 상급학교 진학을 위해 동갑인 종빈 삼촌과 함께 장연에 있는 소학교로 전학하였다. 그때 아버지는 세브란스의전(지금의 연세대 의대)을 졸업하고 황해도 장연군 장연읍에서 산부인과 병원을 개업하셨다. 그래서 생활이 궁색하지 않았지만 아쉬운 점도 있었다. 할머니가 함께 안 계셔서 삼촌과 나는 많이 적적했다. 새엄마는 자식을 안 낳아서 그런지 성격이 너무 차가웠다. 북한은 몹시 추웠다. 그런데도 저녁에 삼촌과 내가 자는 방에 불을 안 때어 주어서 우리는 새우잠을 자야 했다.

　　그 사이에 큰고모는 결혼해서 신천읍에서 사셨다. 우리는 방학 동안 큰고모 집에 놀러 갔고, 큰고모부는 나에게 너무 잘해 주셨다. 큰고모는 동생 영자와 홍식이를 낳으셨다.

　　할머니가 장연으로 이사해서 함께 사시게 되었을 때, 삼촌과 나는 너무너무 좋아했다. 추울 때는 방에 불도 많이 때어 주셔서 따뜻한 잠을 자곤 했다.

　　이렇게 한 해 겨울이 지나 상급학교에 진학할 때가 되었다. 그때 장연읍에는 상급학교가 없어 해주로 유학을 하여야만 했다. 일본 강점기 때도 상급학교에 입학하려면 1차 서류 전형과 2차 시험을 거쳐야 했다. 나는 시골에서 전학을 왔어도 공부를 잘했기 때문에, 10명 응시자 중에 서류 전형에 합격한 7명에 들었다. 7명이 본고사를 치렀는데, 나와 다른 친구 2명만 해주행정여자고등학교에 합격하였다. 그때는 중학교 과정이 분리되지 않고 4년제 고등학교로 진학하였다. 그런데 동갑내기인 종빈 삼촌은 상급학교 입학시험에 떨어져 농업실업학교에 다니게 되어 할머니께서 몹시 속상해하셨다.

토지개혁과 함께 찾아온 시련

나는 아버지와 함께 해주에 가서 입학 절차를 밟았고, 새엄마 친정집에서 학교를 다녔다. 그때는 2차 세계대전이 막바지여서 공부가 정상으로 이루어지지 않았다. 8월 12일에 방학하였고, 8월 15일에 해방이 되었다. 그때 아버지는 태극기를 직접 그려 들고 뛰어다니셨다. 나는 그때 처음 태극기를 보았다.

해방 뒤 세상은 너무 어수선하였고 장연에는 소련군이 주둔하였다. 소련군이 일본 사람 집을 찾아내어 여자들에게 욕을 보였기 때문에, 일본 여자들은 다 머리를 깎고 다녔다.

해방되고 얼마 뒤 나는 복학해서 기숙사 생활을 하였다. 그러나 나의 학업은 오래 가지 못하였고 나는 집으로 돌아왔다. 해방과 동시에 집안에 위기가 닥쳤기 때문이었다. 더는 그곳에 살 수가 없게 되어 할머니 친정인 봉산 쪽으로 피신 겸 이사를 하였다. 아버지는 월남을 결심하고 우리를 안악군 대행면 한봉리로 이사시키고 떠나셨는데, 우리에게는 월남 계획을 비밀로 하셨다. 그때 아버지는 나를 붙들고 많이 우셨다.

한봉리는 우리 할아버지 사촌 동생들이 네 분이나 사시는 고장이었다. 할머니 말씀으로는 우리 논이 많았고 그곳 친척들이 소작해서 추수 때면 소작료를 내던 곳이라고 했다. 우리는 토지개혁으로 많은 논과 밭을 몰수당했기 때문에 알거지가 되었다. 엄마가 이혼할 때 위자료로 받은 내 명의의 땅도 많이 있었는데, 그 또한 몰수당했다. 아버지가 떠나고 나니 친척들은 쌀 한 말도 주지 않았으며, 우리가 그곳에 있는 것조차 싫어하는 눈치였다. 그래서 할머니께서 수소문 끝에 외딴집을 구해 이사했다.

고구마와 조밥으로 끼니를 때우다

당장 끼니가 문제였다. 작은고모와 나는 옆집 아주머니를 따라다니며 고구마 이삭을 주웠다. 한봉리에서는 고구마 농사를 많이 지었다. 그래서 소 쟁기로 갈아엎어 고구마를 추리고 난 다음에 남겨진 고구마 이삭을 많이 주울 수가 있었다. 내 힘껏 마음대로 가지고 올 수 있었기 때문에, 나는 작은고모와 함께 아주머니를 따라다녔다. 그

사촌동생 승연이와 함께 계시는 할머니. 여장부이셨던 할머니는 원씨 가족을 이끌고 월남했고 내가 어려울 때마다 곁에서 나를 지켜 주셨다.

렇게 고구마를 몇 가마나 모았다. 그곳에는 조 농사도 많이 지었다. 할머니는 우리에게 조밥이라도 먹이고 싶어서 날마다 이삭을 주워 절구질해 조밥을 지어주셨다. 너무 억울한 일도 있었다. 친척들이 우리가 남의 것을 훔친다는 것이었다. 어린 우리였지만 어이없는 누명에 너무 억울하고 슬펐다.

그러던 중에 큰삼촌에게 반가운 일이 생겼다. 집안 친척 중에 일본에서 공부하신 아저씨가 계셨는데, 지금으로 말하면 교육청 장학사였다. 그분께 취직을 부탁한 것이 이루어져 큰삼촌이 그곳 소학교에 취직되었다. 우리는 삼촌이 근무하는 동네로 이사하게 되었고 생활도 많이 좋아졌다.

해주로 부모를 찾아갔으나

하루는 할머니께서 나에게 말씀하셨다. 나만이라도 아버지를 따라가 공부하라고 하셨다. 아마 그때 누구한테서 아버지가 아직 월남하지 못하고 해주의 새엄마 친정집에 계시다는 소식을 들으신 모양이었다. 나는 해주가 낯선 곳이 아니기에 할머니가 마련해 주신 돈으로 해주로 갔다. 막상 그곳에 도착하니 무작정 새엄마 친정집에 들어갈 수가 없어 망설이다가 학교 다닐 때 알던 할머니를 찾아갔다. 할머니는 망설이시다가 아버지와 새엄마가 아직 해주에 계시다는 것을 알려주셨다. 그러나 집에 들어갈 수가 없어서 이리저리 서성거리다가 멀리서 아버지가 오는 것을 보았다. 사실 나는 아버지와 얼마 살지 않아 정이 없었다. 그래서 아버지를 멀리서 보기만 하고 만나지는 못하였다.

저녁때가 되어서야 집에 찾아들어 갔는데, 아버지는 어디 가셨는지 안 계셨다. 새엄마는 아버지에게 밤에 들어오지 말라고 연락했다. 그리고 나한테 '복도 없지. 아버지는 사흘 전에 월남했다.'라고 하였다. 그날 오후 아버지를 직접 봤던 나는 너무나 어처구니가 없었다.

다음 날 아침에 밥을 먹으라고 하는데, 아욱국을 끓여 주었다. 지금도 아욱국만 먹게 되면 그때 생각이 난다. 새엄마는 나중에 아버지가 데리러 오면 나도 데리고 가겠다고 거짓 약속을 하였다. 이 이야기는 지금까지 할머니에게는 물론 아무한테도 말하지 않았던 이야기이다. 지금에서야 말한다.

세월이 흘러 송림초등학교 근처에 살 때였다. 누가 주관했는지 잘 모르겠는데, 초등학교 동창회에 참석하였다. 그때 나는 친구들을 통하여 나와 같이 중학교에 진학했던 친구들 소식을 알게 되었다. 김주애는 약사가 되었고, 송원옥이는 산부인과 의사가 되었다고 한다. 그때 나는 어쩔 수 없이 부모를 원망하게 되었다. 나도 같이 부모를 따라 월남했으면 공부도 했을 것이고 지금보다 나은 삶을 살지 아니했을까 하는 생각이 들었다. 지금은 자식들에게 효도를 받으며 살고 있기에 감사할 따름이다.

소학교 교사가 되다

몇 개월이 지나 나의 취직도 이루어졌다. 그때 북한에는 공부한 지식인이 많이 월남하였기 때문에 사람이 없었다. 그래서 나처럼 어린 사람도 교사 생활을 할 수 있었다. 나는 처음에는 분교로 발령을 받아 먼 거리를 걸어서 다녔다.

그때 분교에는 나와 종씨인 원순연 선생님이 계셨는데 나보다 몇 살 위였다. 그 언니는 늘 별것도 아닌데 깔깔대며 잘 웃었다. 지금도 그 모습이 눈에 선하다. 몇 개월이 지나 내가 본교에서 근무하게 되면서 큰삼촌과 같은 학교에서 지냈다. 몇 개월 뒤 김택련 선생님이 부임해 오셨다. 서 선생님이라는 멋쟁이 여자 선생님도 계셔서 여자 선생이 모두 3명 근무하였는데, 서 선생님은 얼마 뒤 어디론가 가셨다. 비밀리에 월남한 것 같았다.

　　나는 김택련 선생님과 아주 친하게 지냈다. 김 선생님은 나처럼 엄마가 서모였는데, 아버지와 함께 월남해 버렸다. 그때 김 선생님은 큰삼촌과 친하게 지냈고, 나중에 큰삼촌과 결혼해 숙모가 되셨다.

6·25전쟁이 터지다

　　얼마의 세월이 흘렀다. 북한에서는 해마다 똑같이 6월 25일에 방학을 하였다. 그런데 갑자기 6월 15일에 방학하라는 상부 지시가 내려와 조기 방학을 하였다. 그때 큰삼촌은 신변에 많은 위협을 느끼셨다. 삼촌이 서북청년회에 입단하여 암암리에 활동 중이었는데, 그 간부들이 체포되었기 때문이다.

　　방학 며칠 뒤 나는 세포위원회에 호출되었다. 그곳 간부의 말이 지금 아버지가 개성에 있다고 했다. 아버지가 보낸 편지를 가로챘기 때문에 그 같은 사실을 알고 있었다. 그는 아버지를 곧 만나게 될 것이라고 했다. 전쟁이 곧 터진다는 것을 알고 한 얘기인데, 그때 나로서는 무슨 이야기인지 알 수 없었다. 그는 나에게 여성동맹에 가입하라고 위협했다. 그때는 누구나 어디든 단체에 가입해야 했다. 그래서 나는 방학도 했기 때문에 이를 피해 신천 큰고모에게 갔다.

　며칠 뒤 6월 24일, 인민군이 야포를 끌고 남으로, 즉 해주 쪽으로 가는 것을 볼 수 있었다. 그때 큰고모가 신천에서 해주로 가는 큰길 가에 사셨기에 그 광경을 다 보았다. 자고 나니 6·25전쟁이 터졌다.

　2~3일이 지나니 공습이 시작되어 다리 밑으로 피신하곤 했다. 우리 가족은 지주 출신으로 주목받는 처지라 모두 신천 큰고모 집으로 피신하였다. 그때 종빈 삼촌은 왜 뒤에 남았는지 기억나지 않지만, 전쟁은 점점 치열해졌고 종빈 삼촌 혼자서 신천으로 올 수 없었다. 그래서 내가 데리러 가게 되었다. 삼촌과 나는 시골길로 숨어서 돌아오

남편의 회갑 잔치 때 노래하고 있는 나. 큰고모께서 박수치며 박자를 맞춰 주고 있다. 음치인 나는 예나 지금이나 노래 부르는 일이 고역이다. 그래도 천주교 신자가 된 뒤 성가를 부르면서 좀 나아진 편이다.

고 있었다. 밤이 되어 내 고향 용순면 유순리의 유모 집에서 잘 생각이었다. 그곳에는 큰삼촌, 가운데삼촌, 작은삼촌, 세 분의 유모들 집이 있었다. 그분들은 우리 논밭을 경작하고 살았으며, 토지개혁과 동시에 그 전답을 차지하였다.

그때는 전쟁이 한창일 때라서 젊은이들을 막 잡아갔다. 유모들 중에 한 분이 빨갱이가 되었기 때문에, 세포위원장에게 우리를 신고해 아침 일찍 우리를 잡으러 왔다. 우리는 집에 가서 인민군에 가겠노라고 사정하였는데 안 된다고 하였다. 삼촌과 나는 어찌할 바를 몰랐는데, 그때 그 사람들이 그러면 상부에서 파견한 분께 가서 허락을 받아 오라고 하였다. 그때 상부에서 파견한 사람은 다름 아닌 새엄마의 언니 남편이었다. 하늘이 도우셨던 것이다. 그 이모부는 나도 잘 알고 있었으며 나의 해주여고 진학 때도 많은 도움을 주셨던 분이었다.

찾아가 집에 가면 꼭 인민군에 가겠노라고 하였더니 오랜 고민 끝에 편지를 써 주셨다. 길에는 검문소가 많았으나 그 편지를 보여주면 통과시켜 주었다. 덕분에 우리는 집에 무사히 도착하였다. 이모부 덕에 삼촌이 살아난 셈이었다. 그때는 인민군에 가면 거의 모두 죽었다. 아찔한 순간이었다. 삼촌과 나는 무사히 도착해 큰고모 집에서 지냈다.

11명 대가족이 피난을 떠나다

여름이 지나 9월 28일에 수복이 되었다. 우리는 살 것 같았다. 그러나 그것도 오래 가지 못하였다. 유엔군은 신의주까지 진격했다가 몇 십만의 중공군이 쳐들어와 후퇴하였고, 서울까지 내주게 되었다. 남으로 가야 살 수 있다고 하여 우리는 피난길에 올랐다. 무작정 개성으로 가야 살 수 있다고 하였다. 얼마쯤 걸어가다 보면 유엔군이 북진 중이라고 하여 다시 되돌아갔다. 그러다가 다시 아니라고 남으로 가는 사람을 만나면 그들을 따라서 다시 남으로 갔다. 가다가 돌아오다 또 가다가 하면서 사흘 만에 해주에 도착하자, 우리 가족은 하는 수 없이 새엄마 친정으로 갔다. 그때 라디오 방송을 들은 사람은 개성으로 월남했고, 피난민을 중공군으로 오인해 폭격하는 바람에 많은 사람이 죽었다.

그때 임시 도지사가 빨갱이어서 고향으로 도로 돌아가라고 방송해 우리는 그 말만 믿고 집으로 돌아가기로 하였다. 나는 큰고모, 작은고모와 함께 먼저 선발대로 집에 돌아왔다. 집 안을 청소하는 도중에 비행기 소리가 나서 올려다보니 폭탄을 투하하고 있었다. 그때 작은고모는 폭탄 투하를 몰라 비행기가 새끼 친다고 했다. 나는 폭탄이다 하며 내다 널었던 솜이불을 걷어다가 뒤집어썼다. 기총사격도 한참 동안 하였다. 그때 큰고모가 하신 말이 지금도 생각난다. 큰고모는 전날 밤 꿈자리가 좋아 우리는 절대 안 죽는다고 하셨다. 두려움에 떨며 밖에 나와 보니 파편이 수두룩했고, 부상당한 사람도 있고 죽은 사람도 있었다.

저녁때가 되어 뒤따라 온 식구들이 모두 다 모였다. 그날 밤 식구들은 피곤해서 저녁을 먹고 모두 일찍 잠들었다. 그런데 밤중이 되니 총소리가 요란하고 총알 날아가는 소리도 들렸다. 우리는 무서워 이불을 뒤집어쓰고 덜덜 떨었다. 화장실도 못 가고 음식 먹었던 그릇에 소변을 보았다.

동이 튼 다음에 나갔다 오신 할머니께서 밤새 총소리는 구월산에서 내려온 패잔병과 치안대들이 교전하던 소리라고 하셨다. 피난길

고마움에 대한 오래된 일기

이 다 막히고 태탄으로 가는 길만이 뚫려 있다고 하였다. 우리는 남으로 가야 산다는 것을 알았기에 피난하기로 결심하였다. 우리는 아무 것도 챙기지 못 하고 동생 영자와 홍식이를 데리고 피난길에 올랐다. 다른 사람들도 집집마다 내다보다가 피난길에 나섰다. 총소리도 가끔 들려왔다.

동생을 업고 눈 덮인 산길을 밤새 넘다

우리는 신화면 태탄 쪽으로 뚫린 길을 걷기 시작하였다. 집집마다 기다렸다는 듯이 사람들이 몰려나왔다. 하루 종일 걷고 또 걸었다. 배도 많이 고팠다. 피난 간 어떤 동네에 들어섰더니 추수를 끝냈을 때라 집안에 쌀이 가득하였다. 우리는 쌀밥을 지어 허기진 배를 채운 다음, 다시 걷기 시작하여 밤새 걸었다. 영자가 일곱 살, 홍식이가 여섯 살이었다. 우리는 교대로 동생들을 업고 걸어야 했다. 산을 넘기에는 산세가 험했고 눈도 많이 쌓여 있었다. 그래도 우리는 밤새 산을 넘어 어떤 부락에 닿았다.

그런데 그곳은 너무나 다른 세상이었다. 마침 혼인 잔치가 열리고 있었다. 우리는 너무 힘들고 졸려서 방 하나를 얻어 쉬었다. 허벅지까지 빠지는 눈 속을 헤치며 걸어온지라 바지는 짤 정도로 젖어 있었다. 몸이 녹으니 그 자리에서 잡혀가더라도 잠자고 싶다고 말했던 기억이 아직도 난다. 그러나 우리는 또 걸어가야만 했다. 낮에 종일 걸어서 어떤 부락에 도착하니 얼마나 힘드냐며 갈빗국을 한 그릇씩 주어 맛있게 먹었다.

요즘이야 다리로 연결된 섬들이 많지만, 그때는 섬에 가려면 배

타고 가야 했다. 그런데 들리는 말이 해변에 가서 돈을 아무리 많이 주어도 배를 탈 수가 없다고 하였다. 우리는 포기할 수 없었다. 직접 가서 확인해 보기로 하고 길을 재촉하였다. 우리가 도착해서 기다리니 때마침 배가 와 닿았다. 우리는 이제 살았다 하는 안도감에 기뻤다. 배는 한 척인데 배 탈 사람이 너무 많았다. 다행히 먼 데서 온 사람부터 타라고 하여 겨울 바닷물에 빠지며 배에 올라타고 창령도에 무사히 도착하였다.

형님 소식을 물으러 온 남편과 만나다

섬으로 피난해 죽음의 위협에서 벗어났으나 앞으로 먹고사는 일이 막막하였다. 일단 방위군의 안내로 학교에 수용되었으나 많은 식구의 식생활이 막연하였다. 그때 우리 일행에는 우리 가족들 이외에 두 명이 더 있었다. 숙모님이 된 김택련 선생과 나중에 다시 이북으로 돌아간 송 선생이었다. 송 선생은 수복 뒤에 사상 문제로 주목을 받아 우리 집에 피신하러 왔다가 같이 피난길에 올랐다. 그러니 우리 일행에는 나 외에도 작은고모, 송 선생, 김택련 선생까지 처녀가 네 명이나 있었다.

당시 방위군이던 지금의 남편 박만국 씨는 형님 한 분이 신천에서 살았기 때문에, 우리 일행이 신천에서 피난왔다는 것을 알고 형님 소식을 묻기 위해 우리를 찾아 왔다. 큰삼촌이 수복 뒤 잠깐 신천군 교육청에 근무했기 때문에, 박만국 씨는 큰삼촌과 이야기를 나누었다.

남편은 시골 어촌에서 어머니 45세 때 늦둥이 막내로 태어나셨으며, 부모님 나이가 많으시어 많은 조카 틈에 끼어서 어렵게 자랐다고 하셨다. 그래서 일찍이 일본으로 가서 생활하였고, 광복과 동시에 고향에 와 농사일을 하셨다. 그 뒤 일찍 월남해 백령도에서 청년단 활동을 하다가 6·25전쟁이 나면서 방위군에 입대해 창령도에서 나를 만났던 것이다.

학교에 수용되어 있는 동안 우리는 덮을 이불도 없어 근처에서 피난 온 분들의 이불을 얻어다가 덮었다. 그때 박만국 씨가 신천에서 피난 왔다는 인연 하나만으로 방 하나를 구해줘 우리는 그곳에서 기거하였다.

인민군이 몰려와 무산된 혼례식

우리는 의식주를 해결하기 위하여 큰고모의 시계와 반지를 팔아 쌀을 사서 떡 장사를 시작하였다. 근처에서 섬으로 피난 들어 온 분들은 쌀이 많아서 떡과 쌀을 물물교환하였다. 장사가 잘 되어서 쌀한 말로 떡을 하면 우리가 일부 먹고도 곱 장사가 되었다. 우리 할머니는 수완이 참 좋으신 분이셨다. 하지만 떡 장사도 오래 계속하지 못하였다. 너도나도 떡 장사를 따라 했기 때문이다.

섬이라 해산물이 많았다. 우리는 시간이 되는대로 바지락도 캐고 굴도 따서 부식에 보탰다. 매일같이 콩비지를 해 먹기도 했다.

몇 개월이 흘렀으나 우리가 고향으로 돌아갈 수 있는 희망은 점점 없어져 갔다. 그때 할머니와 박만국 씨가 주고받은 농담이 현실로되어 우리는 결혼까지 하게 되었다. 그때는 누구도 앞날을 예측할 수없는 상황이었다. 사실 나도 싫지 않았기 때문에, 우리는 결혼까지 하게 되었다. 남편은 우리 식량을 마련해 주기 위해 적지도 넘나들었다.

너무 겁나는 일이었다. 혼인 날짜가 정해졌는데, 섬에는 아무 것도 없어 소강으로 나갔다. 멀지 않은 곳에 인민군과 대치하고 있었기 때문에, 소강은 언제 무슨 일이 생길지 모르는 위험한 곳이었다.

혼례식 전날 밤에 인민군들이 몰려와 우리는 섬으로 쫓겨 들어왔다. 혼례식은 그렇게 무산되었고, 대신에 방위군 동료들이 모여 와서 축하해 주었다. 우리는 동료들의 축하로 혼례식을 대신하였다. 방 하나에 많은 식구가 잘 수 없어서 신혼부부인 우리는 헛간에 자리를 마련하고 그곳에서 지내야 했다.

큰딸 영춘이를 임신하다

여름이 되어 나는 큰딸 영춘이를 임신하였고, 그 무렵 할머니는 어떤 옹기 굽는 아저씨를 알게 되어 동업으로 옹기장사를 하였다. 가재도구가 없는 피난민들이 샀기 때문에 그럭저럭 장사는 되었다.

처음에 피난민들은 얼마 안 있어 고향으로 갈 수 있다고 생각했다가, 점점 희망이 없는 것을 알고 하나둘씩 인천이나 서울로 나갔다. 큰고모님이 인천에서 장사를 하고 계셨기 때문에 나도 인천으로 나왔다. 남편은 할머니와 함께 섬에 남았다가 고향에서 피난 온 형님 가족들을 만났다. 하지만 먼저 월남해서 자리도 못 잡은 동생을 형님 가족들이 탐탁지 않게 생각했기 때문에, 남편도 인천으로 나왔다. 우리 부부는 큰고모님이 고향 사람과 함께 얻은 송현동 37번지의 적산 가옥에서 지내면서 피난민에게 배급하는 수수쌀로 연명하였다.

나는 점점 배가 불러왔지만 먹는 것이 부실한 데다가 입병이 너무 심해 제대로 먹지 못하였다. 그때 큰고모님이 나에게 인절미를 사다

결혼 25주년을 맞아 은혼식을 하였다. 난생처음 면사포를 쓰고 남편과 함께 축하 케이크를 자르고 있는 나.

주셨는데, 그것은 부드러워 좀 먹을 수 있었다.

창령도에 남아 있던 할머니와 삼촌들은 인민군이 쳐들어오자 머구리 배를 타고 대청도에 내려가 지내고 계셨다. 방위군이 해체된 뒤였기 때문에, 남편은 전쟁 통에 망가진 기차를 해체하는 막노동을 하고 있었다.

지금 이 글을 쓰고 있으니, 그때 너무 못 먹어서 영춘이가 다른 형제들보다 작게 태어난 것 같아 항상 마음 아파했던 생각이 새삼스럽다. 그때는 우리 가족뿐만 아니라 피난민 모두가 어쩔 수 없는 때였다.

장항으로 아버지를 찾아갔으나

여름이 지나 가을이 왔고 제법 선선할 때였다. 큰고모님이 어디 선가 아버지 소식을 듣고 오셔서 나에게 찾아가 보라고 하셨다. 나는 그때 배가 많이 불러서 몸이 무척 무거웠다. 찾아갈 곳은 전라도 군 산 앞에 있는 장항이었다. 큰고모님도 장사 밑천을 하느라 돈에 쪼들 려 나에게 여비를 넉넉히 줄 수가 없었다.

꼭 아버지를 만날 수 있으리라는 기대를 가지고 장항에 도착한 것 은 저녁때였다. 해가 짧아 빨리 어두워졌다. 나는 경찰서장을 찾아가 면 아버지를 만날 수 있을 것이라 해서 경찰서를 찾아갔다. 서장은 아버지가 장항에서 떠나서 어디로 갔는지 모른다고 하였다. 앞이 캄 캄했다. 그때 내 나이 스무 살이었다. 서장이 내 모습이 안 되었는지 사람을 시켜 여인숙을 정해주었다. 나는 무서워서 주인아주머니에게 같이 자자고 해서 함께 자리에 누웠으나 잠이 안 왔다.

돌아갈 여비가 없었다. 나는 주인아주머니에게 내 치마를 팔아 달 라고 하였다. 영등포까지 갈 차비만 받아 달라고 해서 그 돈으로 영 등포까지 왔으나 인천까지 갈 여비가 없었다. 그래서 염치 불고하고 기사 아저씨에게 부탁해 얻어 타고 인천까지 오게 되었다. 무사히 도 착하고 나니 너무 힘들고 무서웠던 터라 많이 울었다. 그 치마는 남 편이 결혼 선물로 해준 옷이었다.

그해 가을이 지나 한겨울에 큰고모님이 장티푸스에 걸려 심하게 앓아누웠다. 내가 간호해 드렸다. 다행히 다른 식구들은 무사히 지나 갔다.

열병에 걸려 사경을 헤매다

봄이 왔다. 나는 음력 3월 2일에 영춘이를 순산하였다. 그때 김택련 숙모가 함께 살았는데, 내가 영춘이를 낳고 나흘 만에 일연이를 낳았다. 나는 몸조리도 못 하고 숙모의 뒷바라지를 해야 했다. 너무나 고생스러운 나날이었다.

그때는 전쟁 중이라 군인을 징집했기 때문에 도저히 인천에서 살 수 없었다. 우리는 할머니가 계시는 대청도로 가기로 마음먹었다. 영춘아버지는 먼저 어선을 타고 대청도로 갔고, 나는 얼마 후 고향 아주머니와 함께 갔다. 할머니와 함께 생활하게 되니 마음이 편했다.

얼마 지나지 않아 나는 병에 걸렸다. 열병이 돌아 많은 사람이 죽어 나갔다. 앓는 사람이 있는 집은 금줄을 치고 출입을 제한하였다. 할머니는 슬기로운 분이셨다. 군의관에게 부탁해 내 병은 산후조리를 못 해서 난 병이라고 하였고, 날마다 쑥 찜질을 해서 내 병을 낫게 하였다.

내가 오랫동안 앓으니 젖이 안 나와 영춘이는 배고프다고 울었고, 할머니는 아는 젊은 엄마에게 젖을 얻어다 먹였다. 미음을 먹이기도 했는데 설탕이 없어 미음에 엿을 녹여 설탕을 대신하였다. 할머니의 극진한 간호 덕분에 병이 나은 듯하였으나, 다시 재발해 살아나기가 어려운 지경에 이르렀다. 그러나 그때도 할머니의 지극한 간호 덕분에 살아날 수 있었다.

까나리잡이 일을 하던 영춘아버지는 까나리 흉년이라 일한 대가로 겨우 보리쌀 한 말을 받았다. 그때 나는 바싹 마르고 머리도 많이 빠져 흉한 모습이었다. 우리는 해변의 까나리 막으로 이사했고, 작은삼촌과 함께 날마다 갯가에서 홍합과 미역을 따서 먹거리에 보탰다. 그 해산물들이 영양 보충에 많은 보탬이 되었다. 나는 물 한 바가지를 들고 다닐 기운도 없었다. 가을이 되어서야 몸이 많이 회복되고 젖도 나와서 겨우 영춘이에게 먹일 수 있었다.

영춘아버지, 유격부대 중대장이 되다

가을이 되어서도 영춘아버지는 일할 것이 없었다. 친구와 함께 풀빵 장사를 해보았으나 실패하였다. 그때 좋은 소식이 전해졌다. 해산되었던 방위군들이 8240부대 8부대로 편성되어 사실상 미군 소속 유격부대가 되었다는 소식이었다. 영춘아버지는 순위도에 있는 부대로 찾아갔다. 전에 함께 근무했던 상관과 친구들이 그곳에 모두 모여서 부대를 편성하고 있었다. 영춘아버지는 그곳에서 박격포 중대장을 맡아 근무하였다.

큰고모는 장사하시는 분이라 혹시 장삿거리가 있는지 알아보기도 하고 영춘아버지도 만날 겸 순위도에 들렀다. 영춘아버지는 그날 저녁에 기습작전을 나가게 되어 있었는데, 큰고모님이 면회 오셔서 안 나갔다. 그날 작전에 나갔던 사람들이 전사했으니, 만일 나갔으면 영춘아버지도 살아오지 못했을 것이라고 했다. 큰고모님이 살려주신 셈이다. 큰고모님이 다녀오신 뒤에 나는 영춘이를 업고 순위도에 갔고, 그곳에 방 하나를 얻어 살았다.

영춘이가 벌벌 기어 다닐 정도로 자랐던 늦은 가을 추수 때였다. 영춘이가 물똥을 싸는 설사병이 났는데, 의무대에서 약을 갖다 먹여도 빨리 낫지 않고 이삼일을 앓았다. 그즈음에 적지에서 포탄이 날아오곤 하였다. 그럴 때마다 우리는 방공호로 몸을 피했다.

목숨을 건 고무신장사

순위도는 흥미면 맞은편에 있었는데 사람들이 오가는 것이 다 보일 정도로 가까웠다. 그때 부대에는 보급이 넉넉하지 않아서 식량이 부족했다. 가족들이 많아 식량을 나누어 주지 못하고, 연락병들이 남는 밥을 갖다 주곤 하였다. 나는 몸이 회복 중이었고, 영춘이가 젖을 먹으니 많이 먹어야 할 때였다. 부대에서 밥이 모자라 안 가져다주면 굶을 때도 많았다. 너무너무 배가 고팠다. 그래도 나는 밥을 안 갖다 주어서 굶어 배고프다는 말을 남편에게 못했다. 배고픈 설움을 그때 많이 느꼈다. 함께 살던 아주머니와 가까워졌는데, 아주머니는 가끔 나에게 고구마를 주었다. 진짜 꿀맛이었다.

그때 피난민들 사이에 이런 말이 나돌았다. 북에는 고무신이 없기 때문에 고무신을 가지고 적지 흥미에 나가서 쌀과 바꾸면 큰돈이 된다는 것이었다. 순위도로 피난 온 사람들 가운데는 흥미가 고향인 사람들이 많았다. 나는 그들에게 장사 갈 때 나도 데리고 가 달라고 부탁했다. 영춘아버지가 배로 데려다 주기로 하였다. 나는 외상으로 고무신 15켤레를 사서 따라 나섰다. 그때 흥미에는 인민군이 주둔하지 않고 이틀에 한 번씩 순찰하였다. 우리는 인민군이 순찰하지 않는 날에 건너갔다.

우리를 내려놓고 영춘아버지가 배를 띄웠을 때, 갑자기 총소리가 들렸다. 아주머니들은 자기 고향이라 모든 것에 익숙했지만 나는 정말 큰 일이었다. 일행 아주머니는 메밀 한 단을 내 머리에 이어주며 동네로 들어가라고 하였다. 나는 시키는 대로 동네로 들어가 어느 집 앞에다가 메밀 단을 내려놓고 변소로 들어갔다. 변소에서 좀 있다가 아니다 싶어서 앞집 부엌으로 들어갔다. 빈집이었다. 떨리는 몸을 추스르고 이제는 죽기 아니면 살기라 생각하니 한결 마음이 담담해졌다. 영춘이는 아무 것도 모르고 잘 잤다.

그때 인민군 소리가 들려왔다. 누구를 부르러 가면서 다른 한 사람은 어디 갔느냐고 물었다. 조금 있으니 인민군 말소리가 더 이상 들리지 않았다. 잠시 후 주인아주머니가 와서 숨겨준 것을 알면 자기네 가족도 무사하지 못하니 당장 나가라고 하였다. 나는 조금만 더 있다가 나가게 해달라고 사정하였다. 얼마 뒤 주인아주머니는 나갔다 들어와서 인민군들이 갔으니 괜찮다고 하였다.

동네 끝으로 올라가니 콩 마당질을 하는 동네 분이 있었다. 그분은 내가 나의 일행 아주머니가 찾는 아기엄마라는 것을 알고, 일행 아주머니가 여기로 나를 찾으러 왔다 갔으니 여기서 기다리라고 하였다. 배도 무척 고팠다. 찐 고구마를 하나 얻어먹고 있는데, 아주머니가 나를 데리러 왔다. 나는 너무 기뻤고 이제는 살았구나 안심하였으나 섬으로 돌아가야 할 걱정에 잠이 안 왔다.

아침이 밝았다. 아주머니들이 여기저기 돌아다니며 고무신과 쌀을 바꾸어 많은 쌀이 모였다. 아마 한 가마는 족히 모였던 것 같다.

그곳에는 인민군에 대한 동향 정보도 빨랐다. 그날은 인민군이 해변 순찰을 해서 꼼짝 못 한다고 하였다. 하루가 그렇게 길 수 없었다. 나는 모든 것이 두렵고, 아주머니들이 하자는 대로 따를 수밖에 없었다.

영춘아버지, 우리를 구출하다

나와 아주머니 일행을 내려놓고 나서 잠시 후 총소리가 들려왔지만, 우리 일행이 이미 시야에서 사라졌기 때문에 영춘아버지는 어찌할 도리가 없어서 섬으로 돌아갔다고 한다. 상관의 허락 없이 우리를 데리고 출항했기 때문에 보고하면 질책받을 일이었다. 하지만 나를 구출 못 하였을 때 할머니와 다른 가족들을 무슨 면목으로 대하며 그 원망을 어떻게 하나 하는 생각에 직속 상관에게 보고하였다.

그리고 직속 상관의 승낙을 받아 부하 군인을 데리고 홍미로 건너왔다. 배에서 내려 해변의 외딴집에 들어가 우리 일행의 소식을 물었다. 다행히 그 사람이 일행 아주머니에게 고무신을 산 분이어서, 우리가 인민군에게 끌려가지 않은 것을 확인할 수 있었다. 그날은 인민군이 순찰하는 날인 것을 알기에 하는 수 없이 그냥 섬으로 돌아가야만 했다.

운명의 날이 밝았다. 영춘아버지는 부하 군인 몇 명을 데리고 다시 홍미로 건너왔다. 우리 일행은 쌀을 운반해 줄 일꾼도 구하고 순위도로 돌아갈 모든 준비를 하였다. 오늘은 인민군이 없다는 소식을 듣고 출발하였다. 산이 꽤 높았다. 나도 영춘이를 등에 업고 쌀 한 자루도 머리에 이고 산을 넘어 해변으로 내려가고 있었다. 그런데 이것이 어찌 된 일인가. 인민군이 없다고 했는데, 웬 군인들이 손짓하며 우리를 불렀다. 모두 쌀자루를 내려놓고 도망가려고 했다. 그 순간 나는 어차피 잡히면 죽은 목숨이라는 생각이 들어서 도망가다가 멈추었다.

바로 그때 영춘아버지가 망원경으로 보니 영춘이 옷이 선명하게 보였으며 그 덕에 나도 발견하였다. 영춘이가 자기도 살리고 나도 살린 셈이었다. 영춘아버지는 산으로 뛰어 올라왔다. 그때 감정은 말로 표현할 수가 없다. 아마도 이제 살았다 하는 생각에 뜨거운 눈물을 흘렸던 것 같다.

이렇게 나는 무사히 구출되었고 그날부터 흥미에는 인민군이 항상 주둔하였기에 더 이상 오갈 수 없었다. 내가 섬으로 못 오고 인민군에게 잡혀갔으면 어떻게 되었을까 하는 생각만 하면, 정말 하늘이 도왔다는 생각이 들곤 한다. 그때의 구출 작전은 정말 아슬아슬하였으며, 내가 감정을 잘 표현하지 못해서 그렇지 정말 아찔한 순간이었다.

순위도에서 말도로, 다시 주문도로

나는 그때 너무너무 배고파서 고무신장사를 할 생각을 하였고 그렇게 위험한 일이란 것을 미처 생각지 못했다. 그 후 쌀도 많이 쌓아 놓고, 또 부대에서 식량 배급을 주어서 배곯는 일은 없었다. 하지만 가끔 인민군이 섬에다 포사격을 해서 참 위험한 상황이었다. 쌀이 생기니 대청도에 계신 할머니한테 쌀을 가지고 갈 생각에 준비해 나섰는데 다른 섬으로는 못 가지고 가게 돼 조금만 가지고 갔었던 생각이 난다. 하도 오래된 일이라 생각이 잘 안 난다.

얼마 뒤 부대가 말도로 이동해서 나도 함께 따라갔다. 그곳은 부락이 별로 없어서 땅막을 짓고 살았다. 그곳에서 큰딸 영춘이의 첫 돌을 맞이하였다. 형편이 안 되어 돌상을 못 해주고, 백설기를 조금 하고 들에 앉혀 놓고 작은 사진 한 장을 찍어주었다. 그때 찍은 돌 사진은 영춘이가 간직하고 있다.

고마움에 대한 오래된 일기

쌀이 있으니 밥은 해 먹어도 부식이 문제였다. 조개도 캐고 박하지도 잡아 부식으로 삼았다. 밤중에 횃불을 들고 나가면 많은 게를 잡을 수 있었다. 그때는 그 게잡이가 재미있었다.

한 번은 이런 일도 있었다. 용매도에서 상합을 잡고 지나가던 배가 좌초되어 조개 자루를 모두 버리고 가서 물이 썰고 나자 어마어마하게 많은 조개 자루가 발견되었다. 너도나도 주워다 먹었는데, 상합 조개를 너무 많이 먹어서 배앓이를 하였다. 60년이 지났으나 지금도 상합을 보면 그때 생각이 난다.

말도에서 여름을 나고 가을이 되어 주문도로 이동하였다. 주문도

월백8부대 중대장 시절의 남편(1953년 6월, 말도). 함께 있는 이들은 소대장들과 연락병이다.

는 제법 큰 섬이었으며, 큰 동네도 많고 농사도 많이 지었다. 우리는 제법 넓은 방 하나를 얻었다. 행랑채 방이라 상당히 추워 땔감이 문제였다. 산이 적었기 때문에, 땔감은 잡초를 베어 말렸다가 사용하였다. 그때는 영춘이가 제법 아장아장 걸었다. 나는 영춘이를 업고 가서 내려놓고 풀을 많이 깎아서 한 단 크게 묶어 머리에 인 다음 영춘이를 업고 돌아오곤 하였다.

우리는 주인집을 너무 잘 만났다. 노할머니와 50대 중반의 아주머니도 계셨는데, 농사를 많이 지었고 너무 착해 법이 없어도 살 분들이었다. 그때 이런 일이 있었다. 주인집 아들과 약혼한 아가씨를 어떤 군인이 넘보며 괴롭혔다. 마침 부하 군인이라 영춘아버지가 잘 타일러 해결해 주었다. 그것도 신세라고 김장 김치도 주고, 우리가 알락미(안남미)로 밥해 먹는 걸 보고 당신들 쌀과 바꾸어 주었다. 당신들은 그것으로 농주를 담아 먹곤 하였다. 자식한테 하듯 너무 고맙게 해주셔서 지금 이 순간에도 그곳 생활이 눈에 선하다.

영춘이가 이마를 다치다

하루는 깜짝 놀랄 일이 있었다. 방이 너무 추어서 바람막이를 했는데, 일을 다 마치고 손을 씻으러 나가면서 칼을 그냥 놓고 나왔다. 영춘이가 이것을 가지고 나오다가 넘어져 이마를 많이 다쳤다. 너무너무 놀랐다. 약이라야 빨간 약(머큐로크롬)뿐이었다. 위생병이 치료해 주었지만, 봉합을 못해서 흉터가 지금도 남아있다. 지금 같으면 성형수술로 상처가 없었을 것인데 너무 아쉬운 일이었다.

주문도에서 생활하고 있을 때, 나는 종빈 삼촌과 함께 아버지를 찾아간 적이 있었다. 그때 아버지는 전라도 남원에서 서울의원이라는 산부인과 병원을 개업하고 계셨다. 큰고모님이 찾아가 보라고 해서 어렵게 찾아갔다. 남들은 다 이북에서 온 가족들을 찾느라고 야단인데, 부모님은 우리를 찾으면 짐이 될까 봐 찾지 않았다. 아마도 새엄마가 더욱 반대했을 것이다.

부모를 찾아간 나는 그 사실을 절실히 느낄 수 있었다. 우리가 갔을 때 우리를 별로 반기지 않았다. 물론 아버지는 다르셨겠지만. 그날 밤 우리는 너무 실망해 잠도 오지 않았다. 그런데 밤중에 우리가 다 꼴 보기 싫으니 내일 즉시 보내라는 새엄마의 목소리가 들렸다. 종빈 삼촌은 나를 꼬집었다. 나도 그 말을 다 듣고 있었다. 아침이 되자 삼촌과 나는 인천으로 올라가려고 했다. 하지만 아버지의 만류로 하룻밤을 더 자고 올라왔다. 할머니와 고모한테 자초지종을 말씀드렸고, 나는 다시 주문도로 돌아갔다.

영춘아버지, 육군 장교로 임관하다

주문도로 돌아간 뒤, 얼마 지나지 않아 1953년 휴전이 되었다. 부대원 중에서 지휘관은 장교로 임관되고, 사병은 사병대로 모두 국군으로 편입되었다. 영춘아버지도 소위로 임관되어 광주 상무대의 보병학교에 입소해 훈련을 받았다. 군인들은 모두 떠나고 가족들만 남았고, 가족들도 하나둘 연고지로 떠나갔다. 그때 군인 가족들에게 양쌀 두 포씩을 나누어주었다. 나는 얼마간 주문도에 더 머물렀다. 그러나 그곳에 오래 있는 것이 무의미하다고 생각되어 나도 떠나기로 마음먹었다.

그때 할머니는 큰고모가 계시는 인천에 와 계셨다. 큰고모도 장사가 변변치 않아 생활이 어려웠다. 나까지 인천 큰고모에게 얹혀 있기는 너무 미안했다. 생각 끝에 광주는 남원과 가까이 있는 곳이라, 일단 남원 아버지 집에 가 있다가 영춘아버지에게 갈 생각으로 아버지를 찾아갔다. 아버지는 그렇지 않았지만, 며칠 지나니 엄마가 너무 쌀쌀맞게 대했다. 심지어 영춘이가 똥을 싸면 재수가 없다고 했다.

그런 와중에 큰고모가 모시나 베 장사를 해 볼 요량으로 남원에 내려오셨다. 와서 엄마의 태도를 보고 너무 놀라셨다. 그때 큰삼촌이 남원 특무대에 근무하고 계셨다. 큰고모는 큰삼촌과 상의하여 큰방 하나를 얻어 큰고모님도 같이 자곤 하였다. 큰삼촌이 쌀 한 가마를 구해 와서 쌀 걱정은 안 했다. 그러나 부식이 문제였다.

처음에는 엄마가 김치를 작은 단지로 하나 주었다. 반찬이 김치뿐이라 그것만 먹으니 금세 다 먹어서 망설이다가 더 달라고 갔다. 새엄마는 돈 잘 버는 너희 삼촌한테 돈 달래서 사라며 눈에서 피눈물이 날 정도로 야단쳤다. 그러면서 왜 나를 내질러 놓고 죽었냐고 돌아가신 생모도 욕하였다. 나는 더 이상 참을 수가 없을 만큼 분하고 기가 차서 막 대들었다. 나 없는 줄 알고 시집 왔냐며 난생처음 대들었다. 아버지가 그 광경을 보고 너무 속상해하셨다. 나는 너무 슬퍼서 많이 울었다. 그리고 영춘아버지에게 면회 가서 의논 끝에, 광주 상무대에 가서 살기로 하였다.

군복 수선을 시작하다

상무대에 방을 구하고 밥해 먹을 도구를 대충 챙겨 생활하기 시작하였다. 큰삼촌이 쌀도 구해다 주셨다. 그때 남편 월급이 3,700원이었다. 700원은 방세를 내고, 나머지 3,000원을 생활비로 썼다. 몇 달 동안의 교육과정을 마치고, 영춘아버지는 최전방에 보직을 받았다. 그곳은 민간인이 출입하지 못하는 곳이어서 나는 따라갈 수가 없었다.

인천 큰고모에게 가서 함께 지냈고, 그때는 영춘이도 제법 커서 혼자 놀곤 하였다. 나는 영춘이를 할머니한테 맡겨 놓고, 지금의 중앙시장에 있는 제품 집에 취직하여 기술도 배우고 돈도 벌었다. 나중에 그 기술을 정말 요긴하게 썼다.

여름 가을이 지나 초겨울이 되었다. 영춘아버지가 약간 후방으로 나오게 되어서, 나는 영춘아버지를 따라 강원도 화천군 용담리라는 두메산골로 갔다. 밤늦게까지 트럭을 타고 달려갔다. 한밤중에 도착해 자고 나서 아침에 밖으로 나가보니 높은 산으로 둘러싸인 두메산골이었다. 할 일도 없었다. 너무 심심했다.

그때는 군복으로 미군들 것을 지급 받았기 때문에 너무 커서 모두 줄여 입어야만 했다. 그런데 어떤 아주머니댁에 재봉틀은 있는데 재봉할 사람이 없어서 사람을 구하는 중이었다. 내가 일하기로 하였다. 그때 수선비로 한 벌에 400원을 받았다. 그 돈을 주인집과 반씩 나누었다. 짭짤한 수입이었다. 나는 그곳에 사는 동안 계속 그 일을 했다.

영걸이가 태어나다

용담리에서 몇 달 사는 동안 나는 영걸이를 가졌다. 그곳에는 가게가 없어서 부대에서 주는 부식 이외는 달리 먹을 수 있는 색다른 음식이나 간식이 없었다. 나는 입덧이 심하지 않은 편이었다. 주인아주머니가 가끔 두부를 하셔서 처음에는 맛있게 먹곤 했는데, 나중에는 물려서 보기도 싫어졌다. 나는 그때 두부에 물려서 오랫동안 두부를 싫어했다. 또 주인아주머니가 거른 막걸리를 한 모금 먹으면 속이 가라앉곤 했다.

그곳에서 겨울을 나고 부대가 철원으로 이동해 나도 군인 트럭을 타고 밤새 달려 이동하였다. 우리는 철원군 동송면 화지리로 이사했다. 그곳에 이사하였을 때, 할머니가 오셔서 많이 도와주셨다. 나는 재봉틀을 사서 그곳에서도 군복 수선으로 생활비를 보탰다.

해산달이 점점 가까워졌다. 출산 준비는 할머니께서 다 알아서 해주셨다. 우리는 처음 살던 집보다 부대에 더 가까운 집으로 이사하였다. 그 집 둘레에는 옥수수를 많이 심어 옥수수가 많이 달려 있었다.

영춘아버지가 영걸이를 낳기 하루 전날에 외박을 나왔다. 새벽부터 진통이 오기 시작하였다. 이때나 저때나 하며 하루 종일 진통으로 무척 고생하였다. 할머니께서 해주신 저녁을 먹은 영춘아버지는 부대에 들어가야 한다고 했다. 할머니의 만류에도 가야 된다고 하였다. 전방인 철원이라 어쩔 수 없었을 것이다. 영춘아버지가 귀대한 다음 땅거미 질 때 나는 힘들게 영걸이를 낳았다. 할머니는 아들이라고 무척 기뻐하셨다.

사흘 뒤 영춘아버지가 외출을 나왔다. 아들이라서 좋았겠지만 할머니가 어려워서 내색을 못했을 것이다. 할머니는 몸조리를 잘해야 한다고 나에게 솜이불을 덮어 주셨다. 영걸이가 태어난 때는 무더운 음력 7월 4일이었다. 가만있어도 땀이 줄줄 흐르는데 솜이불을 덮었으니, 내 몸은 온통 땀띠투성이였다. 할머니가 극진한 사랑으로 몸조리를 잘 시켜 주셔서 아직 이렇게 건강히 사는 것 같다.

부대를 따라 이사를 거듭하다

영걸이가 태어나고 2개월쯤 뒤에 우리는 상노리(철원군 동송읍)로 할머니와 함께 이사하였다. 영춘아버지가 초등군사반에 입교해 교육을 받았기 때문이다. 나는 할머니, 영춘이, 갓난쟁이 영걸이와 함께 지냈다. 영걸이는 백일 전에는 많이 보채고 까다로웠다. 그때 강원진 상사가 여러 가지로 도움을 주었다.

3개월 뒤 영춘아버지가 새로 바뀐 계급장을 달고 돌아왔다. 부대가 이동해 화지리로 이사했지만, 그곳에서 몇 달 살지 않았다. 부대가 이동할 때마다 이사를 하도 많이 다녀서 기억이 가물거린다.

토성리(철원군 갈말읍)에서 살 때의 일이다. 우리는 그곳에서 판잣집에 살았는데, 바로 옆에 헌병대가 있었다. 나는 그 판잣집에서 군인 상대로 사무용품과 과자 장사를 하였다. 전방이라 군인들의 외출을 심하게 단속했는데, 헌병들이 우리 가게에 오는 군인들은 많이 봐주었다.

철원은 너무 추운 곳이라 겨울에는 자고 나면 방안에서도 물이 꽁꽁 얼었다. 그곳에서 영춘이가 초등학교에 입학하였다. 하루는 동생 영걸이가 학교에 따라갔는데, 동생이 안 보여 집까지 돌아왔던 적이 있었다.

셋째 영순이를 낳다

봄이 되면서 부대가 또 이동해, 우리도 이동면 장암리(경기도 포천시)로 이사하였다. 그때 나는 영순이를 가져 배가 불렀다. 장암리 집은 방

갓 태어난 영순이, 영춘이와 함께 장암리에서 찍은 사진. 동네에 사진 기술이 있는 분이 찍어 주었다.

이 하나이지만 헛간이 꽤 넓었다. 나는 헛간에다 구멍가게를 차려 장사도 하고 군인들 옷 수선도 하였다. 가을에는 군인들의 앞가림용 마후라(머플러)를 만들어 팔았다. 제법 돈벌이가 되는 장사였다.

마후라 장사가 끝날 무렵, 저녁을 먹고 난 뒤부터 진통이 오기 시작하였다. 그때 할머니가 해산구완을 해주신다고 우리 집에 와 계셨다. 그날 밤 11시 40분에 영순이를 순산하였다. 몇 달 뒤 할머니는 인천에서 영순이를 돌봐줄 열여섯 살 난 아가씨를 데려왔다. 지금은 이름이 기억나지 않는데, 이놈이 영순이가 울면 업고 다니며 꼬집어서 야단치곤 했다.

장암리에서 나는 큰일을 겪었다. 부대에서 사무용품을 가져가고 돈 대신 콩을 주기로 되어 있었다. 그런데 콩을 가지고 나오던 군인이

막내 영대는 시골 아이답지 않게 귀공
자같이 생겨서 보는 사람마다 잘 생겼
다고 칭찬하곤 했다.

헌병에게 걸렸다. 그때 영춘아버지가 대대 보급관이었기 때문에 오해
를 살 수 있었다. 일이 잘 해결되지 않으면 큰일이었다. 나는 추운 날
씨에 영순이를 업고 일을 수습하느라 온 힘을 기울였다. 다행히 일이
잘 해결되었지만, 그때를 생각하면 지금도 아찔하다.

영순이는 서너 살 때까지 배앓이를 많이 하였다. 그래서 지금도
장이 안 좋은 것 같다.

막내 영대를 낳다

얼마 후 부대가 다시 상노리로 이동해 나도 장암리를 떠나 상노리
로 갔을 때 막내를 임신하였다. 그때는 방 두 칸짜리 집에서 살았다.

동네에 군인 가족이 여럿 살았다. 그때 나는 화진 엄마, 철호 엄마와 친하게 지냈으며, 자주 오일장도 같이 가곤 했다. 내가 막내를 어렵게 출산했던 날도 우리는 함께 명절 떡을 하러 가기로 하였다. 그런데 새벽부터 진통이 시작됐다. 화진 엄마가 떡을 해서 저녁에 왔을 때까지 나는 애를 낳지 못하고 심하게 진통 중이었다. 화진 엄마는 너무 쉽게 애를 낳았기 때문에 나를 놀리기도 했다.

막내를 낳은 뒤 영춘아버지가 연대 보급관으로 전보되어 우리는 다시 이평리(강원도 철원군 동송읍)로 이사했다. 화진 아버지가 보급관으로 있을 때 살던 집이 있어서 그 집을 사서 살았다.

그해 성탄절 이브 날이었다. 영춘이는 교회에 가고, 나는 영걸·영순·영대와 잠자고 있었는데, 옆집 돼지 막에서 불이 났다. 불이야 소리에 놀라 깨어난 나는 막내 영대를 업고, 잠에서 깨어나지 못하는 영걸이와 영순이를 억지로 끌고 나왔다. 나와 보니 불은 대충 꺼져 있었다. 교회에 갔던 영춘이가 집에 불난 줄 알고 울며 집으로 쫓아왔던 기억이 새삼스럽다.

큰댁 조카의 중매를 서다

이평리에 살면서 영걸이는 관인초등학교(포천시 관인면 탄동리)에 입학했고, 영춘이와 함께 버스로 통학했다. 돌아올 시간이 되면 차를 잘못 타지 않을까 늘 걱정하였다. 영춘아버지가 중대장으로 보직되었기 때문에, 이평리에서 얼마 살지 못하고 다시 상노리로 이사했다.

상노리에 살면서 막내 영대의 돌을 치렀다. 그때 막내를 보고 잘 생겼다고 모두 칭찬했다. 할머니도 와 계셨는데, 윗방은 너무 추웠다.

주인집에 조카가 있었는데, 그 조카가 자는 방은 여물을 끓여서 따뜻했다. 할머니는 주인집 조카와 함께 자면서 그에게 6·25전쟁 중 부모를 잃고 살아온 이야기를 듣게 되었다. 비록 공부는 못 했지만, 됨됨이가 된 사람이라고 생각하셨다. 그래서 안면도 큰댁의 조카 영애를 중매해 결혼하게 되었다. 이렇게 묘한 인연으로 만나 2남 2녀를 낳았고, 모두 잘 자라서 결혼해 행복하게 살고 있다.

인천으로 이사하다

철원 상노리에서 살다가 막내가 세 살 때 영춘아버지가 홍천으로 이동했다. 거기서도 몇 달 살지 못하고, 다시 전주 후방 예비사단으로 전속하였다. 그때 영춘이가 6학년에 올라가면서 서울 상도동의 가운데숙부님 댁 근처의 초등학교로 전학하였다. 중학교에 입학하기 위한 준비였다. 그때는 일류 중학교에 입학하기가 너무 힘들었다. 그래도 할머니가 함께 계셔서, 영춘이는 가운데숙부님 댁에서 신세를 지며 학교에 잘 다녔다. 우리가 전주에 사는 동안 할머니와 영춘이가 다녀가기도 했다.

영춘이의 중학교 입학시험을 앞두고, 친척들이 있는 인천에 정착할 생각으로 나는 먼저 인천으로 이사했다. 영춘아버지는 우리보다 훨씬 뒤에 올라왔다. 일단 나는 큰고모님 댁에 얹혀살았다.

입학시험 때가 되어 나는 고민하다가 영춘이 담임선생님과 상의 끝에 인천여중에 원서를 접수했다. 경쟁이 심했고 인천 아이들의 실력도 모르니 너무 걱정되었다. 나는 시험이 끝나기까지 한 달 남짓 밥을 제대로 먹지 못해 환자처럼 말랐다. 인천 엄마들은 서로 아는 사이라 시험을 보고 나오며 답도 맞춰 보는데, 나는 아는 사람도 없어 너무 막막했다. 시험 본 날 나는 영춘이와 함께 문화극장에서 <하타리> 영화를 보는 걸로 위안을 삼았다. 다행히 영춘이는 인천 최고의 여자중학교에 합격했다.

수도국산에 독채 전셋집을 얻다

얼마 뒤 영춘아버지는 육군본부 군수과에서 근무하게 되었는데 보직을 주지 않았다. 소위 가방끈이 짧다는 이유였다. 그때 군수과는 막강한 실력파들이 근무하는 부서였다. 한 달 정도는 보직 없이 지냈는데, 때마침 전주 38예비사단 근무 당시에 성실히 교육 훈련을 시킨 공로로 큰 표창장을 받게 되었다. 그제야 인정을 받아 보직을 받았는데, 보급관 시절의 실무 경험을 토대로 성실히 일한 덕에 좋은 인상을 남겼다.

영춘아버지가 인천에 오면서 방을 구하러 다녔다. 그때는 아이들이 많은 가족에게는 셋방을 잘 주지 않았다. 더구나 추울 때여서 방 구하기가 너무 어려웠다. 우리는 간신히 송림동성당 근처에 부엌도 없는 방 한 칸 반짜리를 구했다. 전세금은 3만 원이었다. 이것이 우리의 총재산이었다.

그런데 문제가 심각했다. 아이들이 별로 떠들지도 않았는데, 주인 댁의 잔소리가 너무 심했다. 그래서 나는 되도록 아이들을 밖에 나가 놀도록 했다. 그때 나는 집 없는 설움을 절실히 느꼈다. 전방에서는 군인 가족들에게 방을 잘 빌려주었기 때문에 집 없는 설움을 못 느꼈다.

겨울이 지나 늦은 봄쯤, 할머니는 애들이 주눅 들겠다고 걱정하며

수도국산 달동네 집의 재래식 부엌에서 밥상을 차리고 있는 나. 재래식 부엌은 움푹 파여 마당보다 낮았다. 연탄아궁이 옆에는 좁고 긴 새우젓 독을 묻어 물을 데우는 데 이용하였다.

방을 구하러 다니셨고, 수도국산에 방 두 칸·마루·부엌이 있는 독채를 전세로 얻어 이사하였다. 오르내리기에 힘들었지만, 마음만은 편안했다. 여름과 가을이 지나 겨울이 되었다. 아침에 일어나보니 새하얀 눈이 마루에 수북이 쌓여 있었다. 그래서 부랴부랴 문안 문을 해 달으니 집도 아늑하고 좀 살만했다.

갑작스러운 아버지의 죽음

아버지가 49세의 나이로 갑작스럽게 세상을 떠나셨다. 내 나이 33세였다. 그때 아버지는 인천에 와서 송현산부인과병원을 개업하고 계셨다. 그러나 우리는 부모 도움 없이 우리만의 힘으로 열심히 살았다. 그때 아버지와 엄마는 중학교 1학년인 태연 동생을 양자 삼아 키우고 계셨다. 태연 동생의 친엄마인 숙모는 큰숙부와의 안 좋은 사정으로 집을 나가셨다.

우리 가족은 모두 아버지의 갑작스러운 죽음으로 말미암아 너무나 큰 슬픔과 충격으로 정신을 차릴 수가 없었다. 나는 아버지와 정이 별로 없었지만, 눈물을 주체할 수 없이 울고 또 울었다.

장례를 다 치르고 나서 막내숙부는 다른 의사 선생님을 모셔다 놓고 계속 병원을 운영하였다. 하지만 여러 가지 사정으로 어려움이 많았다. 결국 병원은 몇 년 만에 문을 닫게 되었다.

그 뒤 엄마는 생계를 위해 고생이 많았지만, 동생 태연에게는 극진하였다. 엄마는 동생에게 당신이 직접 동생을 낳은 것처럼 행동했다. 태연이는 중학교 3학년 때 이미 모든 것을 다 알았는데, 공연히 그렇게 함으로써 동생 마음을 상하게 했고 모자간의 정이 멀어졌다.

영춘아버지가 제대하다

몇 년이 가고 영춘아버지가 제대를 했다. 영춘아버지의 호적상 나이가 실제보다 세 살 더 많게 되지 않으면, 아마 소령에 진급되었을 텐데 너무나 아쉬웠다.

남편의 갑작스러운 제대로 우리 가족의 의식주가 막막해졌다. 그때 퇴직금이래야 모두 19만 원이었다. 우리는 그 돈에서 우리가 전세든 집을 사야만 했다. 집값이 5만5천 원이었기 때문에 전세금 3만 원을 뺀 2만5천 원만 더 지불하면 되었다. 모두 정리하니 장사 밑천으로 15만 원이 남았다.

남편의 전역을 기념해서 찍은 가족사진. 막내 영대가 안고 있는 둥근 방패는 부대에서 전역 기념
으로 준 것이다. 뒷줄 가운데 있는 아가씨가 그때 우리 집에 와 있던 조카 영옥이.

그때 양키시장(미제 제품을 많이 팔았기 때문에 붙은 중앙시장의 별칭)이 보수
중이었기 때문에 모두 노점 장사를 하고 있었다. 어쩔 수 없이 남원
큰숙부를 연고로 삼아 남원을 오가며 미제 물건과 잡화 장사를 시작
했다. 큰돈은 못 벌어도 그럭저럭 장사가 되었지만, 생활비로 쓰고 큰
숙부께 빌려준 2만 원을 못 받아서 장사 밑천이 줄어들었다.

가을이 되면서 시장 보수공사가 끝나 상인들이 시장 안으로 들어
가 장사하였다. 우리도 큰고모님의 주선으로 가게를 전세로 빌려 제
품을 하였다. 군복을 재료로 방한복을 지었는데, 물건이 없어서 못 팔
정도였다. 소매로 팔았다면 좀 더 벌 수 있었는데, 장사 경험이 없어
그냥 도매로 넘겼다. 우리는 재봉틀을 하나 더 사서 부부가 함께 열
심히 미싱을 돌렸다. 그날그날 밥벌이는 되었는데, 겨울이 지나니 방

한복 제품이 끝났다. 그래서 다른 제품 거리를 물색해야 했다.

큰고모를 따라 서울 동대문시장에 가서 재료를 사다가 우의 제품을 시작하였다. 그때는 어부들이 입는 우의가 별로 없을 때여서 해상용 우의를 만들면 잘 팔렸다. 다른 사람들보다 우의를 더 잘 만들었기 때문에 그럭저럭 밥을 먹고 살만했다.

한번은 이런 일도 있었다. 살 물건을 구경하는 도중에 내 지갑을 소매치기 당하였다. 나는 악을 쓰며 지갑 내놓으라고 소리 질렀다. 다행히 훔친 여자가 슬그머니 지갑을 떨어트리고 가버렸다. 그때 돈은 2만 원 남짓했었다. 지금의 돈으로 생각하면 큰돈이었다. 나는 그제야 안심하고 살 물건을 사서 집으로 돌아왔다.

그러나 2년째 겨울에는 어찌나 추었던지 내 손등에 얼음이 잡히고 너무 동상이 심해졌다. 할머니는 내 고생을 무척 마음 아파하셨다. 3년째부터는 요령이 생겨 제철 아닐 때 집에서 제품을 만들어 쌓아두었다가 팔았다.

아이들이 진학하다

장남 영걸이가 6학년 때였다. 지금도 담임선생님의 성함을 기억한다. 안상원 선생님이셨다. 그때 중학교 입학시험은 지금의 수능시험에 뒤지지 않게 열심히 공부해야 했다. 하루는 담임선생님이 영걸이를 과외 공부하게 하라고 말씀하셨다. 그래서 과외 공부시키기로 하고 과외비를 가지고 갔더니, 선생님 말씀이 영걸이가 너무 허약하니 보약이나 해먹이라며 돈을 받지 않으셨다. 나는 너무나 고마워 눈물을 흘렸다. 참 교육자이셨다. 선생님은 자기 반 제자들을 한 명이라

송림동 집 마루에서 방한복을 만들고 있는 나. 여름에 미리 방한복을 만들어 두었다가 겨울에 팔았다. 더운 여름에 방한복을 만드는 일은 쉬운 일이 아니었다.

도 더 인천중학교에 보내려고 열심히 하셨다. 그러나 애석하게도 영걸이는 인천중학교에 가지 못하고 상인천중학교에 가는 것으로 만족해야 했다. 나는 안선생님께 두고두고 감사했다.

큰딸 영춘이는 중학교를 졸업하고 고등학교에 진학해야 할 때였다. 사실 그때 영춘이는 가정 형편상 집안일을 너무 많이 시켜서 공부할 새도 없었다. 집집마다 수도가 없는 때였다. 수도국산 달동네는 더 그랬다. 대부분의 가정이 수도 집에서 파는 물을 길어다 생활하였다. 작은 영춘이가 어린 나이에 물지게를 지는 것이 마음 아팠다. 그러니 겨울철 빨래는 너무 힘들고 고생스러웠다. 이런 사정 때문에 영춘이는 자기 재능을 살려 실업고인 인천여상에 진학하기로 했다.

행복했던 수도국산 달동네 집

그 무렵 안면도에서 부모님이 모두 돌아가신 조카 영옥이가 우리 집에 몇 달 동안 와 있기도 했다. 얼마 뒤 언니의 주선으로 가발공장에 취직해서 떠났고, 그 후 안면도에서 영례라는 아가씨를 식모로 데려왔다. 그 뒤로는 영춘이가 좀 편하게 학교에 다닐 수 있었다.

영걸이는 중학교 2학년 때 몸이 많이 안 좋아져 얼마간 휴학했다. 그때 동네 또래 중에 나쁜 아이들이 영걸이에게 못되게 굴어 마음고생을 많이 하였다. 그래도 자식들이 반듯하게 자라주어 앞집의 할아버지가 칭찬하시곤 했다.

영춘이가 고3 때, 친구 장정희가 집이 박촌이라 한동안 우리 집에 와서 학교에 다녔다. 그때 친했던 관계로 오늘까지도 변함없는 친구로 지내고 있다.

그 전에 집 볼 사람이 없어서 그 작은 방마저 세 주었던 일, 또 잠깐 작은어머니가 와서 생활했던 이야기는 생략하겠다.

반듯하고 밝게 자라난 자식들

차츰 생활도 안정되고 장사도 밥 먹고 살 정도는 되었다. 정말이지 여름 한 철 모기장을 만들 때는 땀이 비 오듯 흘러내렸다. 그래도 영춘아버지도 나도 열심히 일했다.

영춘이가 고등학교를 졸업하던 해에 영걸이도 상인천중학교를 졸업하고 인천고등학교에 들어갔다. 영춘이는 졸업 뒤 자기 취미와 특기를 살려 양재학원에서 양재 기술을 배웠다. 영순이가 삥삥이로 영화여자중학교에 배정되었다. 막내 영대는 초등학교 4학년이었다. 아이들이 모두 머리가 나쁘지 않아 그런대로 공부를 할 만큼 했기 때문에 크게 속상한 적은 없었다. 모두 밝게 자라났기 때문에, 우리 부부는 벌이에만 신경 쓰면 됐다.

공장 제품이 나와 우의를 직접 만들어 팔던 시절은 끝나고, 우리도 공장 제품을 사다 팔았다. 덕분에 육체적으로 힘들지 않게 되었다. 방한복은 봄에 원단을 싸게 구해 여름내 만들어 놓았다가 입동만 되면 모두 팔았다. 너도나도 어려운 시절이었지만 부지런히 제품을 한 덕에 아이들 학비를 걱정하지 않아도 되었다.

막내가 6학년 때였다. 담임에게 과외 하는 학생들은 모두 우등상을 탔다. 그때도 학교 선생님들이 돈 받고 과외를 해주던 때였다. 평소 공부를 잘했기에 나는 과외 시킬 생각을 하지 않았다. 으레 우등상을 탈 것으로 생각했다가 못 탄 영대는 그때 너무 서운해 했다. 하지만 동인천중학교에 배치되어서는 전교 1, 2등을 다툴 정도로 공부를 잘해 너무 기뻤다.

영춘이는 양재학원을 마치고 21세 때 지금의 화평동 냉면 골목이 있는 화평동 거리에 나래의상실을 개업하였다. 나이도 어린데다가 여러 사정으로 오래 하지는 못했다.

여장부 할머니가 돌아가시다

그해 할머니께서 일흔아홉의 연세에 위암으로 세상을 떠나셨다. 할머니가 암에 걸린 것은 아마 아버지를 앞세운 아픔 탓도 있고 여러 가지로 고생했던 탓도 있었을 것이다.

할머니는 8·15해방 전에는 걱정 없이 사셨으나 공산당의 토지개혁으로 전답을 다 빼앗기면서 고생길에 들어서셨다. 아버지께서 지주로 주목받고 월남하시는 바람에 삼촌들과 고모들과 나를 데리고 고생을 많이 하셨다. 그 때문에 그런 큰 병이 걸렸다고 생각하니 몹시 슬펐다. 할머니는 이내 세상을 떠나셨다. 할머니는 이북에서 여자 대장부라는 소리까지 들을 정도로 대담하셨다. 피난 나올 때 11명의 대식구를 데리고 나오셨으며 고생도 많이 하셨다.

나는 부족하나마 할머니의 명복을 빌어 왔으며, 신앙생활을 시작하면서는 더욱 간절하게 할머니의 영원한 안식을 빌고 있다.

영춘이가 새로운 직장으로 옮기다

할머니가 돌아가신 뒤 영춘이는 여러 가지 사정으로 양장점을 그만두고, 지금의 대모님이 경영하는 오미카양장점에서 근무하였다. 워낙 무엇이든 꼼꼼히 하는 성격이라, 자기 적성에 맞는 곳에서 직장생활을 야무지게 하였다. 내 딸이라 하는 말이 아니라, 성격이 좋아 직장생활에 어려움이 없었다. 우리 가족은 모두 자기 할 일에 충실했다.

장사도 차츰 자리를 잡고 있었다. 인천 연안부두·화수부두·소래까지 선원용 우의·토시·장화 등을 우리가 독점해서 팔았다. 도매로 팔아 이윤은 적었지만 보람은 있었다.

별 탈 없이 몇 년이 흘러갔고 영걸이는 대학 시험을, 영순이는 고등학교 시험을 보았다. 영순이는 인천여고에 합격했고, 영걸이는 졸업 후 취직이 잘되는 과를 선택해 인하공대 기계공학과를 지원하였다. 그때는 공대가 취직이 가장 잘 되었다. 영걸이도 합격했다.

1973년 8월의 여름, 서울 가운데숙부 식구들과 인천 송도해수욕장으로 놀러갔다. 원피스 수영복을 입고 남편과 함께.

우리가 장사하던 양키시장에서는 자녀들이 합격하면 한턱을 내곤 했다. 우리는 영걸이와 영순이가 동시에 합격했으니 더욱 경사였다. 날을 정해 술과 몇 가지 안주를 준비해서 주변 상인들을 성의껏 대접하였다. 호사다마라 했던가, 좋은 일만 있는 것은 아니었다.

자궁암 초기로 자궁을 들어내다

시장에서 올라와서 저녁 준비를 하려고 아궁이 앞에서 불을 때고 있는데 갑자기 하혈이 시작되었다. 그때까지 작은숙부께서 아버지의 산부인과를 운영하고 계실 때라 연락했더니 숙부께서 달려오셨다. 너무 하혈이 심해 숙부도 당황하셨다. 응급조치로 배에 얼음을 올려놓았지만 지혈이 되지 않았다. 결국 한산부인과 병원에 가서 치료를 받은 다음, 그날 밤은 집에 돌아와서 잤다. 다음날 낮도 무사히 지나갔다.

그러나 저녁때가 되자 다시 하혈이 시작되었는데 더욱 심해졌다. 세숫대야에다 퍼 담을 정도였다. 피를 많이 흘리고 나니 천장이 노랗게 보이며 정신이 희미해졌다. 숙부는 나를 업고 병원으로 달려갔다. 병원에서는 자궁을 제거해야 한다고 했다. 웬일인지 숙부님이 망설였고, 가족회의를 한 뒤 최종적으로 내 생각을 물었다. 그때는 너무 피를 많이 흘려서 수혈하고 있었다. 나는 수술에 동의했다. 도립병원 산부인과 과장이 오셔서 수술하였다. 약 3시간 뒤 깨어났더니 그때야 식구들이 안도했다.

중앙시장 상인들이 수술 소식을 듣고 얼마나 많이 병문안을 오셨는지 병원 측에서 그만 오라고까지 했다. 퇴원한 뒤에는 왜 그런지 고열이 나서 밥도 잘 못 먹었고 변비도 심해져 약 3주일 동안 무척 고생했다. 회복하는 데 2~3개월이 걸렸다. 다른 것보다 쪼그려 앉고 하는 일은 더욱 할 수가 없었다. 그때는 세탁기가 없는 때여서 빨래가 가장 문제였다. 다행히 작은고모와 작은어머니께서 빨래를 도와주셨다.

그때 내 나이는 44세였다. 나중에 병명도 알게 되었다. 다행히도 암 초기라 하였고, 큰 문제는 없을 것이라고 했다. 그때는 암이라는 말이 별로 없고, 의술이 그다지 발달하지 못했을 때였다. 지금은 척하면 무슨 암 무슨 암 하지만 그때만 해도 그렇지 못하였다. 내가 건강을 되찾기까지는 시간이 걸렸다.

여름 지나 가을이 와서는 일하는 데는 그럭저럭 큰 문제가 없었다. 그래서 다시 제품 만들 준비를 열심히 했고, 우리는 방한복을 만들어 팔아 애들 학비를 조달하였다.

외삼촌을 만나다

나에게는 친외삼촌이 한 분 계셨다. 나는 우리 생활이 좀 나아지면 찾아뵐 계획이었다. 애들도 잘 성장했으니, 외삼촌을 찾아뵙기로 결심했다. 그때 영걸이가 대학생이었고, 영순이는 인천여고를 다니고, 막내가 중3 때였던 것 같다. 큰딸 영춘이는 양장점에 다닐 때였다.

외삼촌과 외숙모는 우리를 무척 반가워하셨다. 그때 처음 나의 생모 이름이 이소진이라는 사실도 알았다. 외숙모는 내가 큰 수술을 받았다는 이야기를 들으시고, 암은 5년이 지나야 안심할 수 있다고 하며 많이 걱정해 주셨다. 몇 년 뒤 외숙모님이 먼저 세상을 떠나셨고, 그 뒤를 이어 외삼촌도 세상을 떠나셨다. 외삼촌과 외숙모 모두 마음이 따뜻하셨고 나한테 참 잘해 주셨다.

영걸이가 군대 가다

영걸이가 대학 1학년을 마치고 입대하였다. 나는 영걸이가 입대할 때 서운할 것 같아서 따라가지 못했다. 그때는 의정부에 모여 논산훈련소에 입소했다. 그해는 늦게까지 눈이 내려 몹시 추웠다. 날씨가 추울 때 군 훈련소에 있을 자식 생각에 무척 마음이 아팠다.

훈련이 끝날 무렵, 부대로부터 4월 25일에 면회 오라는 통지가 왔다. 훈련 중이라 누나 결혼식에 못 올 것을 생각하니 너무 서운해 영춘이와 함께 면회 갔다. 면회 신청을 하고 기다리는 시간이 길게 느껴졌다. 영걸이를 만나니 손이 많이 트고 말할 수 없이 망가져 있었다. 너무 안타까웠다. 그때는 훈련소 시설이 너무 낡아 제대로 씻을

돌이켜보니 감사할 뿐입니다

수 없었던 모양이었다.

훈련하면서 영걸이는 너무 배가 고파서 잘라버린 무를 주워 먹기도 했다고 한다. 준비한 음식을 여인숙에서 같이 먹으며 하룻밤을 자고 들여보내려니 너무 아쉬웠다. 잘 가라고 인사하면서 얼굴이 새빨갛게 되도록 눈물을 참는 모습이 너무 안쓰러웠다. 그 뒤 영걸이는 전반기 훈련을 마치고 대전 통신학교에서 훈련받았다.

큰딸 영춘이가 결혼하다

참 인연이란 한 편의 드라마와 같다. 우리가 11년 동안 살았던 수도국산 집은 원래 큰사위 신재선의 집이었다. 우리가 수도국산에서 살 때, 영춘이가 늘 엄마를 도와 물지게로 물을 길어다 먹었다. 그때 수도국산에서는 개인 집마다 수도가 없어서 수돗물을 파는 집에서 사다 먹었다. 그때 동네 친구였던 신재선이 우리 사위가 되었다. 너나나나 다 어려웠던 시절이었다.

나중에 신재선은 수산고등학교를 졸업했고, 큰딸 영춘이는 인천여중과 인천여상을 졸업한 뒤 양재 기술을 배우기 위해 뉴스타양재학원을 다녔다. 두 아이들은 성인이 되어 자기 일을 찾았다. 얼마 동안에는 못 만나다가 성인이 된 뒤 자주 만나 부부의 인연까지 맺게 된 것으로 안다. 인연의 끈이란 마음대로 되는 것이 아닌 모양이다. 동네 친구였던 신재선과 박영춘이 결혼까지 하였으니 말이다.

영춘이는 야무진 편이라 직장생활을 하면서도 알뜰히 돈을 모았다. 그래서 결혼하면서도 자기가 저축한 돈으로 혼수를 장만했으며, 도리어 동생들이 쓸 장롱을 사주고 결혼했다. 영춘이가 1976년 5월

16일에 결혼한 것으로 기억하고 있다. 날짜는 확실한데, 연도는 틀릴지도 모른다.

그때의 사위 신재선 집이나 우리 집은 보잘것없었다. 나는 딸과 함께 장롱을 사기 위해 인천 경동 가구점을 다 돌아다녔다. 좋은 가구를 찾아다닌 것이 아니라 가장 높이가 낮은 가구를 찾아다녔다. 집의 천장이 낮아서 그랬다. 지금 생각하면 우스운 일이다. 나머지 혼수는 그럭저럭 되었다.

결혼식을 앞두고 나는 처음 치르는 자식의 결혼이라 은근히 걱정이 많이 됐다. 집이 좁아 음식을 마련할 생각에 걱정이 많았다. 그러나 친척들의 도움으로 음식 장만도 잘 되었다.

결혼식 날, 남편이 딸의 손을 잡고 입장할 때 코허리가 시큰하며 눈물이 나오려고 해서 간신히 참았다. 피로연 음식 가운데서 돼지머리 고기와 갑오징어 회는 엄청 인기였다. 모든 일을 마무리하고 나서야 배고픔을 느껴 짬뽕 한 그릇을 먹었다. 그날 밤은 결혼식을 무사히 마쳤다는 안도감에 깊은 잠이 들었다.

웃지 못 할 일도 생겼다. 아저씨들이 부좃돈을 계산하는데 2만7천 원이 안 맞았다. 결국 내가 찾아냈는데, 딸이 다니던 양장점의 사장님이 낸 3만 원을 3천 원으로 계산해서 생긴 일이었다. 그때 부좃돈은 보통 3천 원이나 2천 원이었다.

애들은 속리산으로 신혼여행을 다녀왔는데, 집도 좁고 시댁이 한 동네라 하룻밤을 자지 않고 그냥 자기 집으로 갔다.

신혼일 때 이런 일도 있었다. 하루는 영춘이가 깍두기 담는 법을 물어보러 왔다. 사실 영춘이는 집에서 아무 것도 안 해 본 탓에, 요리를 제대로 할 줄 몰랐다. 그때 시어머니께서는 장사하러 다니셨기 때문에, 당분간은 영춘이가 집에서 살림을 하였다.

영순이가 결혼하다

영순이는 인천여고를 졸업하고 경기간호대학에 입학했다. 그때 친구 몇몇은 인천교대에 갔는데, 영순이도 교대에 보낼 것을 부모로서 잘못 판단했던 것 같다. 어떻게든 교대를 보냈어야 했는데, 사정이 그렇게 되었다. 간호사도 좋은 직업이지만 조금은 후회스러웠다.

3년 과정을 잘 마치고 안양의 신영순산부인과에서 조산사 공부를 해 자격증까지 땄다. 조산사 자격을 취득한 영순이는 잠깐 동인천 길병원에 취직했다.

그 무렵 영순이는 지금의 사위 김영덕을 사귀었다. 김영덕이 ROTC

송림동 집 문 앞에서 간호대에 다니던 영순이와 함께. 이 집은 우리가 두 번째로 마련한 집이었다.

장교로 제대하고 대한항공에 취직했을 때였다. 김영덕은 처음 볼 때 착하고 성실할 것 같아 마음에 들었다. 김영덕은 외아들이라 결혼을 서둘렀다.

사돈 부부는 불공을 드려 영덕을 낳았기 때문에 불교 신자였다. 우리 가족은 엄마가 천주교회에 다니는 바람에 모두 천주교 신자가 되었다. 두 집의 종교가 달라서 좀 걱정은 되었으나, 안사돈만 절에 나가시니 크게 걱정할 일은 아니었다.

혼사 이야기가 본격적으로 진행되어 우리 부부는 사돈 어르신들을 만나 뵙고 혼인하기로 결정하였다. 그때만 해도 양가 모두 넉넉한 형편이 안 되어 남들이 하는 대로 그럭저럭 혼수를 마련해 혼사를 잘 치렀다.

1982년 9월 26일이 결혼식 날이었는데, 웃지 못할 어처구니없는 일도 있었다. 주례 교수님과 약속이 제대로 되지 않아 늦게 모시러 갔는데, 그 일로 교수님이 화가 나서 아예 주례사를 하지 않았다. 그래도 영순이 부부는 아들 형제, 딸 하나를 낳고 행복하게 살고 있다.

막내가 인하공대에 가다

막내 영대는 중학교 때 공부를 잘했다. 그런데 고등학교에 진학하면서 그때 학교 수준이 가장 낮다는 선인고등학교에 배정되었다. 지금이야 모든 중·고등학교가 평준화되었지만, 그때의 선인고등학교는 못 할 말로 똥통학교라 불렸다. 선인고등학교에 배치되었다고 말하면, 사람들이 똥통학교라고 놀리는 것을 영대는 가장 듣기 싫어했다.

시간이 갈수록 학교생활에 취미를 잃었고 성적이 떨어지니까 차

라리 자퇴하고 학원에서 공부하겠다고까지 했다. 그것은 안 된다고
했다. 나는 중학교 때 성적으로 보아 꼭 사대문 안에 있는 학교에 갈
수 있을 것이라 믿었는데 희망이 점점 없어졌다. 큰아들이 공대에 갔
으니, 막내는 꼭 상대 계통에 보내고 싶어서 문과 공부를 시켰다.

그런데 예비고사(지금의 수능시험처럼 각 대학에서 보는 본고사에 앞서 봤던 전국
시험) 성적이 너무 낮아서 할 수 없이 형과 같은 인하공대 기계공학과
로 보내기로 했다. 담임선생님은 인하공대는 힘들 것이라며 경희대
국문과로 보내라고 말씀하셨다. 그때 우리 형편으로는 우선 취직이
잘되는 과를 생각할 수밖에 없어서 인하대 공대에 원서를 내고 시험

갓 태어난 현정이와 키우던
강아지와 함께. 좀 넓은 집
으로 이사오면서 개를 처음
키웠다.

을 봤다. 문과였는데도 다행히 합격했다.

한때는 영걸·영순·영대 세 명의 등록금이 백만 원이나 되었다. 우리는 언제나 아이들 등록금을 생각해 미리미리 적금을 들어 대비하곤 했다. 그래서 큰 부담 없이 자식들 공부를 시켰다.

수도국산을 떠나 큰 집으로 이사하다

우리는 11년 동안 살았던 수도국산 작은 오막살이에서 벗어나 송림초등학교 후문 근처 집으로 이사하였다. 수도국산에 살 때 큰 집들을 보면 그렇게 부러울 수가 없었다. 나는 언제 큰 집에서 살아볼까 하는 생각이 들곤 하였다. 영걸이의 군 복무 기간 동안 등록금을 안 내고 장사도 좀 잘 돼서 약간의 여유가 생겼다. 평지 동네로 이사하고 싶은 생각에 일단 집을 보러 다녔다.

송림동성당 앞집이 마음에 들어 흥정 중이었다. 시장 사장을 하다 그만둔 아저씨에게 이런 사정을 말했는데, 그 아저씨가 다른 사람에게 말해 그 사람이 그 집을 사고 말았다. 그 집을 못 사게 되면서 또 다른 집을 물색하고 다녔다. 우리는 제품 원단을 쌓아둘 창고가 필요했기 때문에 마음에 드는 집을 찾기가 쉽지 않았다.

내가 집을 사서 수도국산에서 내려가자고 했을 때 영춘아버지는 많이 반대하였다. 다름이 아니라 애들의 등록금 문제였다. 나는 만약 돈이 부족하면 돈을 좀 빌려 쓰면 된다고 집을 사자고 했다. 그때 집값이 많이 올라서 11년간 살았던 집을 110만 원에 팔았다. 그 집은 5만5천 원에 불하받은 집인데 20배나 올랐다. 그래서 집 판돈에 250만 원을 보태어 380만 원에 38평 집을 샀다. 모자라는 돈 20만 원 때문에 방 1개를 세놓았다. 그러니 큰 부담은 없었다. 방이 넷이고 옛날 집에 비하면 대궐이었다. 12평에서 38평 집으로 이사했으니 그럴 만했다. 이사한 날은 정말 너무 기뻤다.

그때 이사는 4월 10일에 하기로 했는데, 영춘이가 큰딸 현정이를 4월 6일 강산부인과에서 순산했다. 시간이 맞지 않는 것이 문제였다. 순산하였으니까 사흘 만에 퇴원시켜야 하는데, 이사 날짜가 4월 10일로 잡혀 이사하고 퇴원시킬 생각이었다. 나는 이사하느라 가 볼 시간도 없어서 못 갔는데, 병원에서 퇴원하라 말한다고 산모인 영춘이가 집으로 쫓아왔다. 그래서 부랴부랴 퇴원시켰다. 남편도 나도 첫 손녀라 무척 예뻐했다. 한 달쯤 우리 집에서 몸조리하고 집으로 돌아갔던 것으로 기억한다.

현정이가 5~6개월 동안 예쁘게 잘 자랐는데 큰 문제가 생겼다. 영춘이가 만성으로 아팠던 맹장염이 크게 말썽을 일으켜 외과 병원에서 수술을 받았다. 영춘이가 항생제를 복용해서 젖을 주면 안 되었기 때문에, 배가 고파 막 우는 현정이에게 우유를 주니 절대로 안 먹었다. 친할머니도 큰일 났다 싶었는데, 나중에 정말 배고프니까 우유를 먹어서 안도했던 적이 있었다. 그런 다음 6시간 후 엄마 젖을 먹을 수 있었다. 그런 일은 자식들 키울 때는 없었던 일이라 얼마나 애처로웠는지 지금도 새삼스레 느껴진다.

영걸이가 제대하다

영걸이는 논산훈련소를 마치고 대전의 통신학교에서 통신병 교육을 받았다. 영춘아버지와 나는 교육이 끝날 무렵 면회를 하러 갔다.

오랜만에 만나니 아주 반가웠다. 훈련소에 있을 때와 달리 얼굴도 좋아졌고 군인 티가 났다. 그리 험하던 손도 많이 깨끗해졌다. 영춘아버지는 군인 생활을 오래 했고, 또 지휘관으로 근무했기 때문에, 아들에게 군 생활에 필요한 조언을 많이 해주었다. 우리는 면회 뒤 그날로 돌아왔다. 좀 아쉽기는 했지만 외박이 안 돼서 그랬던 것 같다. 영걸이는 통신병 교육을 마치고 원주의 통신부대로 배치되었다.

그 뒤 하사로 임명되어 하사로 근무하였다. 우리 부부는 원주로도 면회하러 갔다. 그때는 어느 정도 군인 생활에 익숙해져 있어서 재미있는 일도 있다고 이야기했다. 무척 다행스럽게 여겼다. 사실 나는 군인 남편을 오랫동안 따라다니면서 사병들의 외로움과 고생을 많이 봤기 때문에, 사병 생활에 대해 잘 알고 있었다. 세월이 흘러 영걸이는 제대하고 새로 이사한 집으로 왔다. 그때 우리는 형편이 조금 펴서 전세방을 빼서 애들이 쓸 방을 마련해 주었다.

영걸이가 결혼하다

나는 새로 이사하면서 작은숙부님을 따라다니며 잠깐 부동산 장사를 했다. 그때는 부동산 경기가 좋아 계약하고 작자에게 팔면 1건에 20~30만원을 받곤 했다. 숙부님 덕에 1백만 원을 벌었다. 이 돈은 제품 재료를 미리 사서 쟁기는 데 필요한 마루 밑 지하 창고를 만드는 데 요긴하게 썼다.

제대한 영걸이는 좋은 집에서 살게 되었다고 좋아했다. 제대한 영걸이는 복학해 학업을 계속하였다. 영걸이는 4학년 말에 취직되었다. 그때는 성적이 좋은 사람은 졸업 전에 취직되곤 했다.

영걸이가 취직한 회사는 한화그룹이었다. 졸업 전에 결혼식도 올렸다. 규수는 지금의 혜영 엄마였다. 수도국산 동네에 살 때부터 사귀어온 아가씨였다. 영걸이는 지금의 큰며느리 김인숙을 데리고 와 나에게 인사시켰다. 늘씬한 키에 인물도 예뻐 마음에 들었다.

얼마 뒤의 일이었다. 그때 엄마는 송림동성당에 다니고 계셨다. 나도 엄마를 따라 송림동성당에서 예비신자 교리 중이었다. 그때 김인숙의 모든 친척들은 개신교에 나갔고, 고향인 백령도에 천주교가 설립된 지 얼마 되지 않아 천주교에 대한 인식이 부족해 약간의 의견 차이가 있었다. 시장에서 장사할 때 두 사람이 장로였던 4형제가 서로 야비하게 사는 것을 봤기 때문에, 나는 개신교에 마음이 없고 천주교에 입교할 생각이었다. 종교가 일치하지는 않았지만, 김인숙은 영걸이에 대한 사랑이 극진해 결혼하게 되었다.

첫 친손녀 혜영이와 함께. 진영에서 살 때, 갓 태어난 혜영이가 낮밤이 바뀌어 엄마 아빠가 무척 고생했다.

혜영이가 태어나다

며느리 김인숙은 결혼 뒤 곧바로 혜영이를 임신했다. 입덧이 너무 심해 음식을 전혀 못 먹을 정도였다. 딱해서 친정에 보냈더니 얼마 안 있어 돌아왔다. 좀 지나면서 차츰 입덧이 가라앉아 음식을 조금씩 먹을 수 있었다. 뱃속의 혜영이는 건강하게 자랐다. 혜영 엄마는 지금은 성격이 더 활발하지만 그때도 새댁이 성격이 좋아서 모든 친척들에게 사랑을 받았다. 혼자 자취했기 때문에 음식도 곧잘 만들었다. 이 글을 쓰노라니 그때 해 먹던 밀가루 버무린 밥을 먹고 싶다.

달이 차서 혜영이를 출산하던 생각이 난다. 그때 나는 엄마와 함께 산부인과로 갔다. 처음에 진통을 시작했을 때는 며느리가 배 아프다고 이리저리 헤매고 다녔다. 엄마는 아버지께서 산부인과를 운영할 때 많이 봤기 때문에 대략 언제 출산할 것인지 짐작하셨다. 시간이 좀 지나면서 10분, 5분, 진통 간격이 점점 좁혀져 진짜 분만할 때는 꼼짝 못 하고 소리도 못 질렀다.

장녀 혜영이는 8월 18일에 태어났다. 처음 낳았을 때도 예뻤다. 지금은 더욱 예쁘지만 워낙 엄마가 예뻐서 엄마를 닮아 예뻤다. 백일잔치 뒤에는 혜영 아빠가 경상도 진영으로 보직되어 내려갔다. 나중에 안 일이지만 그때 혜영이가 밤낮이 바뀌어 아빠 엄마가 무척 고생하였단다. 그곳에서 근무할 때 애들이 영춘아버지와 나를 내려오라고 하였다. 우리 부부가 내려갔을 때 부산 태종대며 동래 온천이며 두루 관광을 시켜 주었다.

얼마 뒤 영걸이는 인천으로 올라와 한화그룹의 태평양건설에서 장기 근무를 하게 되었다. 우리는 살림을 합쳐 송림초등학교의 뒷동네 집에서 같이 살게 되었다. 손주들이 자라나는 모습은 내 자식을 키울 때와는 사뭇 달랐다. 어려운 환경이었기에 내 자식은 먹이고 가르친다는 생각뿐이었는데, 손주들이 커가며 재롱떠는 모습은 참 귀엽고 재미있었다.

양옥집으로 이사하다

혜영이가 큰 병 없이 잘 자라 네 살 되던 해의 1월에 혜란이가 태어났다. 그해는 얼마나 추웠는지 전기난로를 많이 사용해 전기세가 많이 나왔다. 수금원이 어찌 된 일이냐고 묻기에 자초지종을 설명했던 기억이 난다. 한옥은 너무 추워 애들을 기르는 데 어려움이 많았다. 우리는 혜란이 백일이 지나고 나서 송림동에 있는 슬라브(슬래브) 집을 사서 이사하기로 했다.

이사하기로 한 과정은 이랬다. 380만 원에 샀던 우리 집은 1천5백만 원 정도를 받을 수 있었다. 우리는 큰아들이 직장생활을 하며 받은 봉급을 생활비로 내놓지 말고 저축하도록 했다. 영걸이가 새집을 사면 그동안 저축한 돈을 보태겠다고 해서 이사할 집을 보러 다녔다.

무엇보다 물건을 배달하고 공장에서 오는 물건도 받아야 하니 교통이 좋아야 했기 때문에 적당한 집을 찾는 게 만만치 않았다. 가격도 문제였다. 수소문 끝에 현대시장 근처로 이사 갈 집을 결정했다.

모자라는 돈은 장남 영걸이가 보태어 3천1백만 원에 집을 샀다. 슬라브 콘크리트 집이었으나 난방이 연탄보일러라서 대대적으로 수리해야만 했다. 안방, 건넌방, 작은 방 2개였다. 방 하나를 없애서 욕조를 설치하고 수세식 화장실로 개조하는 등 보수공사를 했다. 이렇

남편의 환갑잔치 때 집 옥상에서 시댁 형님들과 함께. 왼쪽이 용현동 큰형님, 가운데가 안면도 작은형님.

게 한옥에서 양옥집으로 이사하니 춥지 않아 혜영이와 혜란이가 놀기도 좋았다. 나 역시 입식 부엌에서 밥해 먹으니 너무 편해 좋았다. 장남 덕분이었다. 내가 소원했던 집 문제가 잘 해결되어 참 기뻤다.

머리가 유난히 까맣던 혜란이

혜란이는 추운 겨울에 태어났다. 언니 혜영이는 무더운 여름에 낳았는데, 반대로 추울 때에 태어났다. 머리숱이 많았으며 체구는 자그마했다. 생긴 게 깍쟁이 같았으나 반대로 순하게 자랐다. 송림동 양옥 슬라브 집을 잘 수리하고 혜란이 백일을 지나 이사했다. 애들이 기어다니며 놀기에는 마냥 좋은 집이었다. 혜란이는 언니와 같이 잘 성장했다. 약하게 태어나 걱정스러워 녹용도 많이 먹인 것으로 기억한다. 언니와 같이 송림동성당 부설 유치원에 보냈는데, 멀다고 잘 안 걸어가려고 해서 내가 자주 업고 다녔다.

생일이 빨라서 일곱 살 때 사립 동명초등학교에 보낸 것으로 기억한다. 초등학교에 다니는 중 석바위에 있는 금호아파트로 이사해 면데서 학교 버스로 통학했다. 졸업 뒤 학군 내의 중고등학교를 나와 원주대학에 입학했다가 부천대학으로 편입해 다녔다. 그 밖의 일은 같이 안 살아서 자세히 적을 수가 없다.

막내 영대와 내가 세례를 받다

막내는 외할머니의 권유로 1979년에 세례를 받았다. 그 무렵은 전두환 군사정권으로 인해 너무 어수선한 시기였다. 학생들이 1980년에 들어 데모도 많이 했고 시국이 너무 무서웠다. 대학에 휴교령도 내리곤 했다.

나는 1980년 2월에 송림동성당에 입교하여 박 데레사 수녀님으로부터 예비신자 교리를 받았고, 그해 11월 2일에 조성교 요한금구 신부님에게 세례를 받았다. 그때에는 조 신부님이 젊으셨다. 찰고(세례를 앞두고 받는 일종의 시험) 때 신부님이 물었던 문제가 아직 기억난다. 신부님은 나한테 성모님의 성령 잉태에 대해 질문하셨다. 나는 하느님은 전능하신 분이시니 하실 수 있다고 대답했다. 신앙생활 초보인 내가 대답을 잘했을까 의문이 드는 답이라고 생각한다.

막내는 세례 받고 성당 대학생회 활동을 열심히 했다. 언젠가는 연극을 할 때 입을 것이라고 나에게 방한복 만들 때 쓰는 인조 밍크로 낙타 털옷 같은 옷을 지어 달라고 해서 만들어준 적도 있었다. 세례자 요한이 낙타 털옷을 입고 광야에서 생활한 모양을 내기 위함이었다. 지금은 잘 알고 있지만, 그때 초보 신자인 나로서는 잘 모르는 성서 이야기였다.

겨울 어느 날 밤중에, 막내가 거리에 쓰러져 자고 있는 노숙자 아저씨를 데리고 와서 자기 방에 재우고 아침에 차비까지 챙겨 보내기도 했다. 내 자식이라서 하는 말이 아니라 청년 시절부터 마음이 따뜻하고 인정이 많았다. 지금은 자기가 원하는 대로 삶을 살고 있지만, 그때는 많이 걱정했다.

세례식 날 기념사진. 왼쪽부터 대모님, 나, 조성교 신부님, 엄마, 교리를 가르쳐 주신 박 데레사 수녀님.

돌이켜보니 감사할 뿐입니다

막내는 어수선한 세월에 입대하였다. 논산훈련소를 거쳐 부산의 군수학교에서 차량 정비 교육을 받았다. 그래서 우리 부부는 부산에 면회 가서 하룻밤을 자고 집으로 돌아왔다. 그 뒤 광주 상무대에서 근무하였는데, 그때 작은숙모님과 함께 면회를 갔다 온 것으로 기억한다. 군대 생활을 하는 동안 고약한 장교에게 무릎을 군화로 차여 제대한 뒤에도 오랫동안 고생했다.

민주화운동에 열심이었던 막내

아직 군사독재가 끝나지 않아 시국이 더욱 어수선하던 때에 제대한 막내는 학교에 복학한 뒤 천주교 청년회 활동을 하면서 민주화운동에 관심이 많았다. 항상 어두움의 그림자가 따라 다녔고, 우리 집은 감시 대상이었다. 막내가 천주교인천교구청년회 회장직을 맡으면서 우리 집뿐만 아니라 엄마네 집도 감시 대상이 되었다. 막내는 제대 뒤 엄마네 집에 가 함께 지내고 있었다. 1987년 데모가 한창일 때는 아는 선배네 집에서 자곤 했다.

하루하루가 살얼음판을 걷는 마음이었다. 학생은 물론 시민들까지 민주화를 부르짖었던 1987년의 어느 날, 인천에서도 민주화 요구 총궐기 대회가 열렸다. 그때 막내가 자유공원에서 집회하다 검거되었다. 이 소식을 들은 나는 눈앞이 캄캄했다. 경찰서에 면회 갔더니 곧 풀려나올 것이라고 했고, 실제로 곧 석방되었다. 그 뒤로 이 나라에 민주화가 차츰 이루어져서, 붙잡힐 걱정은 안 해도 되어 안심하며 살 수 있었다.

남편의 환갑 기념 가족사진. 왼쪽부터 신서방, 영춘이, 영대, 혜영이, 남편, 혜란이, 나, 혜영 엄마와 현정이, 경섭이와 영순이, 영걸이.

막내의 신학교 입학을 막은 나

좀 두서는 없지만 미안한 마음으로 할 말이 있어 적을까 한다. 사실 막내는 입대 전에 사회도 시끄럽고 학교도 휴교하던 때에 신학교 편입을 생각했던 적이 있었다. 아직 교리반에서 교리를 배우던 중이라 가톨릭교회에 대해서 잘 모르는 때였다. 그런데 막내가 편입해서 신학대학에 가겠다고 했다. 신학대학에 간다고 해서 모두 신부가 되는 것은 아니라는 말을 들어왔기에 좀 시일을 두고 생각해보자고 만류하였다. 지금 같으면 흔쾌히 허락했을 터인데 그때는 그렇지 못했다.

막내에게 교리를 가르치고 세례를 주신 호 베네딕도 신부님을 만나 뵙고 그때의 막내의 마음을 알게 되었다. 그때 막내는 호 신부님을 보며 사람이 사는 법을 알고 신학교에 가기로 결심하였던 것이다. 그때 부모가 판단을 잘 못 해서 지금 성직자는 못 되었지만, 평신도로서 하느님 사업을 하는 것도 다 하느님의 섭리라 생각하고 막내가 하는 일을 최대한 돕고 싶다.

지금까지도 호 베네딕도 신부님이 막내의 든든한 후원자가 되어 주셔서 늘 감사하게 생각한다. 우리가 연수동 대우아파트로 이사하고 나서 호 신부님이 아프시다는 것을 알고 너무나 걱정되었다. 그때부터 내가 신부님한테 해 드릴 것은 기도밖에 없었다. 나는 새벽에 일어나면 모든 기도 속에 호 신부님을 위해 묵주기도를 봉헌한다. 호 신부님이 오래오래 건강하시기를 빈다.

혜영 엄마가 개종하고 손녀들이 세례 받다

혜영 엄마는 결혼하고도 자기가 다니던 교회에 가끔 나갔고 목사님의 심방도 있었다. 하지만 혜란이를 낳고 난 뒤에는 사실상 신앙생활을 하지 않고 있었다. 혜영이가 여섯 살, 유치원에 갈 때가 되어 나는 조심스레 어느 유치원에 보낼 것이냐고 물었다. 혜영 엄마는 흔쾌히 송림동성당에 있는 새싹유치원에 보낸다고 했다. 성당에서 운영하고 수녀님들이 가르치는 유치원이 다른 유치원보다 좋으리라 생각했던지라 혜영 엄마 생각이 고마웠다. 그래서 혜영이를 내가 다니는 성당의 부설 유치원에 보내게 되었다.

혜영 엄마도 첫 딸이라 적극적으로 유치원 자모들과 잘 어울렸고, 혜영이를 위해서 성당 유치원과 수녀님들을 돕고 나섰다. 나는 그런 태도가 너무 고마웠다.

남편과 경주 불국사 앞에서.
송림동 양옥집으로 이사한
뒤 우리는 생일 때마다 부
부여행을 떠났다. 이 여행은
내 회갑 전까지 계속했다.

　　그때 가끔 자모들이 모여 수녀님들에게 식사 대접을 하곤 했는
데, 하루는 김 수녀님이 평일뿐 아니라 주일에도 만났으면 좋겠다고
제안하셨다. 이 말을 전해 들은 엄마가 혜영 엄마에게 새로 예비신자
교리반을 모집하고 있다며 입교를 권했다. 혜영 엄마도 흔쾌히 승낙
했고, 교리반 대표를 맡는 등 정말 열심히 교리반을 다녔다. 그때 교
리를 가르친 수녀는 장 실비아 수녀님이었는데, 혜영 엄마는 세례 때
수녀님에게 모 실로 짠 검정 스웨터를 선물하였다.

　　엄마 세례와 동시에 혜영이와 혜란이도 함께 유아세례를 받았다.
나는 혜영 엄마가 개종함으로써 함께 미사도 가게 되어 참 기뻤다.

엄마도 참 기뻐하셨다. 혜영이가 먼저, 다음에 혜란이가 첫영성체 교리를 할 때는 줄곧 내가 데리고 다니며 첫영성체를 시켰다. 가정에서 같은 종교를 믿는 것은 하느님의 무한하신 축복이라 생각한다. 주님이 우리 가정에 무한한 은총과 축복을 내려주셨다. 하느님, 정말 감사합니다.

손자 준상이가 태어나다

혜영 엄마는 혜영이와 혜란이를 낳은 뒤 더는 아기를 낳을 생각이 없었던 것 같다. 그런데 영순이의 둘째 진섭이가 태어나면서 자기도 아들을 낳고 싶었던 모양이다. 그래서 계획 끝에 임신을 했다. 그때 영순이는 또 다른 조산사 노 선생과 함께 조산원을 운영하고 있었다. 노 선생이 아는 산부인과 의사에게 가서 검사 끝에 아들이라는 것을 알았다. 그 뒤 혜영 엄마는 무척 몸조심하였고, 달이 차서 1988년 11월 15일 밤 2시에 영순이가 운영하는 조산원에서 준상이를 출산했다. 누나들보다는 쉽게 출산했다. 나는 영걸이와 함께 조산원에 가서 손자를 첫 대면하고 무척 기뻐했다. 준상 아빠와 엄마도 하느님께 감사했을 것이다. 나는 물론 남편도 무척 기뻐했다.

지금은 잘생긴 놈이 그때는 별로 예쁘지 않았다. 시일이 지나면서 점점 예뻐졌다. 첫돌 때 준상이가 온종일 돌복을 입고 잘 걸어 다녔던 생각이 새삼스럽게 난다. 자라면서 몸이 가냘팠다. 그래서 녹용 보약을 자주 먹여서 그런지, 동명초등학교에 다닐 때는 걱정이 될 정도로 비만이 심해졌다. 그러나 건강히 잘 자라주어서 고맙다.

막내가 결혼하다

막내는 청년회 활동을 하면서 민주화운동에 적극적이었다. 노태우 대통령이 당선되고 정국이 안정되어갈 무렵, 혜진 엄마인 송인영도 학생 시절 민주화운동에 관심이 있어서 민중대학에 참여하면서 영대와 가까워졌던 모양이었다. 뜻을 같이했던 까닭에 서로 결혼까지 생각했다.

사실 영대는 대학 졸업 뒤 어렵게 구한 직장을 6개월 만에 접고 퇴사했다. 자기는 하루 세 끼 라면을 먹어도 하고 싶은 일을 하겠다고 말했다. 그 뒤 공동체 지향이라는 모임을 만들어서 하고 싶은 일을 시작했다.

그때 영대는 엄마와 함께 주원고개(간석동)에 있는 성락아파트에 살고 있었다. 동생 태연이의 결혼 뒤 고부 사이가 너무 안 좋은 탓에 동생 부부가 취업 이민 형식으로 호주로 간 뒤부터 함께 살았다. 그때 영대는 결혼해도 외할머니와 함께 살아야 할 처지였다. 결혼을 예단 없이 간소하게 올리자고 합의가 잘 되었다. 영대도 인영이도 3백만 원씩 내서 모두 6백만 원으로 자기들이 알아서 준비해 간소한 결혼식을 올렸다. 다 부모님들한테 효자가 되었다. 옛 말에 바리바리 싸가지 말고 괴춤에 빗 넣어 가지고 가서 잘 사는 것이 행복이라고 했는데 참 그 말이 맞는가 보다.

영대 부부는 혜진, 혜민이를 낳고 9년 만에 늦둥이를 낳았다. 하늘이 덤으로 혜빈이를 주셨다. 너무너무 감사한 일이다. 딸 셋이 아들 부럽지 않게 건강하고 영리해서 남들이 부러워할 정도로 공부도 잘하고 예쁘게 자라주어 하느님께 감사하며 살아간다.

항상 하느님의 섭리가 오묘하다. 어찌 짝을 이리도 잘 맺어 주시는지. 남편이 돈을 많이 갖다 주든 적게 갖다 주든 불평 없이 잘 살아가는 혜진 엄마에게 늘 고맙게 생각한다. 하느님 사업을 위해 교회에서 활동하는 사람은 돈을 많이 벌 수 없다. 아마 며느리도 이것을 잘 알아서 불평 없이 잘 사는 것 같다.

비록 신학교에 못 가 신부는 못 되었지만 평신도로서 하느님 사업을 하고 사회를 위해 봉사하는 일도 뜻이 있다고 생각한다. 그래서 나는 항상 하느님께 감사하며, 좀 오래 건강해서 애들을 돕고 싶지만 이것이야말로 하늘의 뜻이라 생각한다.

막내 가족과 함께 살기 시작하다

혜진이는 1991년 7월 26일 안나 축일에 태어났다. 혜진의 본명(세례명)은 나와 같은 안나이다. 주원고개에 있는 황산부인과에서 태어났다.

산달이 되어 가니 여러 가지로 걱정되는 일이 많았다. 출산하기 전에 엄마에게 전화가 왔다. 산달이 되어가니 방 정리가 필요하다는 것이다. 아기가 출산해도 그 작은 방을 쓰란다. 나는 슬그머니 화가 났다. 엄마의 큰방과 바꾸어야 맞지만 당신 방을 내주기가 싫은 것이었다. 기가 막혀서 혜영 엄마에게 말했더니, 자기가 1천만 원을 빌려줄 테니 집 근처로 오게 하라고 했다. 마음 씀씀이가 정말 고마웠다. 나는 즉시 방을 구하러 다녔고, 언덕 위에 있는 방 두 개짜리 전셋집을 쉽게 구해 이사하게 되었다.

막내 부부는 외할머니를 마음에 걸려 했다. 그래서 외할머니 생활비를 저희가 드리기로 했다. 몇 년이 지나 엄마는 호주의 태연 동생에게 가셨는데, 그곳에서도 동생댁과 뜻이 안 맞아 바로 한국으로 돌아오셨다. 엄마는 노인이라 그런지 이해심이 너무 없었다.

나는 혜진 엄마의 해산구완을 했고, 혜진 엄마의 출산 휴가가 끝난 뒤에는 혜진이를 길러야 했다. 아침 일찍 일어나 우리 식구 밥만 해 놓고 막내 집에 가서 아침밥을 짓고 출근 준비를 시켜야만 했다. 며느리가 출근한 뒤 혜진이가 깨면 하루 먹을 우유를 준비해서 우리 집으로 내려왔다. 언덕을 오르내리는 일이 참 힘들었다. 그때만 해도 젊어서 해낼 수 있었다.

그럭저럭 일 년이 지났다. 추울 때는 추워서 더울 때는 더워서 힘들었다. 엄마가 고생하는 것을 보고 영걸이 부부가 자기들이 나가 살테니 막내 식구들이 들어와 살게 하라고 제의했다. 첫째는 저희도 나가 살고 싶었을 것이고, 둘째는 엄마 고생이 딱했을 것이다. 그래서 큰 애들이 분가하기로 하고, 저희가 아파트를 사서 나갔다. 아파트를 사는 데 부모로서 도움을 못 줘서 미안하고 고마웠다.

혜진이가 급성후두염을 앓다

혜진이는 가끔 감기에 잘 걸렸다. 하루는 감기 기운이 있는 애를 괜찮겠지 하고 함께 목욕을 갔다 왔는데 기침 소리가 이상했다. 단골 소아과를 찾아갔더니 선생님이 혜진이의 기침 소리를 들으시고는 급성후두염이라고 빨리 큰 병원으로 가라고 말씀하셨다. 나는 택시를 잡아타고 미친 듯이 기독병원으로 갔다. 그러나 병원에서는 응급 환자에게도 느긋하게 대처해서 목이 타들어 갔다. 그러는 동안에 혜진 엄마와 아빠가 달려왔다.

혜진이는 숨을 쉴 때마다 산소 공급이 잘 안 되어 새파랗게 되었다. 아직 아기인 혜진이 목에 호스를 넣고 입 다물지 못하게 하려고 재갈도 물렸다. 가래를 빼내기 위해 치료할 때면 애가 반죽음이 되었다. 애처로워서 볼 수가 없었다. 며칠을 아무 것도 못 먹었는데도 한 번 칭얼대지 않았다.

호 신부님과 조 신부님, 여러 사람들의 기도 덕분에 많이 좋아져 사흘 만에 호스도 제거하고 일주일 만에 정말 기적같이 퇴원하였다. 아기로서 너무 감당하기 어려운 일인데도 혜진이는 잘 참고 견뎠다. 아마 그런 인내심과 집중력이 있어서 서울대학교에 갔다고 생각한다. 그때가 12월 추운 겨울이었다. 지금 돌이켜보면 정말 아슬아슬한 상황이었다.

혜진이가 어려운 고비를 넘기고 잘 자라 유치원에 갈 때가 되어 송림초등학교 병설 유치원에 보냈다. 가격도 싸고 사설 유치원에 비하면 믿음이 갔기 때문이었다. 혜진이는 유치원을 졸업한 뒤 송림동에 있는 서흥초등학교에 입학했다. 졸업할 때까지 줄곧 우등생이었으며, 전교 일등으로 졸업해 온 가족에게 기쁨을 주었다.

사위 덕에 미국 여행을 하다

경섭 아빠 김 서방이 미국 LA지사에 근무하게 되어 영순이는 조산원도 정리하고 함께 미국으로 갔다. 늘 가깝게 살다가 처음 타국에 가서 살게 되었다. 김 서방이 영어가 유창해 회사에서 인정을 받아 선발되었던 모양이다.

우리 부부는 겨울 방학에 맞춰 여행길에 올랐다. 손녀 혜영이, 혜란이도 함께 갔다. 제주도 여행 때 국내 항공기는 타보았지만 큰 비행기로 장시간 비행은 처음이었다. 새벽에 도착해 김 서방의 환영 속에 애들이 사는 집으로 갔다. 경섭이, 진섭이는 혜영이, 혜란이를 만나 날마다 즐겁게 놀았다. 대형 마트는 처음 구경하였다. 너무 사고 싶은 것이 많았지만, 아이쇼핑도 재미있었다. 우리 여행 경비를 혜영 아빠가 모두 대주었기 때문에, 좋은 구경을 할 때마다 함께 못 온 것이 더욱 아쉽고 미안했다. 애들 네 명을 데리고 영화 촬영장 등 이곳저곳을 두루 관광했다. 그때 그곳에서 피자를 처음 먹어 보았다. 시골 사람 같은 이야기지만, 어쨌든 맛있게 먹었던 기억이 새삼스레 난다.

남편과 나만 따로 2박 3일 관광도 갔다. 그때 미국 땅이 얼마나 넓은지도 새삼 느꼈다. 우리나라 작은 땅덩어리를 생각하니 넓은 땅이

영순이 부부와 함께. 혜영이와 혜란이가 함께 갔던 이 여행의 모든 경비는 장남 영걸이가 부담해 주었다.

돌이켜보니 감사할 뿐입니다

너무 부러웠다. 그랜드 캐니언의 신비스러운 광경은 저절로 감탄사가 나오게 했다. 폐광도 보고 원주민들의 비참한 생활도 볼 수 있었다. 남의 나라를 정복해 사는 사람들의 심보도 느낄 수 있었다. 우리나라에서 볼 수 없는 것들을 많이 봤고 좋은 여행이 되었다.

남편, 나, 혜영, 혜란은 영순이 가족들과 아쉬운 작별을 하고 돌아왔다. 오는 길에는 여러 가지 물건과 유명한 LA갈비도 많이 사 와서 맛있게 나눠 먹었다. 그때 김 서방이 파견 근무가 없었다면 미국 구경을 할 수 없었을 것이다. 내 평생에 의미 깊은 여행이었다.

신서방이 세상을 떠나다

꿈에도 기억하기 싫은 그런 일이 어찌 일어날 수 있었단 말인가. 나는 '엄마, 시립병원으로 와.'라는 영춘이 전화를 받고 정신없이 달려갔다. 하늘이 무너지는 것 같았다. 사돈님은 '아침밥 잘 먹고 나갔는데 어찌 이런 일이……'라는 말씀만 되풀이하셨다. '현정 아빠 돌아와. 돌아와.' 하는 영춘이의 울부짖음에 나는 할 말을 잃었다. 어머니, 제 아내, 귀엽디 귀여운 제 아들딸, 이 사랑하는 가족들을 두고 어찌 눈을 감을 수 있었단 말인가. 이 엄청난 일이 꿈이 아니라 현실로 우리 앞에 다가와 있었다. 평소 야무지고 찬찬한 사람이 무엇에 홀려 그런 어처구니없는 일을 했단 말인가. 아무리 생각해도 믿어지지 않는 현실을 우리는 그대로 받아들여야 했다. 결혼해 어찌 이십 년도 못 채우고 비명에 갈 수가 있단 말인가. 45세와 43세, 너무나도 기가 막힌 나이들이었다. 이 글을 쓰고 있으니 신 서방의 모습 하나하나가 새삼스레 떠올라 가슴이 저려온다.

우리는 오열 속에 장례를 치렀다. 나는 비운에 간 신 서방을 죽음으로 끌어들인 연안부두 항구를 날마다 안 갈 수가 없었다. 먹고 살기 위한 거래처가 그곳에 있었기 때문이다. 그곳에 갈 때마다 바다를 보면서 나도 모르게 흐르는 눈물을 주체할 수가 없었다.

나는 아깝게 간 신 서방의 영혼이 하늘나라에서 영원한 안식을 누리도록 사돈님과 영춘이와 함께 백일 연도(죽은 영혼을 위해 바치는 천주교의 기도)를 바쳤다. 그러기 위해 저녁을 먹고 제물포의 딸네 집에 갔으며, 아침 여섯 시에 일어나 집으로 오곤 했다. 나는 신 서방도 반드시 하늘나라에서 가족들을 위해 기도해 줄 거라고 믿었다. 그래서 현정이, 원석이 모두 좋은 대학교에 진학해 졸업하고 사회 일원으로 잘 살아가고 있음에 감사드린다. 신 서방 일을 생각하며 이 글을 쓰자니 가슴이 저려와 그만 적으려 한다.

혜민이가 태어나다

혜민이를 임신했을 때, 나는 귀여운 흰 스피츠 강아지를 혜민 엄마에게 안겨주는 꿈을 꾸었다. 태몽으로 보아 이번에도 귀여운 딸이 태어날 것이라고 말했다. 혜진 엄마는 임신기를 잘 넘겼고, 10월 25일에 혜민이를 순산했다.

나는 둘째라서 좀 빨리 낳으리라 생각하고 혜진 엄마를 동네 산부인과에 데리고 갔다. 그런데 대기실에 대기시켜 놓고는 자기들 할 일에만 열중하고 산모를 잘 보살피지 않았다. 그래서 내가 간호사들에게 막 야단을 쳤다. 아기가 나오려고 문을 잡는데, 다리를 꼬고 있으라니 말도 안 되는 일이었다. 나도 아기를 여럿 낳았고, 자식들이 낳는 모습도 많이 보아 웬만한 상식을 알기에 재촉하지 않을 수 없었다. 잠시 뒤 수술대에서 귀여운 혜민이가 태어났다.

태어난 지 얼마 안 되어 혜민이는 피부병에 걸려 고생했다. 혜민이의 백일은 큰고모부의 갑작스러운 죽음 때문에 가족 모두 슬픔에 잠겨 있어서 간단한 식사로 만족해야 했다.

혜민이가 어느덧 자라 다섯 살 때, 언니 혜진이를 데려다주러 유치원에 함께 가면 자기도 유치원에 가고 싶다고 했다. 그래서 종일반에 넣었다. 한동안 아침에는 내가 데려다주고 할아버지가 데려오면서 송림초등학교 병설 유치원에 다녔다. 그러다가 서흥초등학교 병설 유치원이 생기면서 두 아이 모두 그리 옮겨 다녔고, 초등학교도 서흥초등학교를 졸업했다. 혜민이는 2학년 때부터 6학년 때까지 줄곧 반장을 하는 등 좀 색다른 면이 있었다. 중고등학교에서도 반장을 계속했다. 어려서부터 활동적인 성격이었고, 그 기질이 오늘까지도 지속되고 있다고 생각한다. 두 자매가 개성도 다르고 성격도 다르게 성장하였다.

막내 숙부께서 뇌졸중으로 돌아가시다

동생 화연이에게 막내숙부께서 쓰러져 길병원으로 갔다는 소식을 듣고 병원으로 달려갔다. 막내숙부는 의식이 없으셨다. 뇌졸중으로 쓰러져 의식을 잃으셨단다. 건강하고 부지런한 양반이 어찌 이럴 수가 있단 말인가. 믿어지지 않은 사실이었다. 1년 전 사랑하는 신 서방을 보내고 슬픔이 가시기 전인데, 어찌 이런 슬픈 일이 또 일어날 수 있단 말인가. 동생들은 막내숙부를 병원 중환자실에 입원시키고 최선을 다해 치료했다. 하지만 자식들의 애끓는 마음도 몰라주시고 입원한 지 25일 만에 막내숙부는 하늘나라로 가셨다. 나이 육십에 가셨다. 작은어머니의 슬픔을 어찌 말로써 표현할 수가 있었을까.

나는 삼촌들과 나이가 비슷해서 형제자매처럼 자랐다. 우리는 아버지의 월남으로 말미암아 이북에서 모진 고생을 같이 겪었고, 6·25전쟁 때 살기 위해 함께 피난 나왔다. 전쟁 중이라 다른 사람들도 모두 고생했지만 막내숙부도 고생을 많이 했다. 슬하에 아들딸 셋을 두고 행복하고 재미있게 살 때였다. 이미 화연 동생, 지연 동생은 출가시켰다.

우리는 장례를 치렀고, 황해도에서 피난 나왔기에 막내숙부를 황해도민 묘지에 모셨다. 혜영 아빠가 건설사에 있어서 묘지 둘레에 축대공사를 튼튼히 해서 잘 모셨다. 막내숙부께서 하늘나라에서 편히 쉬시기를 빌 뿐이다.

막내 영대가 우리신학연구소를 시작하다

1994년 가을, 영대는 자기가 하고 싶었던 하느님의 사업인 우리신학연구소를 송림동성당 근처에서 개소했다. 많은 신부님들과 수녀님, 그 밖의 손님들이 오시어 축하해 주셨다. 처음 하는 사업이라 시행착오도 많았고 보람도 있었을 것이다. 어떤 어려움 속에서도 실망하지 않고 꿋꿋이 나가는 성격에 나는 감사하고 있다.

절대로 밖에서 있었던 일들을 집에서는 말하지 않는 성격이다. 나는 그 마음을 잘 알고 있다. 막내로 태어나 누나들과 형보다 어려움 없이 자랐다. 대학을 졸업하고 취직했다가 직장생활 6개월 만에 하루 라면 세 끼를 먹어도 자기가 하고 싶은 일을 하고 싶다고 했다. 그

진갑 잔치 때 참석한 하객들에게 인사말을 하고 있는 남편. 잔칫날 시골할머니처럼 치마를 묶었다고 자식들이 나중에 뭐라 했다.

런 각오로 시작했으니 어떤 어려움도 이겨내야만 한다고 생각했을 것이다.

1990년 6월 10일 결혼 뒤에 이렇다 할 수입이 없어서 며느리에게 미안할 뿐이었다. 그때 우리 부부도 친정엄마의 생활비와 아파트 부금을 내드리기에도 힘이 벅찼다. 아마 며느리도 혜진이를 낳고 1년 뒤 나와 함께 살기 시작하기 전까지는 힘들었을 것이다. 함께 살 때는 생활비를 모자라게 주어도 우의 장사를 통해 번 돈으로 대처하였다. 나는 생활비가 모자란다고 더 달라고 한 적이 없다. 내가 알아서 생활을 꾸려나갔다.

하느님의 섭리로 좋은 짝을 맺어 주심에 항상 감사드릴 뿐이다. 남편이 가져오는 돈이 적거나 많거나 그것으로 만족하고 돈 이야기를 안 하는 며느리가 고마울 뿐이다.

어려움 속에 이사도 많이 했고 연구소 식구들이 모두 많이 고생했을 것이다. 하느님 사업을 하면서 돈 많이 벌려고 하는 사람은 없을 것이다. 적극적인 후원자이신 호 베네딕도 신부님이 10주년, 15주년을 기념하면서 하신 말씀이 새삼 마음에 느껴진다.

남편의 진갑을 기념해 가족 문집을 내다

1996년 남편의 진갑 잔치를 치렀다. 우리 이북에서는 71세 때 진갑 잔치를 한다. 그래서 우리도 이북 풍습대로 진갑 잔치를 하였다. 일가친척 가족들이 모여서 간단한 식사를 나누었다. 시댁 조카들이 많이 참석했다. 남편이 자서전을 써서 기념 가족 문집인 <아버님은 소나무이십니다>를 펴냈다.

그때 영순이는 귀여운 딸 주미를 낳고 한국으로 나와 살고 있었다. 우리는 아직까지 신 서방을 잃은 슬픔에서 벗어나지 못해서 잔치를 간소하게 치렀다. 그때는 남편의 건강이 좋지 못할 때였다. 진심 어린 축하를 받았다. 남편은 잔치에 온 조카들한테 자신이 쓴 자서전이 담긴 책을 한 권씩 줬다.

그 뒤 남편의 건강은 차츰 좋아져서 식구들도 모두 안심하게 되었다. 남편에게는 그 연세 전에 돌아가신 형님도 두 분이나 계셨다. 형님들에 비하면 오래 사신 편이다.

그해 겨울에 남편은 전립선비대증으로 많이 고생했고, 길병원을 거쳐 부평성모병원에서 수술한 뒤 건강이 더 좋아졌다. 남편의 건강은 좋아졌으나 안타깝게도 녹내장으로 말미암아 시력을 점점 잃어가셨다.

위장병으로 고생하다

나는 사십 대부터 위장염을 많이 앓았다. 1년에 한두 번은 꼭 위장염으로 고생하곤 했다. 나이 먹으면서는 병이 더 오래가곤 했다. 어떤 때는 위궤양으로 오래 고생하곤 했다.

1997년에는 더 심해져서 자식들이 큰 병원에 갈 것을 권하여 혼자서 무작정 인하대병원을 찾았다. 위내시경 예약을 한 뒤 내시경도 하고 CT 촬영도 했다. 그때 위궤양으로 판정되어 1개월치 약을 받았다. 의사는 5~6개월은 먹어야 한다고 해서 한 달에 한 번씩 가곤 했다.

그렇게 내가 인하대병원에 다니는 중에 남편의 눈도 점점 안 좋아졌다. 걱정되어 물어본 끝에 인하대병원의 안과 시설이 잘되었다는 것을 알고 1998년 1월에 수술하였다. 한쪽 눈을 수술한 뒤 다시 입원하고 수술해서 양쪽 눈 모두 녹내장 수술을 했다. 그때까지만 해도 다른 병원은 녹내장 수술 기술이 안 좋았다. 수술 당시 왼쪽 눈은 이미 실명했고, 오른쪽 눈만 1/2 정도 살아 있었다. 수술 뒤에는 많이 좋아져 4~5년 동안 잘 보였으나, 그 뒤로는 점점 시력을 잃어가서 고생을 많이 하셨다. 다른 운동은 열심히 하셔서 건강한데 눈만 걱정이었다.

나는 4~5개월 동안 꾸준히 약을 먹어서 좋아졌으나, 그 뒤로도 치아 때문에 잘 씹지 못해 자주 위장염에 걸리곤 했다. 5번의 내시경을 했다. 한번은 내시경을 했더니 헬리코박터균이 있다고 일주일 동안 약을 먹으라고 했다. 이틀 동안 약을 먹은 뒤 두드러기 같은 반점이 얼굴에서부터 전신에 나타났다. 보기에도 흉측해 닷새 동안 먹고 도저히 먹을 수 없어 담당 의사와 상담해 끊은 적도 있다. 아무튼 위장병으로 여러 번의 내시경은 물론 정말 많은 위장약을 먹었다.

나는 위장병을 앓으면서 침 마르는 병이 생겼다. 당뇨도 아닌데 말이다. 침 마르는 병이 생기면서 이가 빨리 망가져 2~3년이 지나면서 다시 이를 해야 했다. 고생도 많이 했고 치과에 돈도 많이 갖다 주었다. 이렇게 위장병은 위장병대로, 이는 이대로 어려움을 겪으며 세월은 흘러갔다.

혜영 엄마가 골반염으로 고생하다

1998년 IMF와 동시에 혜영 아빠의 회사도 어려운 고비를 맞았다. 혜영 아빠가 퇴직할 상황이 되자 혜영 엄마가 부업으로 빵 가게(크라운 베이커리)를 시작했다. 빵 가게는 곧 자리를 잡고 잘 되었는데, 혜영 엄마가 감기를 앓듯이 시름시름 앓기 시작했다. 시간이 지나도 차도가 없었다. 배도 아프다 해서 진찰한 결과 맹장염이라고 했다. 맹장염이야 이제 큰 병도 아니어서 수술에 들어갔는데, 20~30분이면 끝나야 할 맹장 수술이 1시간 반이 되어서야 끝났다. 담당 의사 말이 장 둘레에 고름이 많이 있어서 닦아냈다고 했다.

의심이 갔지만 사나흘 뒤 퇴원했는데, 계속 배가 아프고 열이 났다. 동네 산부인과에서 치료해도 마찬가지였다. 길병원에 예약하려고 하니 두 주 뒤에나 날짜가 잡혔다. 할 수 없이 인천의료원에 가서 종합 검진을 받았다. 인천의료원에서도 하는 말이 뱃속에 동글동글한 암 같은 물체가 있다며 검사 결과를 기다려야 한다고 했다. 혜영 엄마 얼굴이 노랗게 되었고, 너무너무 심각한 상황이었다. 그래서 혜영 엄마의 친정 막내 올케의 도움을 받아 서울대학병원에 입원하였다.

서울대학병원에서는 즉시 골반염으로 진단했고, 주사를 맞고 약을 먹기 시작한 지 사흘째 되는 날에는 밥도 좀 먹기 시작했다. 우리는 안도했으며 혜영 엄마 기분도 점점 좋아졌다. 하루가 다르게 상태가 좋아져 일주일 뒤에는 며느리와 함께 산책도 하고 먹고 싶은 음식도 사 먹을 수 있었다.

한 번은 이런 일도 있었다. 병원에서 조직검사를 한다고 조직을 떼어갔는데, 혜영 엄마가 암인 것 같다며 울기에 걱정하지 말라고 달랜 적도 있었다. 병원에서는 약으로 고름을 말릴 수 있으니 약만 잘 먹으면 된다고 했다.

이런 소동 끝에 입원한 지 열흘 만에 내 생일 하루 전날, 퇴원하였고 내 생일 밥을 잘해 먹었다. 그동안 혜영이 외할머니가 오셔서 외손주들의 밥을 해주고 뒷바라지를 하느라 수고가 많으셨다.

봄이라 날씨가 따뜻해졌고, 며느리가 많이 회복되어서 혜영 아빠가 있는 대만에도 갔다 왔다. 그 뒤 적당한 구매자가 나서서 빵 가게를 손해 없이 잘 정리하였다. 참 다행스러운 일이었다. 혜영 엄마는 차츰차츰 건강을 되찾았다.

온 가족이 모여서 21세기를 맞다

1999년 12월의 마지막 날, 우리 가족은 우리 집에 모여서 제야의 종소리도 듣고 함께 2000년, 21세기를 맞는 기쁨을 나누었다. 그때

어버이날을 맞아 사돈들과 함께 한 강화도 나들이. 왼쪽부터 막내 안사돈, 작은엄마, 김서방과 나, 남편, 영춘이 시누이와 혜빈, 혜민, 영순, 혜진, 막내며느리, 영춘이 안사돈, 큰며느리, 영걸, 영순이 안사돈, 영춘이 시누이 남편.

혜영 아빠는 대만에서 파견 근무하고 있었다. 전화를 돌아가며 받았고 모두 희망의 축하 인사를 했다. 이것을 쓰자니 그때 생각이 새삼스레 머리를 스쳐 간다. 그때 왜 그렇게 2000년에 환호했을까?

대만에서 파견 근무를 하던 혜영 아빠는 그해 11월에 완전히 철수했다. 그때 대만에서 배웠던 중국어를 귀국 뒤에도 열심히 공부했다.

21세기를 맞아 우리 가족들은 열심히 더 활기차게 나아가고 있었다. 생활의 변화도 많았다. 주미 아빠 김 서방은 아시아나항공을 그만두고 자기네 땅에 상가를 짓고 임대사업을 시작했다. 혜영 아빠는 한화건설에서 나와서 작은 회사에 적을 두고 나름대로 사업을 하였다. 큰딸 영춘이는 보림패션에 나가면서 원룸 임대사업을 하였다.

나름대로 열심히 살고 있으니 모두 잘 되었으면 하는 마음으로 간

돌이켜보니 감사할 뿐입니다

내 칠순 잔치에서 나에게 주는 편지를 읽고 있는 영춘이. 손주들의 합주, 나의 일생을 담은 동영상 상영 등 다채롭고 뜻 깊은 자리였다.

절히 기도하였다. 4형제 모두 자기 일에 충실하니 늘 고맙고 어디서나 부끄러움 없이 자식들에 대해 말할 수 있어서 나는 참 행복하다. 너희들이 있기에 내가 보람 있는 삶을 살 수 있어 늘 고맙다. 모두 오래오래 건강하게 살기를 기도한다.

2001년, 내 칠순 잔치를 하다

내 칠순을 맞아 자식들 4남매는 엄마의 칠순 잔치를 뜻깊게 해주고 싶다며 여러 가지를 계획했다. 나는 늘 가족 행사 때면 하늘나라에 있을 현정 아빠가 더욱 생각났다. 7~8년이 지났지만 짝없이 지내는 영춘이를 생각하지 않을 수가 없었다. 자식들이 자라는 걸 보면서 재미있고 행복하게 살아야 할 사람이 결혼 20년도 못 채우고 어찌 하늘나라로 갈 수가 있단 말인가.

영춘이는 맏이로 태어나 어려운 시절에 가장 고생을 많이 했다. 이 점이 늘 마음 아프다. 그래도 직장생활을 잘해 결혼 때 혼수를 자기 힘으로 마련해서 갔다. 야무진 성격은 지금도 여전하다. 그래서 신서방이 없는 가운데서도 재산을 조금씩 불려 노후대책까지 세웠으니 칭찬하지 않을 수 없다.

나는 시집 조카들과 친정 친척들이 축하해 주는 가운데 하루를 즐겁게 보낼 수 있었다. 모든 행사 기획은 막내의 몫이었으며, 네 남매가 돈을 모아 출장 뷔페를 불러 참석 손님들을 정성껏 대접하였다. 남은 돈은 내 용돈으로 주어 나름대로 뜻있게 썼다. 칠순 기념으로 가훈 액자를 만들어 박씨 남자 조카들에게 선물하였다. 남편이 직접 정한 가훈의 내용은 이러하다.

1. 내가 맡은 일에 최선을 다하자.
1. 남을 탓하지 말고 나 자신을 반성하자.
1. 남이 한 것이 잘못되었다고 생각하면 나는 그 잘못을 범하지 말자.

남편은 윗사람으로서 조카들을 올바른 삶으로 이끌기 위해 많이 애쓰시는 분이었다. 또 어떻게 해서든 박씨 가족의 명예를 손상하는 일이 없도록 무척 노력하셨다. 그런데 조카들이 남편의 뜻을 잘 따라주지 않아 마음을 많이 쓰셨다. 이렇게 해서 내 칠순 잔치는 잘 마무리되었다.

2002년 월드컵 때 혜빈이가 태어나다

혜진 엄마는 2001년에 대학원에서 공부 중이었다. 내 칠순 때만 해도 혜빈이가 생기지 않았다. 그해 가을에 혜빈이를 임신했다. 입덧이 심하지 않은 편이지만 공부하랴 뱃속 아기 키우랴 몸도 마음도 바빠졌다. 자연히 밤늦게까지 공부하는 날이 많았다.

처음에는 호 신부님 누나 병원으로 검진을 다녔는데, 아기를 받지 않는다고 해서 산달이 가까워져서야 계산동의 준산부인과로 옮겨 그 병원에서 낳았다. 혜빈이는 2002년 우리나라 월드컵 때, 6월 14일 우리나라가 16강에 올라간 날에 출산했다. 뜻 있는 일이었다. 순산으로 건강하게 태어났다.

그때 며느리는 대학원에서 석사 논문을 쓰는 중이라 혜빈이를 기를 여유가 없었다. 나도 살림 때문에 어찌할 도리가 없어서 인경 이모가 6개월만 길러주기로 했다. 외할머니와 이모가 혜빈이를 기르느라 고생이 많으셨다. 신기한 일이 있다. 혜빈이는 지금도 늦게 자는 버릇이 있다. 혜빈이가 뱃속에 있을 때 어미가 일찍 자 본 적이 없기 때문인가 보다. 태교를 정말 무시 못 하는 모양이다.

혜빈이를 이모와 외할머니가 6개월 동안 길러주어 겨울 방학 때 데려왔다. 그래서인지 혜빈이는 자라면서 이모를 많이 따르고 지금도 이모를 많이 좋아한다.

혜빈이의 이색 돌잔치를 하다

혜빈이는 늦둥이로 태어나 가족들의 사랑을 많이 받으며 자랐다.

큰아빠, 큰고모, 작은고모 모두 혜빈이만한 자식이 없어서 더 많은 사랑을 받았다. 돌잔치는 답동 가톨릭회관에서 출장 뷔페를 불러 멋지게 했다. 성장 과정에서 아빠가 찍은 많은 사진들을 전시하는 등 뜻있는 잔치를 재미있게 치렀다. 혜빈이는 모든 가족의 사랑을 독차지하고 자랐다.

서너 살 때 고집이 세서 무척 애를 먹었다. 그러나 6~7살 때 유치원에 다니면서부터는 친구들과 잘 놀고 친하게 지냈다. 7살 때부터는 유치원 친구와 함께 피아노를 다녔다.

혜빈이는 유치원을 졸업하고 연수 중앙초등학교에 잘 다녔다. 우리 아파트에서는 찻길을 건너지 않고 학교에 갈 수 있으므로 많이 안심되었다. 어려서부터 자주 감기에 걸려 병원에 가는 게 큰일이었다. 공부도 곧잘 했다. 1학년 때부터 윤선생 영어를 시키는데, 재미있게 제가 알아서 잘했다.

엄마가 세상을 떠나시다

2003년 1월 3일, 엄마가 뇌졸중으로 쓰러지셨다. 나는 1월 1일 엄마에게 전화로 안부 인사를 드렸다. 곧 찾아뵙겠다고 하고 사흘이 지나도록 갈 수 없었다. 가깝게 사는 둘째 딸 주미 엄마에게 꼭 찾아뵈라고 부탁했다. 예감이 이상했다.

주미 엄마가 찾아가 벨을 눌러도 아무 대답도 없었다. 그냥 돌아갈까 하다가 그게 아니다 싶어서 열쇠 기술자를 불러 문을 열었다. 주미 엄마가 막 문을 열고 들어가려고 할 때 레지오 단원들도 찾아왔단다.

그런데 어찌 이런 일이 있을 수 있단 말인가. 엄마가 쓰러져 의식이 없으셨다. 급히 엄마를 병원 응급실에 입원시켰다. 병명은 뇌졸중이었다. 병원에서 여러 가지로 치료했지만 소용이 없었다. 그렇게 의식 없이 15일을 살다가 하늘나라로 가셨다. 그때 마침 호주에서 사는 동생 태연이가 한국에 나와 있었다. 다행이었다.

태연 동생의 아내도 한국에 와서 돌아가시기 전까지 엄마를 극진히 간호했다. 엄마는 평소 기도를 많이 하는 분이셨다. 그래서 그런지 세상을 떠나신 날이 일요일이었다. 엄마가 다니던 주원성당 신자들이 많이 오셔서 연도를 드려주셨다. 너무너무 감사했다. 나름대로 신자 분들에게 음식을 정성껏 대접했다. 나는 엄마의 동생, 대전에 사는 이모에게 연락드렸는데, 이모는 끝내 몸이 안 좋다고 오시지 않았다. 조금은 서운했다.

엄마는 죽음의 복이 많은 분이시다. 오래 앓지도 않고 하늘나라로 가셨으니. 우리는 상의 끝에 엄마를 화장해서 하늘의 문 천주교 납골당 묘원에 모셨다. 아래 칸은 눈비 내릴 때 질척거리는 장소인데, 엄마는 맨 위에 있어서 아침부터 저녁때까지 항상 햇빛이 든다. 이것도 당신 복이라고 생각한다.

서울 숙부께서 세상을 떠나시다

서울 가운데숙부는 엄마와 같은 해에 돌아가셨다. 오랫동안 아프셨는데, 돌아가실 때는 다행히도 큰 고통 없이 가셨다. 나는 선종 소식을 듣고 서울로 올라갔다. 이미 입관이 끝나 숙부 얼굴을 마지막으로 보지 못해 서운했다.

가운데숙부는 나와 한 동갑이면서도 태어난 달은 나보다 늦었다. 우리는 자랄 때 삼촌이라기보다 형제처럼 자랐다. 숙부께서 돌아가시고 나니 새삼 해방 후 이북에서 고생하던 일이 생각나서 마음이 아팠다. 가운데숙부는 아들 승연이를 잘 키운 덕에 호화스럽게 떠나가셨다. 조화가 엄청 많았고 조문객들도 많았다. 숙부는 화장되어서 음성에 있는 불교 계통의 납골당에 모셔졌다. 불교식으로 말해 극락왕생하셨을 것이다. 하늘나라에서 할머니를 비롯해서 돌아가신 식구들을 만나 편안히 계셨으면 한다.

남편의 팔순 잔치를 하다

2005년은 남편의 팔순이었다. 효자 효녀인 자식들은 막내 영대의 주관으로 미리 계획을 짰다. 밥만 먹고 헤어지는 생일잔치보다는 좀 더 재미있고 뜻있는 행사로 진행하고 싶어 했다. 먼저 장소가 문제였다. 막내는 호 신부님께 말씀드려 신부님 성당에서 잔치하는 것을 허락받았다. 식사 준비는 우리가 평소 잘 알고 있어서 가끔 부르는 출장 뷔페를 불렀다. 2백 명의 식사를 주문해 손님을 대접했다.

먼저 호 신부님께서 정성 어린 감사미사를 봉헌해 주셨다. 다음에 여러 가지 프로그램을 진행했는데, 사회는 손녀 혜진이와 혜민이가 보았다. 초등학교 때부터 사회를 보곤 해서 야무지게 잘해 주었다. 시댁 조카·손자 손녀들이 축하해 주려고 많이 와 주었다. 우리 원씨 식구들도 많이 와서 축하해 주었다. 가깝게 지내던 성당 사람들과 자식들의 친구들도 불렀다.

장남 친구들은 수도국산 꼭대기 집에 와서 놀며 내가 해주는 밥을 먹고 갔던 일 등을 이야기했다. 그때는 누구보다 박현과 김기옥이 우리 집에 많이 들렀다. 기옥이는 겨울에 내가 해준 만둣국을 참 맛있게 먹곤 했다.

큰딸 친구들도 많이 왔다. 다른 친구보다 장정희는 고등학교 때 우리 집에서 몇 달 동안 영춘이와 함께 먹고 잤기 때문에 지금도 다른 친구보다 더 친하게 지내는 거로 알고 있다. 영순이 친구들 중에서 진짜 오래간만에 본 친구도 많았다. 막내는 활동을 많이 하는 터라 교회 친구들이 많이 와서 축하해 주었다.

나는 송림동성당의 같은 반 식구들을 초대했다. 많이 와서 축하해 주셨다. 참 고마웠다. 송림동성당 식구들은 가족처럼 느껴졌다. 우리는 매주 소공동체 모임을 했기 때문에 정이 안 들 수가 없었다. 연수동으로 이사 와서 자주 못 보는 것이 마냥 아쉬웠다.

가족들의 축하 합창 등 색다른 잔치를 치렀으며, 손님들에게 나름대로 약소한 선물도 드렸다. 영걸이 친구 박현이 선물한 고춧가루와 우리 부부의 작은 감사의 마음을 담은 기념 수건이었다. 이렇게 남편의 팔순 잔치는 정말 특별하게 지낼 수가 있었다. 정말 행복한 하루였다.

연수동 아파트로 이사하다

우리는 송림동 집에서 22년을 살았다. 그래서 어디 하나 정 안 든 구석이 없었다. 우리 부부는 30여 년의 세월 동안 우의 장사를 했다. 처음에는 직접 만들어 팔다가 나중에는 회사 제품을 사다가 팔았다. 인천은 항구 도시라서 어업이 발달하여 드나드는 어선과 어부가 많았다. 그래서 우리는 주로 선원들을 상대로 하는 선구용품 가게에 도

가족 모두가 손님들을 위해 노래를 선물하고 있다. 이 날을 위해 큰딸 영춘이가 작사한 노랫말에 작곡을 전공한 손녀 혜영이가 곡을 붙여 노래 〈소나무〉를 작곡하였다.

매로 판매했다. 또 공장이 많아서 회사에도 우의를 많이 납품하였다. 도매라 이익은 많이 못 남겼다. 그런데 배달하는 게 너무 힘들었다. 주문량이 많을 때는 택시를 이용했지만, 그렇지 못할 때는 물건을 이고 끌며 다녀야 하는 중노동이었다. 한 가지 좋은 점은 물건의 재고가 없다는 것이었다. 어찌 그렇게 오랜 세월 한 가지 장사를 했는지 모르겠다. 이처럼 오랜 장사를 접기로 한 것은 어선이 줄면서 장사가 신통치 못했기 때문이다.

나는 아파트보다 송림동 집이 좋아서 이사는 생각도 하지 않았다. 마당도 있고 물도 시원시원하게 버릴 수 있어서 좋았다. 그러다 손녀들의 학교 문제, 장차 우리 부부가 없을 때 집 관리 문제 등을 생각해 이사를 결심했다.

때마침 그해 연말에 송림4동 재개발지구의 집들이 헐리는 바람에 집 사러 다니는 사람들이 많았다. 우리도 집을 내놓았다. 얼마 만에 적당한 구매자가 나타났다. 흥정을 다 해 놓고 우리가 살 아파트를 사기 위해 연수동에 와 봤다.

혜진 엄마가 평소 잘 아는 언니뻘 되는 중개인을 통해 지금 사는 아파트에 와봤다. 집 평수나 위치, 공기가 너무 마음에 들어 마음의 결정을 하고, 우리 집을 사겠다는 사람을 만났다. 그 사람이 처음과 다른 소리를 하며 계약을 미루는 바람에 이제 틀렸다 싶었다.

그런데 2006년 새해에 다른 구매자가 나타났다. 이 댁은 엄마가 나와 같은 원씨인 데다가 천주교 교우였다. 이번에는 틀림없이 성사될 것 같아 연수동 부동산에 연락하니 내 마음에 들었던 아파트가 아직 팔리지 않고 있다고 했다. 우리는 우리 집을 처음보다 조금 적은 1억8천8백만 원에 팔기로 계약하였다. 우리도 연수동 부동산에 말해 복비 2백만 원을 깎아 일을 매듭지었다. 참 신기한 일이었다. 내 집이 되려니까 이런 일도 있었다.

층도 우리가 원하는 층이었고, 배수지공원을 끼고 있어서 공기가 얼마나 좋은지 모른다. 모든 자식들이 좋아했고, 남편도 운동할 수 있는 산이 있다고 무척 좋아하셨다. 우리는 아파트를 복비 2백만 원을 뺀 2억4천만 원에 샀다. 모자라는 돈은 막내 부부가 대출받았다. 2천만 원이나 들여 깨끗이 리모델링을 했고, 유리도 이중유리로 교체해 겨울에도 보온이 잘된다.

혜진이가 갑상선기능항진증에 걸리다

아이들 개학에 맞추어 2월 28일에 이사했다. 그날은 기온이 영하 8도까지 내려가 이사하는데 너무너무 추웠다. 그다음 며칠 동안도 아주 추웠다. 그때는 아파트 난방방식이 개인난방이 아니고 중앙난방이라 마음대로 난방할 수 없어서 춥게 지낼 수밖에 없었다. 이사 뒤 약 보름 동안은 엄청 추웠기 때문에, 우리는 도리 없이 춥게 지낼 수밖에 없었다.

혜진이는 연화중학교에, 혜민이는 연수중학교에 전학과 입학을 하였다. 나름대로 열심히 공부해 둘 다 수석으로 졸업했으며, 혜진이는 인천여자고등학교에 입학했다.

혜민이가 중2, 혜진이는 고1 겨울 방학 때, 막내 영대는 체력 단련과 좋은 체험을 시키기 위해 딸들을 네팔의 히말라야 산맥으로 등산 보냈다. 등산을 잘 마치고 와서 혜민이는 며칠 지나자 회복되었는데, 혜진이는 날마다 헤매고 기운을 못 차렸다. 2학년 1학기가 되어서도 도대체 어찌 된 일인지 수업시간에도 졸고 어찌할 바를 몰라 했다. 가족들 모두가 걱정했다. 그렇게 힘들게 지내다가 하루는 열이 나서 영대 선배가 운영하는 서울가정의학의원에 갔다. 진찰한 결과 갑상선기능항진증이었다.

그때부터 약을 먹기 시작하면서 조금씩 나아졌다. 약 20개월에 가깝게 약을 먹었다. 몸이 다시 건강해지면서 나름대로 열심히 공부한 결과 수석 졸업을 했고, 서울대학교도 수시 입학해 학교와 가족에게 명예를 안겨 주었다. 나는 어려울 때마다 언제나 부족하지만 마음과 정성을 다해 주님께 기도를 드렸다. 주님은 나의 기도를 다 들어주시니 참으로 감사할 뿐이다.

혜진이의 서울대학교 합격 발표 날은 이러했다. 다음 날이 발표 날인데, 학교에서 합격자 발표가 되었다는 휴대폰 문자가 왔다. 혜진이는 인터넷으로 합격 사실을 확인하고 나에게 달려오며 외쳤다. "할머니! 나, 서울대 합격이야!" 하며 울먹였다. 나도 주방에서 뛰어나와 혜진이를 안고 기쁨의 눈물을 흘렸다. 주님, 감사합니다.

혜진이가 수석 졸업하다

혜진이가 서울대학교에 합격한 기쁨은 이루 말할 수 없는 기쁨이었다. 나는 혜진 아빠와 혜빈이와 함께 혜진이 졸업식에 갔다. 기쁜 마음을 어찌 표현할 수가 없었다. 나는 우리 혜진이가 서울대학교에 합격했다고 큰소리로 외치고 싶은 심정이었다. 혜진 엄마는 자기 근무 학교도 졸업식이라서 끝내고 부랴부랴 왔다. 외할머니와 인경 이모도 오셨다. 우리는 학교에 도착해 졸업식 순서 안내지를 보고 또 한 번 깜짝 놀랐다. 혜진이가 수석으로 졸업하는 것이 아닌가. 마음도 어깨도 으쓱해졌다. 졸업식을 다 마치고 혜진 아빠는 딸을 쫓아다니며 사진을 찍어 주었고, 그 뒤 우리는 모두 식당으로 가서 즐거운 식사를 하였다.

자식이 일류 대학에 가는 것을 희망하지 않는 부모는 없을 것이다. 나는 큰아들이든 막내든 서울대학교에 가면 업고 춤을 추며 인천 시내를 돌 것이라고 했던 적이 있다. 아빠들 대신에 혜진이가 서울대학교에 입학해 가문의 명예를 빛내주어 고맙고 또 자랑스러웠다. 혜진이는 그날 가족들로부터 많은 선물을 받았다. 너무 황송해서 어쩔 줄 모르는 모습이 순진하게만 보였다. 그렇게 즐겁고 기쁜 하루가 지나갔다.

하느님, 감사합니다. 도와주셔서 정말 감사합니다.

혜민이가 고등학교에 진학하다

혜민이도 언니처럼 인천여자고등학교에 입학 원서를 냈다. 인천 여자고등학교는 언니가 다니고 있고 우리 가족이 모두 원하는 학교였다. 나는 부족한 기도나마 주님께 봉헌하고 도와주실 것을 열심히 기도했다. 혜민이도 인천여자고등학교에 배정받았을 때는 정말 기쁘고 감사했다. 통학 거리도 가깝고 여러 가지로 보아 우리가 원할만한 조건의 학교였다.

중학교 때 전교 학생회장을 지낸 혜민이는 1학년 때 부회장 후보로 2학년 선배와 함께 회장단 선거에 출마했는데 낙선했다. 하지만 크게 실망하지 않고 학교에 열심히 다녔고 반장을 맡아 활동하면서 2학년이 되었다.

혜민이는 매우 활동적이어서 학교 밖의 청소년 활동에도 열심이다. 2학년이 되면서 다시 회장단 선거가 있을 때, 이번에는 회장으로 출마했다. 자기를 지지해 주는 친구들과 함께 선거운동을 열심히 하더니 50%에 가까운 압도적인 지지율로 당선되었다. 그 전해에 부회장이었던 친구도 회장 선거에 출마했지만 낙선했다. 그런데 웃기지도 않은 일이 벌어졌다. 그 아이 부모까지 나서서 이번 선거는 부정선거라며 문제를 제기했다. 학교 측이 부정선거가 아니라는 결론을 내려 좀 우스운 꼴이 되었다.

큰고모님이 세상을 떠나시다

큰고모와 나와의 나이 차이는 10년이지만, 큰고모는 나에게 엄마와 같은 존재였다. 나는 아홉 살 때 엄마를 잃었다. 그 후 큰고모는 내게 엄마 같은 존재가 되셨다. 큰고모에게는 나보다 두 살 아래인 동생이 있었다. 그런데도 큰고모는 언제 어디를 가든 나를 데리고 다니곤 했다. 내 말이지만, 나는 어려서 공부도 잘하고 말썽도 안 피웠다. 아마 그래서 큰고모님의 사랑을 많이 받았는지도 모른다.

큰고모님은 체격이 좋으시고 키도 무척 컸다. 지금은 키 큰 사람이 많지만 그때 고향에서는 그리 많지 않았다. 고모가 처녀 때 같이 다니면 청년들이 여자가 너무 크다고 놀리곤 했다. 그 말이 왜 그렇게 듣기 싫었는지 지금 생각하면 우습다.

6·25전쟁이 시작된 뒤 우리는 고모 집에 피난 가서 살았다. 후퇴할 때 함께 피난을 갔다. 고모는 그때 대가족인 우리를 데리고 나와

친정 식구들과 함께. 언제 어디서 모인 것인지 기억이 잘 나지 않는다. 왼쪽부터 영자 동생과 아들 승환이, 영춘이, 작은고모, 큰고모, 엄마, 현정이, 나, 작은고모부.

고마움에 대한 오래된 일기

벌어 먹이느라 많이 고생하셨다. 우리 친정 식구들은 대부분 인천과 서울에 살았기에 자주 만날 수 있었다. 나는 큰고모가 장사하던 인천 중앙시장에서 30여 년간 장사했다. 모두 큰고모님의 보살핌이 있었기 때문이다. 이처럼 큰고모는 친정 동기간들을 위해 고생도 많이 하고 희생도 많이 했다.

큰고모는 가벼운 뇌졸중으로 장사를 못하게 되면서 집에 계셨는데 워낙 활동적인 분이라 너무 갑갑해 하셨다. 송림동에 있을 때만 해도 가끔 집에 놀러 오시곤 하셨다. 80세를 넘기면서는 걷는 것도 힘들어하셨다. 큰고모는 갑작스레 간에 이상이 생기셔서 온몸에 노란 물감을 바른 듯이 샛노랗게 되더니 3개월 만에 세상을 떠나셨다. 큰고모는 숙부들이 먼저 돌아가신 것에 대해 늘 섭섭해 하셨다.

큰고모는 법이 없어도 살 분이셨다. 그런 분인데 한평생 친정 식구들을 위해 너무 많이 고생하셨다. 아마 지금쯤은 하늘나라에서 편히 지내실 것이다. 다만 납골당에라도 모셨으면 좋았을 텐데, 고모님 흔적이 없어 두고두고 생각해도 너무 서운하다.

작은고모가 세상을 뜨다

작은고모는 나보다 두 살 아래였다. 자랄 때 우리는 형제처럼 지냈다. 나는 할머니의 사랑을 작은고모보다 더 많이 받았다. 내가 엄마를 일찍 잃은 탓에 언제나 나를 더 챙겨 주셨다.

작은고모는 결혼해서 아들 4형제를 두었는데, 가장 똑똑했던 진수가 예비고사를 치른 뒤 갑자기 없어졌다. 백방으로 찾았으나 찾을 수 없다가 12일이 지나서야 꿈에서 작은고모에게 나타났다. 그 뒤 시립병원 영안실에서 진수를 찾았다. 연안부두 겨울바다에서 익사한 채로 발견되었다고 했다. 겨울에는 물에서 자살하는 사람이 없다는데 그렇게 되었다. 작은고모부와 고모는 먼저 보낸 자식 때문에 가슴앓이를 많이 하셨고 남은 아들 3형제와 함께 살았다.

이렇다 할 며느리도 못 보고 한평생 고생하며 살았다. 끝내는 몇 년간의 투병 끝에 깡말라 볼 수 없는 지경이 되어 세상을 떠났다. 작은고모도 인정 많아서 동네 반장을 하며 어려운 사람들을 위해 많이 애쓰셨다. 그런데 말년에는 너무 고생을 많이 하고 돌아가셨다. 나는 작은고모가 하늘나라에 가서는 제발 고생 안 하고 편안히 사시기를 매일 기도한다.

현정이가 결혼하다

현정이의 결혼 이야기를 쓰자니 자라면서 너무너무 예뻤던 일들이 새록새록 기억난다. 현정 엄마가 같은 동네로 시집가고, 곁에서 늘 함께 지내다시피 했기 때문에, 우리는 현정이가 자랄 때의 일 하나하나가 또렷하게 생각난다.

남편은 큰딸을 시집보내고 제일 먼저 얻은 손녀라 꼬물대는 모습을 매일 보고 싶어 했지만, 바깥사돈이 없는 관계로 조심스러워 했다. 생후 5개월에 엄마의 맹장 수술 때문에 젖을 주지 못해 대신 우유를 주었더니 안 먹고 울다가 아주 배가 고파진 뒤에 먹었던 생각이 난다. 현정 아비는 딸을 엄하게 키웠으며 잘못했을 때는 벌도 마다하지 않았다. 그런 덕에 바르게 성장했다고 생각한다.

초등학교와 인천여중을 졸업하고 신명여고를 잘 다니고 있을 때 아빠가 갑작스럽게 세상을 떠났다. 그 큰 충격도 잘 이겨내고 엄마의 헌신적인 뒷바라지로 가톨릭대학교에 입학했다. 현정이는 고모네가 파견 근무하던 아일랜드로 어학연수를 가서 영어 실력을 키웠고, 또 호주까지 가서 더 실력을 키워 영어학원에 취직해 영어 강사로 자기 꿈을 맘껏 펼쳤다.

많은 친척과 하객들의 축복 속에서 하느님의 집 연수성당에서 10여 년간 사귀어온 정현철 군과 뜻있는 결혼식을 올렸다. 10여 년의 교제 끝에 올리는 혼인을 모두 칭찬하고 축복해주었다.

현정이와 현철이는 둘 다 나이가 30을 넘어 하루빨리 아기 갖기를 바랐다. 두 번의 유산을 한 뒤 적극 노력해서 쌍둥이를 가졌다. 나도 사돈님도 제발 건강한 아기를 주시기를 간절히 기도했다. 하지만 조기 출산으로 미숙아를 낳게 되어 걱정이 살얼음판을 걷는 마음이었다. 건강히 자라도록 주님의 은총과 축복을 주시기를, 성모님이 전구해 주시기를 매일 새벽 묵주기도를 올리면서 기도하고 또 기도했다.

원석이가 결혼하다

혼기가 된 원석이는 2009년 남편의 생신 때 참한 아가씨를 데리고 와서 선물을 건네며 인사를 시켰다. 한눈에 보기에도 참한 모습이 눈에 들었다. 그로부터 1년 뒤 본격적인 결혼 이야기가 나오고 부모님들의 상견례가 진행되어 결혼 날짜를 잡았다.

현정 엄마와 원석이가 결혼 뒤 살 집을 구하러 다니더니 회사에서 가까운 아파트를 얻어 결혼 전이지만 원석이가 먼저 입주했다. 그리고 필요한 가구며 전자제품들을 원석이와 예비신부 박윤미가 사이

좋게 시간 나는 대로 사들여서 생활에 불편이 없을 정도로 세간을 잘 장만했다.

하루하루 지나 드디어 10월 2일이 되었다. 이날은 남편의 생일이기도 했다. 우리 가족은 모두 예쁜 옷을 입었으며, 혜진 엄마와 나는 예쁜 한복으로 입고 갔다. 반가운 가족들과 아는 분들이 축하해 주기 위해 많이 오셨다. 참 고마웠다. 혼인식 주례는 사돈댁 교회의 담임 목사님이 맡았다. 목사님 말씀이 너무 지나칠 때는 좀 마음이 상했다. 그래도 혼인식이 잘 이루어졌다. 신부 윤미가 서운한 마음에 눈물을 흘릴 때는 마음이 아팠다.

우리는 모두 기쁜 마음으로 폐백을 받았다. 폐백 중에 생글생글 웃는 신부 윤미의 모습이 너무 예뻤다. 어찌 그렇게 잘 웃고 행복한 모습을 하는지 너무나 사랑스러웠다. 쌍둥이 엄마 현정이가 아기들 때문에 애쓰는 모습은 행복하고도 안쓰러운 모습이었다. 결혼식이 끝나고 얼마 안 되어 비가 내리기 시작했다. 오신 손님들이 잘 가셨는지 몹시 신경 쓰였다.

우리는 집에 돌아와 조카들과 가족들이 모여 혜영 엄마가 사 온 꽃게를 쪄서 맛있게 먹고, 현정 엄마가 장만한 음식을 먹으러 갔다. 아버지의 생일을 겸해 장만한 로스구이와 낙지볶음을 맛있게 먹고, 또 국수 잔치까지 하면서 하루를 잘 마무리하였다. 금요일에 신혼여행을 갔던 원석이와 윤미가 여행을 잘 마치고 돌아왔다.

그 뒤 몇 달이 지나 둘 사이에 아기도 생겨 참 고마운 마음이 들었다. 원석이가 집들이를 한다고 해 사돈어른, 원석이 고모네 식구, 현정 엄마와 함께 갔다. 둘이서 음식을 장만했는데 곧잘 만들어 놓았다. 우리 모두 맛있게 먹고 놀다가 귀가했다. 행복한 결혼 생활이 감사하고 대견스러웠다.

　원석이는 아들을 낳아 가족들에게 기쁨을 주었다. 유민이가 벌써 초등학교 4학년이다. 원석이가 일본 회사에 다니어서 지금은 일본 동경에 가 있다.

남편이 하늘나라에 가시다

　남편은 녹내장 수술을 한 뒤에도 차츰 더 안 보여 마침내 외출을 못 하고 집안에서만 생활하게 되어 항상 답답해하셨다. 연세도 많아 재수술도 할 수 없었다. 남편은 늘 당신이 그만 살았으면 하셨다. 자식한테는 말을 안 하시지만, 나한테는 친구들은 다 저세상에 갔는데 나는 왜 이렇게 오래 사느냐고 한탄하셨다.

　나는 남편한테 당신이 먼저 돌아가셔야 한다고 하였다. 남편은 당연히 그렇게 되어야 한다고 하셨다. 그런데 그렇게 되었다. 눈이 차츰 안 보이셔서 자꾸 부딪혀 다치시곤 하였다. 돌아가실 때가 되셨는지 화장실에 가시다가 넘어져 많은 피를 흘리셨다. 그래서 119를 불러 나자렛한방병원으로 가셨다. 그곳에서 응급치료를 하시고 사랑요양병원에 입원하셨다. 기력을 회복한 뒤 집으로 모시기 위해서였다. 그곳에는 적십자병원에 계셨던 호 과장님이 계셨다. 호 과장님은 호 베네딕도 신부님의 동생이라 잘 아는 사이였다. 그래서 호 선생님이 남편을 극진히 돌보아주셨다.

　나는 며칠 지나서야 남편한테 갔다. 나도 몸이 많이 안 좋은 상태였다. 남편은 많이 섭섭해 하신 것 같다. 나는 그 후로는 하루걸러 남편한테 갔다. 남편은 날로 상태가 안 좋아져 집중치료실로 옮겨가서 치료를 받았는데 차츰 상태가 악화되셨다. 서둘러 병자성사를 드려야겠다는 생각이 들어 성당 구역장한테 연락을 드려 신부님을 모셔와 성사를 드렸다. 병자성사를 받은 남편은 편안한 모습으로 내 손을 꼭 잡고 잠드셨다. 나는 남편한테 집에 갔다 오겠다고 말하고, 장남 영걸이한테 연락하고 집에 왔다. 영걸이 부부가 가 보니 주무셔서 그냥 왔다고 하였다. 밤 11시에 연락이 왔다. 남편이 운명하셨다고. 급히 달려가 보니 잠자듯이 남편은 눈을 감고 계셨다.

우리는 남편을 인천성모병원 장례식장으로 모셨다. 우리 사남매다 열심히 경조사에 따라다니었다. 그래서 손님이 엄청 많이들 오셨다. 그중 혜진 엄마의 동료 선생님들이 많이 오셔서 위로해 주셨다. 날씨도 참 좋았다. 참 남편은 복 많으신 분이시다. 날씨도 춥지도 덥지도 않아 감사하였다. 남편이 연세도 많으시고 당신이 항상 죽기를 원하셨기 때문에 편안한 하느님 나라에 가셔서 잘 지내시리라 생각한다. 그래서 나도 마음이 편안했다. 우리는 성당 교우들의 연도며 기도 덕분에 장례식을 잘 치렀다. 남편은 인천가족공원 평온당에 모셨다. 만약에 코로나19로 난리인 지금 같은 세월에 남편이 살아계신다면 얼마나 불편하셨을까 생각해 본다. 남편은 이 어려운 시국을 안 겪으셔서 참으로 감사하고 다행이라 생각한다.

우리 가족의 안식처를 마련하다

원래 우리 부부는 친목회인 명지회에서 공동으로 산을 사서 가묘도 만들어 준비하였기 때문에 묘지 걱정 없이 지냈다. 그런데 남편과 동료들의 실수로 그곳 묘지로 못 가게 되었다. 지번을 잘못 보시고 옆 지번에 묘지를 만들었기 때문이다. 뒤늦게 원래 땅 주인이 나서서 땅을 내놓으라고 하여 꼼짝없이 내놓게 되어서 상황이 그렇게 되었다. 먼저 가신 분들은 열 명 정도 그곳에 안장된 상태다.

우리는 다행히 천주교인천교구에서 마련한 강화 봉안당에 큰딸 영춘이 부부, 시어머니와 시누이 부부, 우리 부부와 아들 형제 부부 모두가 갈 자리를 마련해 지금은 안심이다. 내가 죽으면 인천가족공원에 모신 남편도 강화에 있는 그곳으로 모셔오기로 하였다.

모든 것이 잘 되어서 마음이 편하다. 내가 나중에 죽으면 유골이 남아 자식들하고 같이 편안히 있게 될 것이기 때문에 마음이 편하다.

현정 엄마가 암에 걸리다

현정 엄마는 야무진 성격으로 노력해서 자기가 먹고 사는 데 어려움 없이 기반을 만들었지만, 몸이 허약해져 관절 수술을 하고 고생을 많이 하였다. 다리 수술을 하고 회복 중인데, 이번에는 날벼락 같은 소식이 전해 왔다. 현정 엄마가 유방암이라고 수술해야 한다는 것이다. 나는 어떻게 이런 일이 있을 수 있나, 어찌하여야 하나, 엄마로서 죄책감을 느낀다. 사실 생활이 어려워 내가 장사하러 시장에 나가야 하는 형편 때문에 물지게로 물을 길어다 생활하느라 나약한 현정 엄마가 많이 고생하였다. 그때에는 어쩔 수 없는 형편이었다고 하나, 현정 엄마가 자주 아파 큰 수술을 하게 되니 어려서 고생 때문이라는 생각에 죄책감마저 들지 않을 수가 없다. 대전에 사는 현정이가 서울 성모병원에서 수술할 때며 그 후 진료 갈 때 엄마를 따라다녔다. 나중에는 현정 엄마가 혼자 항암치료를 다녔는데, 갈 때 올 때 2시간씩 걸려서 출퇴근 시간 때는 정말로 고생하였다.

항암치료를 하는 동안 부평에 사는 고교 동창 친구들이 와서 놀아주며 음식도 같이 해 먹었다. 친구들이 오는 날이면 엄마가 마음이 편하고 참 고마웠다. 고등학교 친구라서 50년 넘은 친구들이다. 친구들이 왔다면 나는 전화도 안 했다. 고마운 마음에 정희와 동분이에게 고맙다고 말하고 싶은 마음뿐이었다. 헬레나도 정말 고마운 사람이다. 헬레나는 성당 교우이며 현정 엄마와 같은 레지오(레지오 마리애, 천주교 신심 단체) 단원이다. 헬레나는 동기간보다 더 고마운 친구다. 형제들은 이웃에 안 살고 있기에 그렇게 못한다. 음식을 자주 같이 나누어 먹으며 오가지 못한다. 참 고마운 분이다.

이제는 항암치료도 잘 끝났고, 현정 엄마가 먹는 것도 조심하고 다른 데로 전이가 안 되도록 노력해야 할 것이다. 성격이 야무져서 별일이 없을 것으로 믿는다. 어서 세월이 흘러 건강을 되찾기를 바랄 뿐이다.

나는 항암치료 중에 말소리라도 듣기 위해 자주 전화하였다. 그것이 엄마 마음인 것은 어찌할 수가 없었다. 빨리 건강해지도록 기도를 많이 해야겠다.

주간보호센터에 다니다

남편이 세상을 떠나시고 나서 내게는 할 일이 많이 없어져서 아파트 안의 노인정에 나가기 시작했다. 2020년 코로나19 이후 노인정도 문을 닫게 되어 집에 있는 것이 너무나 갑갑하고 진력났다. 사돈어른이 어르신들을 보호해 주는 센터에 다니신다고 해 나도 다녀보기로 했다. 혜진 아빠가 지금 내가 나가는 두드림주간보호센터를 알아봐 7월 1일부터 다니고 있다.

오전에는 미술을 하고, 오후에는 노래교실도 하고 걷기운동도 하고 나름 재미있고 보람된 일이 많다. 이곳 어르신들은 나이가 많은 분도 많다. 백 세 넘으신 분이 한 분 계셨는데, 요즘에는 몸이 많이 안 좋아서 못 나오기도 한다. 젊은 몇 분이 약간 치매가 있기도 하다.

집에서 갑갑하게 지내는 것보다 나은 편이다. 코로나19 때문에 마스크를 잘 써야 하는데 그렇지 않아 걱정스러운 일도 많다. 보다 못해 마스크 쓰라고 말하기도 한다. 다행히 잘 따라 주어서 고맙게 생각한다.

센터에서는 매주 화요일 보건소에서 나와 코로나 검사를 해준다. 60대의 한 엄마가 검사 때마다 잡는 소리를 해 웃음거리가 되곤 한다. 코로나19가 계속되면서 할머니들도 들쑥날쑥하여 식구가 줄었다 늘었다 한다. 할아버지는 10명쯤 되었는데 요즘은 7명밖에 안 나오신다.

센터에 다니면서 한 가지 크게 걱정이 생겼다. 나이가 많아지면 생각하는 것이 다 흐려질까 걱정이다. 우리는 센터에 근무하는 분들을 선생이라고 부르는데, 남자 선생들은 나한테 똑똑하다고 한다. 나는 펄쩍 뛰며 아니라고 말한다.

백신을 맞고 있으니 어서 좋은 결과가 나왔으면 하는 생각이 간절하다. 정말 코로나19는 무서운 병이다. 세계적으로 그렇게 많은 사람이 죽는다니 정말 무섭다. 하루속히 코로나19가 종식되기를 빌고 또 빈다.

돌이켜보니 감사할 뿐입니다

자손을 위한 매일의 기도

나는 아침 기도로 하루를 시작한다. 혜영이가 아기가 없어 빨리 아기를 낳았으면 하고 기도를 매일 한다.

작은사위 경섭 아빠가 하루속히 눈이 건강해지고 둘째 딸 영순이도 입병이 낫기를 많이 기도한다. 주미 엄마 영순이도 손주가 다섯 명이나 된다고 흐뭇해하였다. 기르느라고 고생도 많이 되겠지. 그러나 자식 키우는 일은 힘들지만 보람도 크기 마련이다. 나도 내 자식 키울 때와 손주 키울 때 그런 보람을 많이 느꼈기 때문에 주미 엄마도 그러리라고 생각한다.

진섭이가 아들 둘을 낳아서 예쁘게 잘살고 있어 무척 대견하다. 경섭이도 딸 이나를 낳고 아들을 원해 노력 끝에 아들 쌍둥이를 출산하여 예쁘게 키우고 있다. 참으로 다 대견한 일이다. 애들이 예쁘고 건강하게 잘 성장하기를 기도하고 있다.

새해를 맞으니 우리 손주들도 하루빨리 결혼했으면 하는 생각이 든다. 혜진이가 벌써 서른한 살이다. 나는 그 나이에 막내인 저희 아빠까지 낳았다. 혜진이는 성격도 차분하여서 남편감을 잘 고르리라고 생각이 드는데 마음대로 안 되는 것 같다. 혜민이는 남자 친구가 있는데, 요즈음에 와서는 자기가 구상하는 일 때문에 결혼 생각을 할 여지가 없는 것 같다. 제일 급한 것은 준상이다. 부모도 많이 걱정하고 있겠지만 할머니로서 나도 걱정이 안 될 수가 없다. 하루속히 모든 것이 잘 이루어 주기를 희망해 본다.

세월이 꿈같이 흘러 우리 혜빈이가 벌써 스무 살 성인이 되었으며, 대학생이 되었으니 마음 뿌듯하다. 한편 나도 90살의 늙은이가

내가 젊었을 때는 일 년에 한두 번씩 찹쌀떡을 해 먹었는데, 아주 오랜만에 큰며느리가 나서서 찹쌀떡을 만들어 식구들이 나누어 먹었다.

되었구나 하는 생각이 들어 못내 아쉬움도 많다. 혜빈이에 대해 글을 쓰다 보니 세상을 떠나 하늘나라에 계시는 남편 생각이 난다. 남편은 막내인 혜빈이를 무척이나 예뻐하셨다. 할아버지가 돌아가셨을 때 혜빈이가 많이 울었다. 혜빈이가 고등학교에 진학했을 때, 남편이 용돈도 올려주라고 하셔서 지금도 용돈을 매달 10만 원씩 주고 있다. 할아버지도 하늘나라에서 막내 혜빈이를 위해 기도할 것이다. 나도 고3인 혜빈이가 꼭 자기의 능력을 살려 희망하는 대학에 가기를 열심히 기도했는데, 자기가 원하던 한국예술종합학교 디자인과에 입학하였다. 감사합니다.

지금처럼 서로 사랑하며 살아가기를

나는 제품을 만들 때 엎드려 두꺼운 천을 재단하여서 손 모양이 달라졌고 등도 많이 굽었다. 그래도 내가 건강한 덕에 큰 어려움 없이 생활했다. 지금 생각하면 젊었을 때는 사남매를 힘껏 가르치느라 고생이라고 못 느꼈던 것 같다. 자녀들이 모두 결혼하고 자식들을 낳아서 키우며 안정된 생활을 하고 있으니 엄마로서 뿌듯하다.

생각해 보니 내가 팔십 전에는 많이 건강했던 것 같다. 그 뒤 팔 골절을 당하고 병원에 입원도 하고 이래저래 아픈 데가 많았다. 적십자병원이 바로 옆에 있어 나름대로 혼자 병원에 다니며 이래저래 치료하곤 하였다. 허리통증으로 홍정형외과에 다니며 한 달에 한 번씩 주사도 오랫동안 맞았다. 지금은 외출할 때 지팡이를 가지고 걸어 다녀야 한다. 다리가 많이 불편해졌다. 지금 생각하면 원씨 집안에서 제일 장수하고 있다. 나도 가끔은 인제 그만 살아야지 하는 생각이 들곤 한다.

남편이 살아 계실 때 자식들에게 우애 있게 살기를 늘 강조하셨다. 그래서 자식들이 무슨 일이 있으면 반드시 모여서 식사를 같이하곤 한다. 남편이 말했듯이 우리 큰며느리 혜영 엄마가 잘하는 것 같아 늘 감사하게 생각한다.

내 나이가 많다 보니 증손주들 성장을 못 볼 텐데 하는 생각에 못내 아쉬워진다. 이런 생각을 하다 보니 늦게 교장이 되려고 노력하는 혜진이 엄마 생각이 들어 못내 아쉬워진다. 내가 없을 때 너희 사형제의 모습을 못 보니 참 아쉬운 생각이 많이 든다. 내가 없어도 지금처럼 사형제가 변함없이 서로 사랑하며 잘 살 것으로 믿는다.

봄꽃이야기

바람은
지나가려고 분다

여성 4대, 딸의 딸의 딸.
내가 엄마에 기대어 살아왔듯이
딸 현정에게
나도 그런 엄마가 되고 싶다.

70년 나의 삶을 적는다

내가 글을 쓴다는 것, 그건 일기다. 작가처럼 재미, 스릴, 반전의 사건 전개가 아니다. 내가 살아온 시간을 기억하고 추억하면서 행복했던 순간에 웃음짓는다. 아팠던 기억에도 머물면서 가슴을 쓸어내린다. 또 부끄러웠던 기억에 새삼 마음을 가다듬는다. 그냥 그렇게 내가 나를 기억할 뿐이다.

돌아보니 내세울 직함이 없는 삶, 그러나 지나간 시간 속에서 차근히 나를 기억하고 찾아내면서 쓰다 보면 잊고 살았던 행복했던 순간에 웃을 수 있다. 또 후회되는 것에 나 혼자 가슴도 아프겠지만, 다시 만나는 나는 더욱 나를 성숙시킬 수 있으리라. 어쨌든 나를 살아온 것은 결국 나, 내 인생이었으니까.

봄이 시작되던 어느 날 바람이 몹시 불었다. 풍랑이라고 표현해도 될까? 바람이 높았다. 파도가 밀려오는 해변에 섰다.

지금 나는 항암치료를 위해 한참 병원에 다녔고 항암치료 부작용에 조금은 힘들다. 의연해지고 싶지만 모두 잠든 새벽 심한 발 저림과 바늘로 찌르는 듯한 통증에 두 발을 잡고 나를 위로해야 한다. 이 고통도 어서 사라져주기를 바란다. 다 잘 될 거야. 이 또한 지나갈 거야. 언젠가 동생들과의 LA 여행 중 이름을 기억 못 하는 해변에서 파도를 타면서 즐겁게 웃었던 일이 생각난다. 파도를 넘으면 되는 거다. 못 넘으면 쓸려나가는 모래알이다.

다시 생각해 보는 나의 삶이다. 엄마와 함께 각자 60, 80년의 삶을 기록한 이후, 다시 10년을 더 기록한다. 앞으로의 내 삶은 서둘 것 없이 여유 있고, 주어진 오늘을 아주 소중하게 여기면서 좋은 생각과 좋은 일로 채우고 싶다. 나를 사랑하고 나를 응원하는 내 가족, 또 함께 있어 주기를 마다하지 않던 친구들과 생각지 못했던 지인들의 많은 응원에 감사한다. 그리고 이 모든 것에 힘입어 부디 좋은 모습으로 답하고 싶다. 모두 모두 사랑합니다.

이렇게 많은 것을 고백하고 되새기면서 이런 기회를 갖게 해준 <고마움에 대한 오래된 일기>에게 내 모든 진심을 바칩니다.

가장 어린 시절의 기억

내가 기억하는 가장 어린 시절의 기억은 아무리 생각해도 초등학교 1학년 때이다. 기억력이 좋은 이들은 서너 살 때도 기억한다던데, 나는 강원도 시골 동송리(철원군)에서 초등학교에 입학하던 날부터 기억난다. 그날 남동생 영걸이가 나를 따라 학교까지 따라왔다. 키가 작은 나는 앞줄에서 '앞으로 나란히'를 하면서 뒤에 있는 동생을 신경 쓰고 있었다. 어쩌다 보니 동생이 보이지 않아 깜짝 놀라 집으로 달려왔더니 집에서 놀고 있었다. 어찌나 놀랐던지. 그때 내가 다니던 등굣길에는 논물을 막아두는 수문이 있었다. 그곳에는 새우도 살고 있었고 제법 깊어서 어린 우리들이 빠지면 죽을 수도 있다고 생각했다. 아마 동생 영걸이는 기억에 없겠지만, 이 기억이 나의 가장 어린 시절의 기억이다.

내가 살던 동송리 집은 언덕을 올라간 것 같기도 하고, 길갓집이 었던 것 같기도 하다. 군용 전화선이 풀밭에 늘어져 있기도 했다. 아이들은 전홧줄 연결 부분의 생고무를 껌처럼 씹기도 했다. 검정색이고 무척 질겼는데 어찌 씹었을까? 나는 밀밭에서 밀을 뽑아 불에 태

외할아버지와 어린 나. 아마도 갓 돌을
넘겼을 때인 듯하다. 당시 외할아버지
는 남원에서 서울의원을 운영하셨다.
사진은 그 앞에서 찍은 듯하다.

워 손바닥으로 비빈 다음 그걸 입에 넣고 씹곤 했다. 미끄럽지만 껌
처럼 뭉쳐지는 고체가 될 때까지 씹었다. 그러다 밀 수염이 목구멍에
찔려 아무리 밥을 큰 덩어리로 넘겨도 계속 아팠다. 결국 엄마와 함
께 읍내 병원에 가서 뺐던 것이 기억난다.

어린 날의 추억들

우리는 군 생활을 하신 아버지 때문에 참 많이 이사했다. 초등학
교를 입학하고도 1학년 동안 두 번 정도 이사한 것으로 기억한다. 개
울이 가까운 곳에 살면서 1학년 방학 때 동네 아이들과 개울에서 멱
을 감으며 넓은 바위 위에 방학 숙제를 펴놓고 했던 기억이 난다. 그

곳 개울은 너무나 맑고 차가웠다. 송사리가 다니는 것이 훤하게 보이는 것은 물론 바위를 들추면 가재도 많았다. 가재를 잡아 불에 구워 먹기도 했다. 고소하기가 지금의 랍스터에 비할까? 그런데 초등학교 1학년 1학기 통신표에는 글을 못 읽는다는 기록이 남아있어 부끄러웠다.

여동생 영순이는 나와 여섯 살 터울이다. 우리 집은 작은 구멍가게를 했는데, 담요를 커튼으로 가리고 윗목인지 옆방인지에서 동생 영순이가 태어났다. 우리 집에는 아기를 봐주는 언니가 있어서 영순이는 그 등에 업혀 있었던 것 같고, 엄마는 재봉틀로 무언가를 만드셨던 것 같다.

나는 그때 종이 인형 놀이에 빠져 있었다. 인형을 그려서 몸통을 만들고, 옷을 그리고 오려서 그 위에 입히는 놀이를 동네 아이들과 했다. 가게를 하는 덕분이었는지 아버지가 부대에서 가져오신 것이었는지 그때 우리 집에는 종이가 많았다. 시골에서는 종이가 귀했는데도 나는 종이를 마음 놓고 가지고 놀았다. 종이를 접어서 대칭으로 오린 옷을 여러 모양으로 만들어 팔 벌리고 있는 종이 인형에게 입히고 벗기며 놀았다. 그때부터 옷 만들기에 소질이 있었나?

가게를 하던 동네에서 한참을 살았나 보다. 부엌 뒷문 쪽으로 흐르던 도랑물도 생각나고, 다래를 항아리에 넣었다가 말랑말랑하게 익어서 달콤해지면 맛있게 먹던 기억도 난다. 또 동네 아이들의 자치기 놀이도 생각난다. 동네 아이가 자치기를 하다가 뾰족한 쪽에 눈을 맞아 실명하기도 했다. 분꽃이 흐드러지게 핀 어느 집 화단 가운데에서 꽃무늬 간땅구(원피스)를 입고 찍은 사진도 남아있다. 사진 속의 나는 울어서 눈이 퉁퉁 부어 있다.

그 뒤 상노리라는 동네에서 살았다. 밑으로는 논이 있고 학교까지 한참 걸어가야 했다. 눈보라가 앞이 안 보이게 퍼붓던 어느 겨울날, 엄마가 담요를 한 장 가지고 나와 나를 머리부터 푹 씌워 안고 집으로 들어갔던 기억도 난다.

강원도의 날씨는 초가을인가 싶으면 바로 겨울이었다. 가을 날씨도 해가 지면 공기가 싸한 것이 살이 에이게 톡 쏘는 청량함이 있었다. 그런 초가을 어느 날, 군부대에 영화가 들어왔다고 온 마을 사람들이 저녁을 먹고 부대로 영화 구경을 갔다. 제목은 <홀쭉이와 뚱뚱이>였다. 나도 계란 2개를 먹고 부지런히 따라 나섰는데, 급히 먹은 계란에 체해 크게 혼났다. 그 뒤 한동안 나는 삶은 계란을 보면 이상한 냄새를 느껴 먹을 수 없었다.

귀공자 같았던 막내 영대

그해 겨울인지, 학교에서 돌아오니 함께 살고 계시던 외증조할머니께서 이웃집에 가 있으라고 하셨다. 나와 영걸이가 이웃집에서 한참을 놀다 잠자다 왔더니, 막내 동생 영대가 태어나 엄마 곁에 누워 있었다. 어찌나 신기한지 한참을 잠도 안자고 쳐다보았다.

우리 4남매는 강원도 상노리에서도 살았다. 그때 엄마의 고종사촌인 영자 이모가 함께 살기도 했다. 막내 남동생 영대는 시골아이 같지 않게 귀티가 나고 예쁘게 생겨 동네 어른들이 귀여워했다. 그래서 나는 영대를 등에 업고 자랑하곤 했다.

여동생 영순이와의 기억 중에는 이런 게 있다. 원두막을 하는 부부가 사는 집에 살 때, 세 살쯤이었던 동생은 머리가 노란색이고 숱도 많지 않았다. 어린 마음에 동생에게 예쁘게 파마를 해준다고 아카시아 잎줄기로 돌돌 말아 엮었다. 그런데 영순이가 머리를 잡아당겨 아프다고 우는 바람에 엄마에게 몹시 야단을 맞았다. 동생을 예쁘게 해주고픈 마음에 상처를 받아 한참을 담 밑에 쭈그리고 앉아서 울었다.

지금 상노리에는 사촌 영애 언니가 살고 계신다. 영자매(아버님 환갑잔치를 계기로 만든 박씨 딸들의 친목회) 서열로는 두 번째 언니이다. 우리가 그곳에 살고 있을 때, 우리 부모님이 안채에 있는 총각(임강혁)에게 조카인 영애 언니를 중매를 서서 혼인시켰다. 그때 형부는 참으로 부지런한 미남 청년이었고 마음도 착해서 참한 신랑감이셨다. 형부는 우리에게 잘 보이려고 했는지 무척 잘해 주셨다. 소여물 끓이는 가마솥에 콩타래를 넣어 쪄주시기도 하고 타다 남은 재에 감자를 묻어 구워주시기도 해서 맛있게 먹었다. 먹는 것이 귀한 시골에서는 그런 것들이 유일한 간식이었다.

초여름 아카시아 꽃이 흐드러지게 피어 늘어지면 그것을 따서 먹기도 하고, 뽕나무 열매 오디는 달콤함 그 자체였다. 또 산딸기는 알맹이가 탱글탱글해서 입안에서 톡톡 터지는 게 얼마나 맛있었는지 모른다. 지금 건강식이라고 값비싸게 사 먹어야 하는 것들이 계절에 맞춰서 우리 곁에 있었다. 칡뿌리도 그랬고, 싱아도 그랬다. 메뚜기와 개구리도 잡아먹었다. 비 온 후 개울가에서 삼태기를 대고 몰이를 하면 미꾸라지와 붕어가 많이 잡혔다. 작은 붕어를 고추장을 넣고 얼큰하게 졸이면 뼈째 먹는 맛있는 반찬이 되기도 했다.

아버지의 부대원들과 함께 했던 야유
회에서 부모님과 막내 영대와 함께. 영
대의 어린 모습은 지금 봐도 손자 지
유만큼 귀엽다.

버스 통학 길의 추억

길 건너에 교회가 있는 신작로 옆에 살 때, 영걸이와 나는 버스를
타고 학교에 다녔다. 그때 차비는 2원, 왕복 4원이었다. 엄마는 우체
국에서 빨간색 종이돈 1원짜리를 한 뭉치씩 바꿔 놓았다가 내게 8원
씩 주셨다. 버스가 안 서 줄까 봐 엄마가 길가에 나와서 버스를 세워
태워주시곤 했다. 어떤 때는 차장 언니가 우리들 차비를 안 받아 그
돈으로 밀가루 반죽을 썰어 튀긴 고구마 과자를 사 먹는 재미가 쏠쏠
했다. 그때 간식거리 중에는 그 고구마 과자가 정말 맛이 있어서, 차
장 언니가 차비를 안 받으면 좋겠다는 기대를 하곤 했다. 그런 기대
도 몰라주고 영락없이 차비를 받는 차장 언니가 야속할 때도 있었다.

시골에서 가을 운동회를 하면 온 동네 잔치였다. 나는 달리기도 잘했고, 곤봉체조도 잘했던 것으로 기억한다. 내 기억에 아버지는 부모님들 달리기 시간에 뛰시다가 넘어져 무릎이 깨지셨다.

초등 6학년 때의 서울 유학

나의 부모님은 자식 교육에 대해서도 앞선 생각을 가지셨다. 시골 초등학교 5학년을 마친 나는 외증조할머니와 함께 서울 작은외할아버지 댁으로 올라와 노량진 상도동의 강남초등학교 6학년으로 전학했다.

우리는 선인장 같은데 빨강 꽃이 조그맣게 많이 피는 애기씨꽃과 예쁜 꽃들이 많이 있는 언덕 동네의 셋집에서 가장 안쪽의 작은 방에 머물렀다. 둘이 자던 어느 날 밤에 할머니가 무서운 옛날얘기를 해주셨다. 공동묘지에서 다리를 훔치자 내 다리 내놓으라고 쫓아왔다고 하시면서, 나를 툭 치며 '내 다리 내놔라' 하고 소리치셨다. 얼마나 놀랐는지 가슴이 막 뛰었다. 그때 우리 외증조할머니는 몇 살이셨을까? 참 얘기를 맛깔나게 하셨다.

함께 살던 작은외할머니도 새댁이라 세 살짜리 미연 이모를 등에 업고 계실 때도 있었다. 돌이켜 생각하면 시어머니가 시골 조카를 데리고 나타났으니 얼마나 불편하셨을까. 그때는 그런 생각조차 할 수 없었던 어린 나였고, 나는 나대로 바뀐 생활환경에 적응하기가 쉽지 않았다.

그 뒤 작은외할머니 댁도 이사하셨는지 부엌이 깊게 내려가는 집에서 살았던 것 같다. 서울에는 양은솥을 연탄 화덕에 올려놓고 김을 모락모락 올리면서 팔러 다니는 번데기 장수가 있었다. 나는 시골에서 양잠하는 것을 많이 보았고, 누에가 징그러워서 싫어했다. 서울 아이들은 삼각 종이봉투에 담아주는 번데기를 아주 맛있게 먹었다. 한참 뒤 어쩌다 한 번 맛을 보고야 나도 번데기를 먹기 시작했다.

적응하기 어려웠던 서울 생활

시골에서 온 촌아이라고 서울 애들은 나를 약간 왕따 시켰다. 나는 시골에서는 그럭저럭 공부를 잘한 것 같았는데, 어린 나이에 서울에 오니 주눅이 들고 부모님과 동생들이 보고 싶어 참 힘든 시간이었다. 화장실에 갔다 오겠다고 말을 못 해 너무 급한 나머지 오줌이 터져 나오기 직전까지 참았을 정도로, 나는 뭔지 모를 위압감에 어쩔 줄을 몰랐다.

서울 애들이 빨랫비누같이 생긴 버터를 조금씩 먹으면서 맛있다고 줘서 먹었다. 맛이 이상해 물을 마셨다가 입안에서 굳어버린 버터의 뻣뻣함 때문에 한참 동안 구역질을 해야 했다.

부모님은 서울에서 공부가 뒤질세라 실력이 모자랄세라 과외까지 시켜 주셨다. 담임선생님 여동생에게 그룹 과외를 했다. 4명쯤이었던 것 같다. 화장실이 집 안에 있고 나무 구멍으로 뚫린, 일본식 다다미 집이었다. 아빠가 미군 부대에 다니는 다른 친구네 화장실의 양변기는 더욱 신기했고, 높은 곳에 놓여 있는 TV(나중에 알고 보니 일제 NATIONAL이었다)는 더더욱 신기했다. 시골에서는 선생님께서 '이게 텔레비전이라는 것이다.' 하면서 사진 한 장을 칠판 위에 붙여놓고 설명을 하셨는데, 그걸 직접 볼 수 있어 화면 속에서 사람이 움직이니 정말 신기했다. 개네 집에서 바나나도 처음 먹어 보았다. 지금은 이름도 얼굴도 기억나지 않는, 잠깐 과외공부를 함께 했던 동무이다.

부모님은 나를 위해 적지 않은 돈을 서울로 보냈을 텐데, 나는 시간이 흐를수록 시골 생각만 났다. 어느 날 나는 결심을 했다. 집으로 가자, 버스를 타면 갈 수 있을 거야. 전차를 타고 서울역으로 갔던 것 같은데, 내가 생각하는 버스터미널은 없었다. 마장동에 있던 시외버스터미널을 서울역에 있다고 착각했고, 서울역에는 어디든지 갈 수 있는 버스가 있으리라고 믿었나 보다. 어찌어찌 헤매다 마지막 전차를 타고 노량진으로 다시 돌아왔다. 할머니 댁에서는 난리가 나 있었다. 아이가 밤늦도록 안 들어왔으니 오죽 놀라셨을까.

나는 시골에서 엄마 아빠와 동생들과 함께 있고 싶다고, 공부도 싫다고 장문의 편지를 보냈단다. 그 편지를 보고 어느 날 엄마가 서울에 오셔서 할머니랑 얘기도 하고 나를 달래주셨다. 친구들도 몇 명 초대해 맛있는 음식을 차려주고 사이좋게 놀아달라고 부탁하셨던 것 같다.

입이 조금 앞으로 나오고 얼굴에 주근깨가 조금 있던 분, 친구의 이모라는 분에게도 과외를 했다. 그 친구랑은 졸업 전에 기념사진도 함께 찍었는데 이름은 기억나지 않는다.

인천여자중학교에 입학하다

힘들었지만 1년의 서울 유학 덕분에 나는 시골티를 많이 벗었고, 부모님과 떨어진 생활에도 익숙해졌다. 나는 그다음 해에 인천에서 명문인 인천여자중학교에 합격했다. 그때는 학교 명성에 순위가 있었는데,

그중에서 인천여자중학교는 공부를 잘해야 갈 수 있는 학교였다.

중학교에 입학하니 우리 학교는 원형 건물이었다. 그래서 교실이 부채꼴 모양이었다. 책상이 뒤로 갈수록 길어서 뒤에는 4~5명, 앞에는 2~3명이 앉아서 공부했다. 서랍 안이 반으로 분리되어 있는 책상에 3명이 앉으면, 가운데에는 칸만 있어 아이들이 곧잘 싸우곤 했다.

나는 그때도 키가 작아 맨 앞쪽에 앉아 지금의 오랜 친구 복형이와 짝이 되었다. 그 인연으로 우리는 60년 가까운 세월 동안 중학교 동창으로는 서로에게 하나밖에 없는 친구가 되었다. 책상에 금을 그어놓고 넘어오지 못하게 신경전을 벌이며 싸우면서도 늘 붙어 다녔

자유공원에서 복형이와 함께. 한때 접착식 앨범이 유행할 때 사진을 오리고 찢어서 장식하곤 했다. 그 탓에 이 사진도 이리 되었다. 내가 들고 있는 가방은 가정 시간에 손수 만든 것이었다.

바람은 지나가려고 분다

기에 그녀와의 추억도 많다. 버터를 녹여 구운 호떡을 먹었는데 너무 너무 맛이 있었다. 학교 앞에서 파는 고구마탕이 맛있었고 오도독 과자도 꿀맛이었다. 복형이는 노래를 잘했다. 명희라는 동창이 있었는데, 그 친구도 노래를 잘했다. 셋이서도 친해서 명희네를 놀러 가면, 언니랑 형부가 '살살이 서영춘 발발이 박영춘' 하면서 놀렸다. 그 당시 코미디언 서영춘 씨는 여장을 하고 영화에 출연하기도 하고, '인천 앞바다가 사이다로 변해도 고뿌(컵)가 없으면 못마십니다. 지가지가지가 징징징' 하면서 인기가 많았다.

복형이의 아버지는 권투를 하신 분이었고 구락부를 운영하고 계셨다. 미남이셨고 건장한 체구를 가진 분이셨다. 복형이 남동생 은형이는 어릴 때 우리 집 막내 영대처럼 귀엽고 예뻤다. 구락부 운영이 그리 쉽지 않았던 터라 복형이네 집도 그리 윤택하지 못했고 이사를 많이 다녔던 걸로 기억한다.

키가 작고 눈이 동그란 우리 둘은 서로 비슷하게 보였다. 성격은 서로 달랐지만 사이는 좋았다. 내가 급했다면, 복형이는 한 박자 아니면 반 박자 쉬어가는 성격이었다.

복형이는 이름난 미용실의 점장이기도 했다. 그녀의 동서와 함께 일했는데, 나는 그녀가 있는 박준 미장의 VIP 고객이었다. 미용료를 싸게 하면서도 마음 편하게 드나들 수 있고, 가면 언제나 친구가 있는 곳이니 나로서는 더할 나위 없는 VIP 대우를 받는 곳이었다.

수도국산으로 이사하다

중학교 때는 전주에 잠깐 있었던 아버지께서 용산의 육군본부로 오시는 바람에 식구들이 함께 송림동 어느 경감 댁 사랑채에 세 들어 살았다. 엄마는 미싱 한 대를 놓고 무언가를 만드셨다. 한 개에 얼마씩을 주는 부업을 하셨나 보다.

나는 그때 서울에서 어렵게 정들이고 지냈던 사진 속의 친구, 이름을 잊어버린 친구가 보고 싶다며 서울에 보내 달라고 엄마를 졸랐다. 엄마는 가지 말라고, 나는 가겠다고 고집을 부리다가 속상해서 우는 엄마의 눈물을 보고야 포기했다. 아직 어린 나는 돈이 없는 살림살이 때문에 그것도 어려운 줄 몰랐다.

그때는 문간방에 세를 살았기 때문에, 중간 문 사이의 광을 부엌으로 썼다. 급하면 엄마가 나에게 부엌일도 시키셨다. 작고 긴 방 하나에 여섯 식구가 길게 누워 잠을 잤다. 아이들이니까 그리 방이 좁지는 않았을 것이다. 안집 주인께 마당을 판다고 꾸중 듣고 시끄럽다고 한 소리 듣고, 결국 우리는 송현동 53번지, 방 2칸에 부엌이 따로 있는 수도국산 집으로 독채 전세를 얻어 이사했다. 내가 중학교 2학년 때였던 것 같다.

운명이라는 말이 있다. 운명적이었을까? 우리가 이사 간 그 집은 내가 그로부터 10여 년 뒤 결혼하게 된 남편 신재선이 살다가 간 집이었다. 전기세를 신재선이라는 이름으로 냈다. 그 집을 살 때 나중을 생각한 시아버님께서 아들 명의로 한전에 등록하셨단다.

아버지는 용산에 있는 육군본부로 출퇴근하셨고, 엄마는 모기장을 만들어 작은외할아버지가 계신 남원으로 보따리 장사를 가셨다. 남원에서 뭔가를 가지고 올라와 팔면 전대에 돈이 있었다. 납작하고 네모난 뎀뿌라(어묵) 한 장에 5원이던 시절, 100원이면 큰돈이었는데 100원짜리 하나를 꺼내 뎀뿌라도 사 먹고 갖고 싶었던 지갑도 사고 시치미를 뗐다. 엄마는 돈이 없어진 걸 분명 아셨을 것이다. 100원도 큰돈이던 시절인데 알면서도 말하지 못하셨을까? 어찌 말해야 좋을지를 모르셨을까? 아니면 정말 모르셨을까?

가정시간이 가장 좋았던 중학 시절

나는 부모님께는 항상 첫 경험을 드리는 맏딸이었는데, 부모님에게 늘 신경 쓰이게 했던 것 같다. 공부도 지지부진해 실력이 딸렸다. 아이들은 출신 초등학교끼리 친했고, 집은 넉넉지 못해 납부금도 분납해야 했다. 산동네 수도국산 집에서 자유공원 밑의 높은 곳에 있는 학교까지 걸어 다녔다. 늘 높은 곳을 향해서 걸었지만 나는 자꾸자꾸 작아지고 있었다. 학교 성적은 뒤쪽에서 헤맸고 음악 시간이 아주 싫었다. 음악 선생님은 훌륭한 실력의 소유자로 성악을 전공하셨나 보다. 남편 무덤 앞에서 가곡을 불렀다고 했다. 음악 선생님은 실기 시험으로 꼭 한국 가곡이 아니라 "코오르분겐"의 몇 소절을 부르게 했다. 나는 음표를 제대로 못 읽었다. 시골 학교에서 꼼꼼히 배워 볼 틈 없이 학년만 올라가서 노래는 그냥 귀에 익은 대로 따라 불렀다.

가정시간은 참 재미있었다. 굵은 자수 실로 수를 놓아 보조 가방을 만들 때도 제일 먼저, 블라우스를 만들 때도 제일 먼저 만들어 입었다. 그 패턴을 응용해 길게 원피스를 만들어 입고 다녔다. 나는 미싱을 참 잘했다. 집에서 아르바이트로 토시를 만들면 아버지가 한 개에 얼마씩 용돈을 주셨다. 브래지어가 하고 싶어 그것도 어떻게 어떻게 만들어 몰래 해본 적도 있었다.

나의 첫사랑 신재선을 만나다

중학교 3학년 때, 아버지는 정년퇴역을 하시고 자유시장(지금의 중앙시장), 일명 양키시장에서 장사를 시작하셨다. 나는 저녁을 지어 시장 바구니에 담아 시장까지 배달했다. 내가 갈 때도 있고, 남동생 영걸이가 갈 때도 있었다. 살림 형편이 좋지 않아 대학에 진학할 수도 없었겠지만, 중학교 때 내 성적은 그리 좋질 못했다. 일찌감치 상업학교를 졸업하고 취업하겠다는 계획으로 인천여자상업고등학교(인천여상)에 진학했다.

공부도 잘 못하고 집안일도 해야 하면서도 뒷동네로 자주 놀러 나가 남편이 된 신재선 씨와 그 친구들과 어울려 놀았다. 나는 중학교 3학년, 신재선 씨는 고등학교 1학년이었다. 나는 첫사랑에 빠졌다. 동생 영걸이는 저한테 20원을 주며 설거지를 시키고 연애하러 다녔다고 지금도 그때 추억을 가끔 이야기한다.

첫사랑 신재선 씨와의 학창 시절 연애는 2년 남짓 사귄 뒤 고등학교 1학년 가을로 끝났다. 신재선 씨는 고등학교에 입학한 지 얼마 안 되어 아버님이 돌아가셨고, 어머님은 다라이(함지박)로 생선을 이고 다니며 행상을 하셨다. 그때 여동생 신재순은 초등학교 4학년이었다. 어린 신재순의 모습이 도무지 생각나지 않지만, 소복을 입은 채 친구들과 놀던 모습이 기억난다. 그때 신재선 씨는 셋집에 살았고, 지금 가까운 친구로 지내는 소건섭 씨 집에서도 세를 살았던 적이 있다.

내가 고등학교에 간 뒤, 부모님 장사도 날로 번창해 조금씩 여유가 생기기도 했다. 아버지는 손수 집수리를 하셨는데, 부엌과 방을 늘리고 마루문도 달고 대문을 신식으로 바꿔 달았다. 무엇보다 화장실을 정갈하게 수리하셨다.

처음 우리가 수도국산으로 이사했을 때는 화장실이 열악한 정도가 아니라 정말 비문화적이고 미개했다. 비 오는 날이면 사람들이 빗물에 똥물을 흘려보내서 냄새도 나고 보기에도 불쾌해 구역질이 났다.

주산, 부기보다 옷 만들기가 좋았던 여고 시절

상업고등학교에 가서 새로운 친구들도 만나고 새로운 환경에서 새로운 선생님들과 공부도 잘 해보려고 노력했다. 나는 고등학교 때 부모님의 장사 때문에 저녁밥을 챙겨야 했던 것 같다. 상업학교에 갔지만 나는 주산이나 부기에는 별로 취미가 없었다. 주산은 오산하기

내 고등학교 학창시절에는 1주일 동안 학교 안의 생활 실습관에 머물러 예절 교육 등을 받았다. 취사 시간에 닮은 꼴 염동분과 함께. 사실 사진을 찍기 위해 빈 냄비 뚜껑을 들고 포즈를 취했다.

일쑤였고, 부기는 학원까지 다녔지만 자격증을 따놓은 것이 없었다.

반면 특별활동 시간에 양재를 열심히 했다. 가정시간에 후레아(플레어) 스커트를 가장 먼저 만들어 입고, 고2 때 만난 반 친구 장정희·염동분의 것까지 해주었다. 염동분은 나와 모습이 닮았다고 했다. 새 학기 초 선생님들도 착각하시고 너는 금방 저기서 봤는데 언제 여기 왔냐고 하셨다. 지금 보면 비슷한 얼굴도 아닌 것 같은데, 똑같은 교복의 모습이라 그랬나 보다.

나는 고등학교 1학년 때 M.R.A(도덕재무장)에서 싱아웃(Sing-out)을 했다. 율동하고 노래하면서 공연도 했다. 여러 학교에 방문해 회합하면서 남자고등학교들도 가보았다. 동산고등학교 교정 강당에서 공연하던 날은 신재선 씨와 친구가 구경하러 왔다. 그 친구는 김덕산 씨였는데, 나중에 알코올 중독에 빠져 처참한 생활을 하다가 결국 저세상으로 갔다.

고등학교 1학년 때는 남진에게 빠져 남진이 나오는 영화를 몰래 보고 쇼 무대에도 몰래몰래 잘도 갔다. 문희신과 신영실도 남진을 좋아해서 만나면 남진 노래 얘기만 했다. 그때는 그것이 팬클럽이었나? 쇼가 끝난 무대 뒤로 올라가서 남진 노래 가사만 적은 노트에 사인을 받아오기도 했다. 극성이었을까? 열성이었을까? 그 당시 남진의 라이벌 가수는 나훈아였다.

남진은 <가슴 아프게> 영화에서 고 남정임 씨와 연기했는데, 그 영화는 수도 없이 보고 또 보았다. 그때는 극장도 일류, 이류가 있어서 개봉관에서 개봉을 하고 얼마 후에는 이류극장에서 재상영을 했다. 현대극장, 세계극장, 중앙극장, 인영극장, 미림극장, 심지어 부평 백마장까지 가서 쇼를 보았다.

2학년 때 담임선생님 이름은 최동주이셨고, 마흔이 다 되었는데도 결혼을 안 한 올드미스셨다. 국어를 가르쳤는데 긴 생머리를 찰랑거리며 통통 튀면서 걸으셨다. 눈은 동그랗고 피부는 희고 그냥 봐도 야무지게 생겼고 성격도 까칠하셨다. 가끔 히스테리도 부리셔서 우리는 선생님께 단체로 욕먹고 벌서고 그랬다.

고2 때 최동주 선생님을 만나면서 나는 학업에 열중했다. 성적도 올랐고 별로 말썽 없는 학생으로 2학년을 무난히 보냈다. 3학년으로 올라갈 때, 우리 친구들은 모두 같은 반 같은 담임 밑에서 다시 만났다. 상업학교 3학년은 취업 준비에 치중했고, 여름방학 때 실습 나갔다가 취업이 되는 반 친구도 있었다. 나는 취업할 수 없었다. 주산은 정말 싫었다. 그때는 주산과 부기를 잘하고 타자를 잘 쳐야만 취직했다.

내 인생에서 가장 아름다웠던 시절

나는 디자이너의 꿈을 세웠다. 양재를 배워 기술자가 되고 싶었다. 진로를 확실하게 정한 나는 졸업과 동시에 서울 퇴계로에 있는 뉴스타일양재학원에 입학했다. 발이 꽁꽁 얼던 겨울, 국제복장학원을 찾아 나선 엄마와 나는 남대문시장에서 언 발을 녹이다 양말이 타는 줄도 몰랐다. 남대문시장에는 엄마가 우의를 받다아 파는 대리점이 있었다.

나중에 알고 보니 국제복장학원은 남대문시장에서 별로 멀지 않은 곳에 있었는데, 엄마와 나는 그곳을 놓치고 몇 정거장 지나 뉴스타일양재학원에 등록했다. 1년 동안 경인선 기차를 타고 다니며 재단과 스타일화에 미싱까지 열심히 배웠다. 1년 동안 다닌 학원비도 만만치 않아서 부모님은 나에게 인천교육대학 학비에 맞먹는 돈을 투자해 주셨다.

나는 그때가 내 인생에서 가장 예뻤던 시절이라 생각한다. 키는 작아도 날씬하고 다리도 예뻐 유행이던 미니스커트도 많이 입었다. 내 인생의 초반이지만 꿈을 키우던 열아홉, 얼마나 풋풋한 시절이었나. 그 시절의 나를 사랑하고 그리워하곤 한다. 길게 늘어뜨린 생머리도 예뻤고, 짧게 자른 단발머리도 어울렸다. 그때는 단발 머리를 영화 여주인공 이름을 따서 '스잔나' 머리라고도 했다. 얼굴은 V라인이었고 허리도 24인치, 힙은 36인치, 정말 깜찍한 시절이었다.

학원에서 함께 배우던, 이상한 화장품 냄새를 풍기는 아저씨가 다음 달 등록할 학원비를 써 가며 영화 구경을 시켜 준다고 서울역까지 쫓아와 기차를 못 타게 하면서 꼬드기기도 했다. 그 아저씨는 양재를 배워서 취직은 잘 하셨나? 그다음 달부터는 보이지 않았는데…….

그때 내가 타고 다니던 열차는 지금의 전철과는 달랐다. 3명씩 마주 앉는 의자가 있었고 통로는 좁았다. 도시락을 싸 가지고 가던 학생들이 차 안에서 미리 까먹기도 했다.

모든 게 재미있고 신났던 양재학원 공부

재단을 배우는 반에는 취업이 아닌 취미로 배우러 나오는 아주머니들도 있었다. 가위질 연습을 하느라 종이를 달팽이 모양으로 계속 오리는데 가위 끝으로 삭삭 오리면 빨리 곱게 오릴 수 있었다. 가위 중간에 놓고 입을 씰룩이며 오리는 사람이 있어서 김필중 원장 선생님께서 내가 잘하고 있다고 나를 보라고 하셨다. 말귀를 금방 알아들을 수가 있어서 재미있고 신나는 학원 생활이었다.

　미싱 반에서 옷을 만들 때도 가장 먼저 만들었다. 남자 바지 실습을 할 때는 친구 동분 오빠 바지를 만들어 주기로 하고, 사이즈를 잰다고 그 오빠가 다니던 홍대에 찾아가기도 했다. 원피스를 만들어 준다고 친구들에게 주문을 맡다 보니, 해야 할 것들이 쌓여 한 보따리가 되었는데 막상 하려니까 마음대로 빨리 되지 않았다. 생각처럼 쉽지 않고 시간은 빨리 흘러 약속 날짜가 되어서 결국 엄마의 도움으로 완성할 수 있었다. 그때 무슨 용기였을까? 어쨌든 그때 동분이 덕분에 대학 캠퍼스에 들어가 볼 수 있었다.

　그 무렵 나를 끈질기게 쫓아다니는 사람도 있었다. 같은 동네에 사는 사람은 아니었는데, 기생 오라버니처럼 깡마르고 깔끔하고 걸음걸이도 흐느적이며 걷는, 한마디로 내가 가장 싫어하는 스타일이었다. 집에 가는 길목에서 미리 기다리기도 하고 뒤에서 쫓아오기도 하고, 정말 싫은 사람이 죽으라고 쫓아다니니 지옥이었다. 나는 머리 끝부터 발끝까지 하나도 맘에 안 든다고 소리쳐도 며칠 뒤에는 또 나타났다.

　이름도 얼굴도 기억나지 않는데, 까마득하게 잊고 살았던 기억이 어제 일처럼 선명하게 살아나는 건 왜일까? 돌아가고픈 시절의 일이라 그럴까? 여섯 달이나 쫓아다녀서 결국은 남자 친구들의 도움으로 떼어냈다. 게네들이 뭐라 했는지 묻지 않았다. 고등학교 시절, 그들이 내 친구 신연하를 쫓아와서 친구들과 함께 미팅을 한 적이 있었다. 인천고등학교 학생들이었는데 그 클럽의 친구들에게 도움을 청했다. 그때는 게네들도 고등학교를 졸업하고 대학에 갔을 때였다.

　어쨌든 학원을 다니면서 나는 행복했다. 스타일화를 배울 때는 처음에 선 긋기부터 했다. 굵고 가늘게 강약을 표현하는 일자 선 긋기를 스케치북 한 장이 새카맣게 되도록 연습했다. 내 새끼손가락 쪽에 연필심이 묻어 새카맣게 되도록 연습했다. 눈, 코, 입, 얼굴, 늘씬한 팔등신 위에 예쁜 옷을 그려 입혔다. 마치 어린 시절 종이 인형 놀이 때처럼 근사한 옷을 그려 입혔다.

그때 내 친구들은 무얼 했나? 동분이는 용산의 한 회사를 다녔고, 문희신도 서울로 취직해 다녔다. 장정희는 뭘 했나? 우종식은? 박정희는? 문희신을 만나서 모리소바(메밀국수)를 처음 먹어보았다. 희신이는 참 멋쟁이였다. 키도 컸지만 의상실에서 옷을 예쁘게 맞춰 입고 돈도 잘 썼다. "12시에 만나요, 브라보콘" 해태 브라보콘을 한창 선전하던 시절, 그때 그 브라보콘이 백 원이었다. 우리는 문희신이 사줘서 그걸 처음 먹어보았다.

우리는 여고 시절 남진을 좋아했던 열렬 팬으로 별짓을 다하면서 극장으로 쇼 구경을 함께 갔다. 학생은 들어갈 수가 없으니까 엄마 롱스커트(일명 월남치마)와 어른 옷을 입고 머리에는 스카프를 뒤집어쓰고, 기본요금이 50원인가 하던 시절 시발택시를 타고 세계극장에 가서 구경한 적도 있다. 그때 다져진 동지애였을까? 한참을 친하게 다녔건만 지금은 소식도 모른다. 아니, 그녀가 소식을 거의 끊고 산다. 무슨 사연이 있겠지.

디자이너의 길로 들어서다

양재학원 근처에 대한극장이 있었고, 걸어서 명동거리와 남대문시장도 구경할 수 있었다. 인천에서 다녔던, 다리가 약간 불편한 언니와 함께 시장 구경도 하면서 서울역까지 걸어온 적도 있었다. 미도파 백화점도 있었다. 내가 학원에 다니던 당시에 대연각 호텔에 큰불이 나서 사람들이 죽고 시커먼 연기 속에서 사람들을 구해 내었다.

재단 4개월, 미싱 4개월, 스타일화 3개월 그리고 원장 선생님이 직접 지도하는 연구반 2개월을 전부 마치고 졸업했다. 이제 필요한 것은 취업이었다.

중앙시장 앞의 '영신양장'은 동인천에서 지하도를 나가면 시장 사거리의 코너에 있었다. 제법 컸고 기술자가 30명이나 되었다. 미싱사 하나에 '시다'라고 부르는 옷제자, 중간제자(다리미), 마도메(옷을 감치고 마무리), 심부름제자 등 보조가 4명씩 딸려 있었다. 재단 보조를 할까 하고 들어갔는데 어찌할 바를 모를 정도로 바빴고 재단하는 일은 먼 산이었다. 첫 번째로 받은 충격이었다. 아니다 싶어서 사흘 만에 나왔다.

지언의상실에서 일하다

재단 개인지도를 받을까 싶어 찾아간 곳이 동인천에 있던 '지언의상실'이었다. 한 달에 재단 교습비가 만원이란다. 그래도 나는 그곳에서 배우기로 하고, 시간 날 때는 가게에서 실습해도 되냐고 물어보니 쾌히 허락했다. 지언 언니는 디자인이 특이했다. 창의력도 있고 자존심도 있었다. 처음에는 옆에서 설명을 들으면서 실제 주문받은 옷을 재단하고 가봉하는 것을 지켜보았다. 가게에 손님이 오면 대접도 하고, 다시 시간이 나면 남은 일을 하곤 했다.

옷을 만드는 일은 그리 빠르지 않다. 여러 가지 과정을 거쳐야 한다. 손님이 옷을 찾아가기까지는 보통 일주일에서 열흘이 걸렸다. 급

고마움에 대한 오래된 일기

하게 주문하면 새치기를 하고 밤을 새워서 완성시키기도 했다. 그럴 때 공장 식구들과 같이 밤을 새워 실밥을 뽑아주기도 했다.

그 당시 바느질법은 손이 많이 갔다. 지금은 재료가 좋아 접착 싱으로 해결하지만 그때는 계싱에 팔자 뜨기를 일일이 손으로 했다. 바늘에 손이 뚫린다고 할 정도로 힘든 일이었다.

금방 한 달이 갔다. 재단은 초보자로서 해볼 엄두도 못 냈다. 패턴 떠 놓은 것을 헝겊에 놓고 자르기만 했다. 지언 언니가 한 달 동안 수고했다며 재단 보조와 디자인 보조로 있어 달라고 하면서 월급봉투에 만 원을 담아주었다. 취업이 저절로 된 셈이었다. 그 당시 학교를 졸업하고 취업한 친구들의 초봉이 8천 원이었다.

지언양장점 옆에는 '로렌켈러'라는 큰 생맥주집이 있었다. 그때 젊은이들은 그 집에 가보는 게 꿈이었다. 큰 잔에 마시는 생맥주 500cc, 음악이 있고 또래 젊은이들이 아주 많았다. 바로 옆인데도 나는 그곳에 못 가보았다. 함께 갈 친구도 없었고 술이란 걸 먹어본 일이 없었을 때였으니까.

몇 년을 일했나? 지언 언니 가족은 오빠가 둘, 남동생이 하나 있었고, 여동생이나 언니는 없었던 것 같다. 가장 큰 오빠는 그 당시 호남정유 칼텍스에 다녔고, 작은 오빠는 해군 출신이었는데 성질이 무서웠다. 화가 나면 유리도 씹어 뱉었다. 남동생은 나보다 두 살 위였는데, 언제부터인지 누나를 돕는다고 가게에 나오면서 상무라는 호칭을 달았다. 가게 문을 닫아주고 원단을 사러 동대문시장에도 갔다 오는 등 별로 말도 없이 가게에서 궂은일을 해주었다.

동창이었는지, 수도국 또는 전화국에서 일했던, 지언 언니를 좋아하는 공무원 아저씨가 있었다. 착하게 생기고 순한 사람이었다. 결혼

해달라고 열심히 찾아왔다. 지언 언니는 끝내 청혼을 받아주지 않았고, 한참 뒤의 어느 날 나타나 2층 층계 밑에 청첩장을 두고 갔다. 그때는 로렌켈러 옆에 있던 의상실이 근처 2층으로 이사했던 때였다. 지언 언니는 양장점을 개업할 때 빚을 얻었던 것 같다. 수지타산을 못 맞추니까 세가 저렴한 2층으로 이사했다.

2층에서의 의상실 운영은 그리 쉽지 않았다. 찾아오는 고객도 드물고 한가한 시간이 많아졌다. 그즈음에 전희숙이 지언의상실에 재단을 배우러 왔다. 그녀와 나는 또래인지라 친구가 되었다. 2층에서 내려다 보면 그 당시 유명한 인현통닭집이 보였고, 길에는 해삼 멍게를 파는 리어카 장사도 있었다. 먹고 싶은 마음에 서로 용돈을 털어 멍게를 사다 먹기도 했다. 500원이면 양재기로 가득 손질해 주었다. 멍게 아저씨는 인심 좋게 생겼던 총각이었는데, 훗날 길에서 만났을 때는 뚱뚱한 체격이 되었고 과일 도매상을 한다고 했다. 성공하신 거다.

그러던 어느 날 지언 언니가 약을 먹었다. 나는 너무 놀랐다. 지언 언니를 싣고 기독병원에 가 있던 날, 나도 잠깐 기절하기도 했다. 처음 보는 광경에 놀랐고, 급히 병원에 가느라 충격을 받아서 병원 의자에 앉아있는데 갑자기 어지러워지면서 정신을 잃었다.

지언 언니의 남동생이 나를 좋아해 나에게 잘해 줬다. 하마터면 결혼할 뻔했다. 언니도 그 집 부모님도 나를 좋아했다. 그러나 내 나이가 너무 어렸고, 어느 날 나는 참으로 골치 아픈 환경을 박차고 나왔다.

나래의상실을 개업하다

다시 중앙시장에 있는 어느 의상실에 취직했다. 그 집은 돈이 없

나래의상실 앞에서 엄마와 나. 나래는 날개의 옛말이다. 옷이 날개라는 뜻을 담아 직접 이름 지었다.

어 절절맸다. 심지어 엄마에게 돈 심부름을 해다 주기도 했다. 한 달 만에 나와서 신포동의 '희진의상실'에 취직했다. 남편은 보건소 약사 이고 첫 아이를 임신 중이었다. 별로 고객이 많지 않아 월급 타기가 민망했다. 두 달 있다가 나왔다.

세상살이가 만만치 않았다. 취직하는 곳마다 돈에 쪼들리고 인간 관계가 복잡하니까 더 이상 취직하기 싫어서 개업을 계획했다. 그동 안 내 옷도 만들어 입고 고객 옷도 만들면서 재단을 많이 익혔다. 할 수 있을 것 같아 부모님께 말씀드렸다.

시내에는 차릴 경제력이 없으니까 변두리 화평동에 '나래'라는 간 판을 크게 걸었다. 그 앞에서 친구들과 기념 촬영한 사진도 있다. 사 진 속에 웃고 있는 그녀들은 예뻤다. 스물한두 살, 얼마나 예쁜 나이 였나. 그럭저럭 주문을 맡고 납품도 하고, 인천고등학교 출신 남학생이 남방도 맞추었다.

남방을 맞춘 친구는 아빠가 경찰이었다. 고등학교 다닐 때 나팔바지 입고 약간 날라리였던 것 같은데 좋은 대학에 들어갔다. 내가 서울로 학원에 다닐 때 끈질기게 쫓아다녔던 스토커를 물리쳐 준 장본인이었다. 지금은 어디서 멋진 중년 신사가 되어 머리도 희끗하고 주름진 얼굴이겠지. 아마 길에서 마주친다 해도 알아보지 못할지도 모른다. 이름은 조한용으로 기억하고 있는데…….

졸업한 후 거의 30년 만에 같은 반 동창을 만났는데 몰라본 적이 있었다. 우리 큰올케와 두 번이나 우리 가게에 오도록 몰랐다. "형님, 이 형님도 인천여상 나왔다던데 모르세요?" "그래요? 그럼 몇 회이세요? 저 13회데요." "어? 나도 13회데 이름이?" 갑자기 존댓말이 사라지고 반말로 물었다. "난 박영춘." "난 연애숙." "어머 어머 웃겨!" 나는 키가 작아 항상 앞줄, 그녀는 키도 크고 운동선수였다. 등치에 밀리고 나이도 많아 장난삼아 언니 언니 부르면서 놀았는데 몰라보다니, 참.

그때는 정미조라는 가수가 있었다. 키도 크고 귀도 크고 그림을 그리는 가수. '개여울'이라는 노래, "당신은 무슨 일로 그리합니까? …… 가도 아주 가지는 않노라시던 그런 약속이 있었겠지요. 날마다 개여울에 나와 앉아서 하염없이 무엇을 생각합니까?" 나의 20대는 격동 시절 70년대였다. 새마을운동도 하고 대학생들 시위에 최루탄이 터지고 하는. 나는 그 노래를 좋아해 혼자 흥얼거렸다.

디자이너로서 느꼈던 보람들

아침에 출근하면 카세트 음악을 틀어 놓고 청소했다. 노랑 망사

후레아(플레어) 원피스를 입었다. 장정희가 옷을 맞추고, 동네 아주머니도 놀러 오셔서 블라우스를 맞췄다. 큰돈을 벌지는 못했다. 아는 사람들이 찾아오고 식구들 옷도 하고. 안면도 큰아버지 댁 영호 오빠가 결혼한다고 하여 사촌 올케(은주 엄마)의 웨딩드레스를 내가 만들어주었다. 예뻤다. 올케는 그 드레스를 다른 사람들에게 빌려주기도 했단다. 진열장 왼쪽에 드레스를 걸고 면사포를 길게 드리워 디스플레이를 했다. 쇼윈도가 훤했다. 그리고 뿌듯했다. 디자이너로서 한 작품을 완성한 성취감, 자신감도 많이 생겼다. 나는 조금씩 커가고 있었다.

그즈음인가 엄마에게는 친정엄마 같고 우리에게는 외할머니 같은 외증조할머니께서 병중에 계셨다. 문병을 하려고 우리 집 동네 뒷길로 나섰다. 그쪽의 지름길을 찾아 나섰는데, 지금의 시어머님께서 동네 골목 의자에 나와 앉아 계셨다. 오랜만에 만나 뵈었다. 학창시절 신재선 씨와 동네에서 친구로 만날 때, 나를 불러 친구도 좋지만 동네에서 수군거린다고 혼내셨다. 그때 시어머님은 아들딸 데리고 생선 장사를 하면서 조심스럽게 살고 계시던 때였다.

마주친 순간, 나는 "재선이, 장가 안 보내세요?" 했다. 아니, 뜬금없이 장가 타령은. 나이가 장가들 나이도 아닌데. 어머님 대답이 지금까지 기억에 남아 있다. "가야지. 돈 벌어야 가지." "네에, 안녕히 계세요."

외증조할머니가 돌아가시다

그 길로 외증조할머니를 뵈러 송현동으로 갔다. 그때 외증조할머니는 길가에 있는 집, 나의 본적지인 송현동에 계셨다. 우리 외할아버지는 내가 중학교 2학년 때 일찍 돌아가셨다. 엄마가 한동안 장사를 다녔던 남원 외할아버지는 그때 살아계셨는지 기억이 분명하지 않다. 남원 외할아버지가 외할아버지 바로 밑의 동생이셨다. 내가 서울 유학 시절에 머물렀던 외할아버지는 셋째, 그리고 막내 외할아버지가 계셨다. 외증조할머니는 막내 외할아버지 댁에 계셨다. 뒷골목 쪽으로 큰고모할머니가 사셨다. '할머니 아프시지 말고 일어나셔야지. 맛있는 것 사드세요.' 하며 3천 원을 접어 손에 쥐여 드렸다. 좋아하셨다. 할머니는 돈이 생기면 고쟁이의 큰 주머니에 넣고 핀으로 쿡 찔러 잠가 놓으셨다. 그러다가 윤상이 삼촌이나 막내 동생 영대에게 꺼내 주셨다.

할머니는 남아선호사상이 강하셨다. 나나 동생 영순이보다는 영걸, 특히 영대 그리고 윤상 삼촌을 예뻐했다. 윤상이 삼촌은 큰고모할머니 아들이다. 그러니까 외증조할머니 큰딸의 막내아들이다. 우리 외증조할머니는 아들이 넷, 딸이 둘이셨다. 그 중 큰아들이 우리 외할아버지셨다.

우리 외할아버지는 산부인과 의사이셨다. 세브란스의전(지금의 연세대 의대)를 나오셨다. 인품도 참 좋으셨다. 일찍이 결혼하신 것 같다. 무남독녀인 우리 친정엄마가 여덟 살 때, 친 외할머니는 돌아가셨단다. 어려서 잘 몰랐고 쉬쉬했던 사연인지라 정확히 언제 알았는지는 모르겠는데, 외할머니는 홧병으로 돌아가셨단다.

외할아버지가 하숙하던 시절, 새 외할머니와 정분이 나셨단다. 어린 시절에 엄마를 잃은 손녀가 애처로워 외증조할머니는 친정엄마처럼 무슨 일이 있을 때마다 늘 우리 곁에 함께 계셨다.

학창시절 친구들을 데려다가 밥해 먹이고 놀라치면, 지 애미 고생하는데 에미나이(계집아이)가 친구 불러 식량 축낸다고 눈치 주시기도 했다. 우리는 지금도 만나면 그때 우리 집 가마솥에 해 먹는 밥이 그렇게 맛있었다고 얘기한다.

할머니는 인절미를 콩고물에 묻히지 않고 조청에 찍어 드시는 걸 좋아하셔서, 엄마는 뚜껑 달린 그릇에 찹쌀떡 반죽을 뚝 떼어 담아놓았다가 할머니께 드렸다. 그러면 할머니는 숟가락에 말아 조청을 찍어 맛나게 드시곤 하셨다. 그런데 그 할머니가 아프신 것이다. 영순이가 태어날 때도 계셨고, 막내 영대가 태어날 때도 함께 계셨고, 내가 서울에서 힘들게 보냈던 초등학교 6학년 때도 내 곁에 계셨다. 손에 쥐여 드린 3천 원, 그게 지금의 돈으로 얼마쯤 되는지는 모르겠지만 그리 큰돈은 아니었을 텐데도 내가 드리니 좋아하셨다. 내가 번 돈으로 드려서 좋아하셨을 것이다.

그게 할머니 생전에 마지막이었다. 돌아가셨다. 나는 처음으로 사람의 주검을 보았다. 염하는 것도 보았다. 집에 장의사가 와서 방에 누워 계신 채로 온몸을 깨끗이 닦고 구멍마다 솜으로 틀어막고 베옷을 입히고 얼굴도 싸맸다. 자세히 보았다. 그런데 영자 이모는 무섭다고 오질 못했다. 정 떼는 거라고 했다.

정으로 말하면 할머니 큰딸의 딸인데 나에게 비하랴. 작은고모할머니는 아들만 넷이고, 큰고모할머니는 영자 이모, 홍식이 삼촌, 윤상이 삼촌, 그렇게 셋을 두었다. 외손녀는 영자 이모 하나였다. 외증조할머니는 큰고모할머니 댁에서도 오래 사셨다. 그러니 정이 안 들었겠는가. 고운 정 미운 정, 그 정을 뗄 때 내려니 무서웠는가 보다. 이모는 할머니 장례를 제대로 못 본 걸로 안다. 영자 이모는 50대 초반에 암으로 일찍 돌아가셨다. 할머니, 지금은 하늘나라에서 이모와 만나 사이좋게 지내고 계시죠?

다시 신재선과 만나다

어느 날 어떻게 연락이 되었는지 내가 화평동에서 의상실을 하고 있을 때 신재선 씨가 나를 찾아왔다. 몇 년 만인가. 고등학교 1학년 말에 헤어지고 고2, 고3, 졸업 후 2년이 흘렀으니 4년만인 셈이었다. 그렇다고 그동안 전혀 못 본 것은 아니었다. 한동네에 살다 보니 우연히 골목에서 마주쳤다. 내려가는 길에 뒤에 오는 줄도 모르고 간 적도 있고, 나는 퇴근해서 집으로 향하는 언덕길에서 내려오는 신재선 씨와 마주치기도 했다. 어느 날 밤에는 집에서 쓰려고 플라스틱 바가지를 사 들고 올라가는 길에 마주쳤다. "지금 오냐?"

우연을 가장한 연출이었다. 나중에 알았지만 골목길에 숨어 있다가 내가 올 때 어디 가는 척하며 내려온 거란다. 어떤 때는 동인천 구지하도를 나오면 친구들 여럿과 서 있기도 했다. 그것도 친구들과 일부러 서 있었단다. 보고 싶어서 우연을 가장한 것이다.

끊어진 줄 알았던 인연이 다시 이어지는 순간이었다. 영화 구경을 시켜 주겠다며 만나자고 했다. 신포동에 있는 동방극장, 제목은 <피서지에서 생긴 일>이었다. 이혼 남녀와 그 자식들이 부모끼리 자식끼리 서로 사랑하게 되는 일을 그린 영화였다.

영화 구경하고 나오니 비가 많이 왔다. 재선 씨가 우산을 폈다. 함께 쓸 줄 알았단다. 비 오는 날 작은 우산을 쓰고 바짝 붙어 걸으면 서로 닿는 어깨에 가녀리게 경련도 일어나겠지, 가슴도 콩닥거리겠지. 그런데 "나도 우산 있어요." 하면서 우산을 탁 펴고 쫄랑쫄랑 걷더란다. 얄미웠다고 했다. 화평동 철교 밑으로 해서 화평동 의상실까지 바래다주고 갔다.

그리고 한참을 소식 모르고 지냈다. 지금은 전화도 있고 휴대폰도 있어서 통화가 쉽고 문자로 연락해 보고 메일도 해보고 인터넷에 들어가서 근황도 알아볼 수 있지만, 그때는 그게 안 되는 시절이었다. 전화가 없으니 연락도 안 되고 기껏해야 편지로 소식을 보내던 시절이었다. 물론 우리 집에도 재선씨 집에도 전화가 없었다. 서로 아무런 연락도 없이 시간이 흘러 가버렸다.

나래를 접고 오미카에 취직하다

일 년도 못 했는데 의상실을 접어야 했다. 세든 가게의 주인집이 금전 관계가 복잡해져 접을 수밖에 없는 상황이었다. 손해를 보았다. 부모님께 또 미안했다. 잘해보고 싶었는데, 잘할 것 같았는데.

취직은 쉽게 다시 할 수 있었다. 그때는 의상실이 아주 많았다. 신포동에만 해도 희진, 샤르망, 스왕, 엘레강스, 여인의 집, 자신의 이름을 건 인성관, 사루비아, 하얀 집, 백조 등. 그중에 디자이너를 구하는 집은 '오미카의상실'이었다. 개업하기 전 두 달 동안 다녔던 희진의상실 바로 옆집이었다. 동방극장과 키네마극장이 있는 골목이어서 사람들이 많이 오갔다(지금 키네마극장 자리에는 외환은행이 들어섰고, 동방극장 자리에는 스탠드바가 있었는데 망해서 폐허가 되었다).

면접을 보러 갔다. 깡통 치마에 저고리를 입고 머리를 뒤로 묶은, 나이를 알 수 없는 분(지금의 대모님)과 수수한 스타일에 인상이 아주 좋은 아기엄마(지금의 '보림패션' 언니) 두 분이 있었다. 면접하는 동안 아기엄마는 샘플 장으로 가리고 아기에게 젖을 먹였다. 대모님은 눈이 동그랗고 야무지게 생기셨다. 당시 나이 45세였다. 나와 같은 띠동갑으로 24년이 빠르신 거다. 콧날이 오뚝하고 눈은 동그랗고 뭔지 모를 기운이 흐르는 분, 동정녀시란다.

"월급을 얼마나 줘야 하나?"

"네, 2만5천 원 생각하는데요."

"그래? 많은 것 같은데."

옆에서 젖을 주면서 함께 앉아있던 이정옥 언니가 "지금 잘하는 사람들은 그만큼 줘야 해요." 옆에서 거들어주셨다.

"학교는 어디를 다녔나?"

"인천여상을 나와서 패션 공부를 했는데요."

"그럼, 친구들도 많겠구먼. 출근하도록 하지."

그 두 분은 시누이올케 간이다. 이정옥 언니가 동생의 아내이다.

매장이 넓어 원단이 일자로 쭉 걸려 있었다. 이미 디자이너도 한 명 있었다. 별명이 '가자미'였다. 나보다는 키가 크고 날씬하고 차림도 디자이너 분위기가 나는 아가씨였다.

매장에는 대모님·언니·미스 리 3명이 있는데도 손님이 많을 때는 일손이 딸려 사람을 더 구한 것이었다. 정말 손님이 끊임없이 찾아 들었다. 하루에 보통 주문 옷을 열일곱 장 이상 스케치했다. 손님이 들면 각자 디자인해 드리고 납품하고 가봉하고 정말 바빴다. 점심을 제때 먹는 날이 드물었다. 하인천에 올림포스관광호텔이 있어, 그곳의 한국관에 다니는 아가씨들이 옷을 많이 맞추었다. 그때 그녀들은 돈을 많이 벌고 팁도 많이 생겨 돈을 잘 썼다. 늘씬하고 예쁘고 모델 같았다. 20대 초반이 많았다. 한 아가씨가 여러 벌을 한꺼번에 맞추기도 하고, 친구들을 달고 와 그야말로 문전성시를 이뤘다.

대모님과 평생의 인연을 맺다

출근한 지 일주일이 안 되었던 터라 누가 누구인지 몰라봤다. 단골인지 새 손님인지 정말 정신없이 하루가 지나갔다. 그런데 전화를 한 통 받았다.

"나, OO인데 내 옷 내일까지 해주세요."

"네, 알겠습니다."

2층 작업실도 올라가 "OO 옷 내일까지 해 달래요." 그리고 내려왔다. 얘기했으니까 해주겠지. 다음 날 다시 챙겨서 독촉해야 한다는 것도 바쁘니까 잊어 버렸다. 옷을 찾으러 왔는데 옷은 안 되어 있고 2층 누구도 내 얘기를 들은 척을 안 했다. 대모님이 불호령을 했다.

"전화를 받았으면 똑똑히 전해야지 뭐 하는 기가?"

아, 무서운 평양 말씨, 냉정한 대우, 어찌하면 좋은가. 손님은 거의 발광하듯이 소리치고 아무도 일주일도 안 돼 제대로 파악도 안 된 신입자의 실수를 위로해 주질 않았다. 뭐 이런 데가 다 있나 하는 생각이 들었다. 그 순간 대모님은 정말 너무 무서웠다. 에이, 며칠밖에 일한 게 없으니 내일부터는 나오지 말아야지, 사람 대우를 못 받겠네, 속으로 이렇게 생각하면서 어지럽혀진 가게 정리를 하고 마포 걸레질을 하고 있었다. 내일은 내일이고 오늘은 끝 정리를 잘해야지 하면서.

"야, 박 양아! 저녁 먹어야 되안칸. 들어오너라."

아까의 불호령은 어디로 가고 인정 넘치는, 정말 고모 같은 목소리로 정겹게 부르셨다. 그날 이후 대모님과 나는 평생을 함께하는 아주 특별한 인연이 되었다. 가톨릭에서의 대모 대녀 사이도 되었다. 사람의 인연은 그렇게 오는 건가 보다. 너무너무 무섭고 야속해서 내일부터는 출근을 말아야지 했는데 말이다.

오미카의상실에서의 인연은 깊고 깊어서 지금까지 내 인생의 절반 이상을 함께 하는 소중한 사람들이 되었다. 대모님 성함은 지종심이고, 동생은 지종걸 님, 여학교 체육 교사였다. 세 살짜리 지애리는 눈이 너무 예뻐 마치 인형 같았다. 동생 지희는 5개월 정도 되었는데, 머리숱이 많고 눈은 애리처럼 크진 않아도 짱구 머리에 계란형 얼굴이라 아주 귀여웠다. 지희는 잠투정이 심해 유모차에 태워 앞뒤로 흔들어주거나 양쪽에서 밀고 당기면서 재웠다. 나는 애리도 예뻐했지만 희야가 아주 예뻤다. 아장아장 걸을 때는 너무너무 앙증맞았다. 엉덩이가 통통한 데다가 언니가 우주복을 손수 만들어 입혀서 아주 귀여웠다.

모든 일에 분명하였던 나의 대모님

오미카의상실은 정말 손님이 많았다. 언니의 수완이 보통이 넘고 정말 열심히 노력하는 사람이었다. 물론 월급은 하루도 늦지 않고 내가 원했던 금액만큼 나왔다. 얼마 만에 찾아본 안정감인지. 취직해서 제대로 보수를 받고 또 바쁘게 하루를 사는 것은 참으로 행복한 일이다. 대모님은 가끔 무섭게 기술자들에게 야단치기도 했지만 달래면서 맛있는 것을 해주셨다. 온정을 베풀기도 하면서 당신만의 영역을 지키고 있었다.

동정녀, 피난을 나오기 전에는 수녀가 되려고 하셨단다. 어찌해서 어린 동생들과 피난하게 됐는지는 잘 몰라도 젊은 시절 고생도 많이 하셨단다. 편물도 하시고 환전도 하시고 군인들 빨래도 해주고.

지금 생각하니 보림 언니도 20대였다. 애들은 둘이 있었지만 20

대 후반에 불과했다. 손위 시누이인 대모님과 산다는 것이, 그것도 동정녀와 사는 일이 쉬운 일은 아니었을 것이다. 그래도 사이좋게 잘 지내는 것 같았다.

그때는 텔레비전 있는 집이 드물었다. 물론 우리 집에도 없었다. 지 선생님께서는 가게에 라디오보다 조금 큰 TV 하나를 달았다. 소니였다. 그 TV를 통해 영부인 육영수 여사가 총탄에 맞아 운명하시고 영구차가 나가는 모습, 청와대 문 한편에 서서 영구차로 부인을 떠나보내던 박정희 대통령의 슬픈 뒷모습을 볼 수 있었다. 흑백시절이었다. 전화도 백색 전화라 하여 비싼 전화가 따로 있던 시절이다. 그때도 우리 집에는 전화가 없었고, 부모님 가게인 신일사에는 전화가 있었다.

가운데 긴 머리 파마가 나. 뒤쪽 오른편이 전희숙. 그후 그녀는 폐백요리 전문가로 변신, 현정이 폐백음식도 해주었다. 어린이 둘은 보림 언니의 두 딸인 애리와 희. 왼쪽부터 두 번째 사람이 미국에 간 마리아 언니.

신재선 씨와의 재건 데이트

어느 날 오미카로 전화가 왔다. 신재선 씨다. 어떻게 내가 여기에 있는 줄 알았을까? 전화번호는 어찌 알았을까? 만나자고 했다. 동방 극장에서 영화를 보고 헤어진 후 한참 지난 뒤였다.

어디서 만났는지 생각이 안 난다. 길에서 걸어가면서 얘기한 건지도 모른다. 왜냐하면 그때 우리는 음식점이나 빵집보다는 걸어 다니며 만나는 '재건(再建) 데이트'를 많이 했다. 가난한 연인이었으니 식사하게 되면 기껏해야 분식집에 들어가서 주로 순두부 백반을 시켰다. 중국집은 음침하다고 잘 안 갔다. 하긴 중국집에서 문 꼭 닫고 음식을 먹는 연인들은 방안에서 사랑도 나눈다고 들었다. 그런데 신재선 씨는 중국집을 싫어했다.

내가 있는 오미카의상실 전화번호를 어찌 알았을까? 나중에 들어보니, 친구들과 다방에 가서 다방 레지를 시켜 '영춘이 친구인데, 요즘 어디서 뭐 하느냐?'고 물어봤단다. 친절한 우리 아버지께서 자상하게 일러주셨겠지. 그래서 오미카의상실에 전화 걸어 나를 찾은 것이었다.

재단사가 되다

나는 2층 작업실에서 일했다. 그동안 재단사로 있던 미스터 조가 입대했다. 그 후임으로 박 선생님이 왔는데, 그 또한 2층 기술자와의 삼각관계 때문에 머리를 싸매고 박카스를 입에 달고 고민하더니 어느 날 사표를 던졌다.

나는 대모님께 말씀드렸다. "재단, 제가 하면 안 될까요?" 나는 그동안 내 옷은 내가 직접 디자인하고 재단해서 입었다. 재단사가 무척 바빠 내 옷까지 재단해 달래기가 미안하기도 했지만, 직원들 옷은 빨리해 주지도 않았다. 그래서 내가 직접 재단해서 만들어 입었다. 대모님과 언니가 잘할 수 있겠냐고 물으시기에 노력해 보겠노라고, 열심히 하겠다고 약속드리고 재단사가 되었다.

나 대신에 새로운 디자이너로는 내가 지언의상실에 있을 때 함께 일했던 전희숙을 소개했다. 전희숙은 그때 오미카에서 잠깐 함께 있었지만, 그 뒤 요리를 배워 지금은 폐백 음식 전문가가 되었다. 현정이 시집갈 때도 그녀가 폐백 음식을 푸짐하게 만들어 주었다.

정말 바빴다. 야근을 자주 했다. 제일모직에서 나오는 울 저지가 있었는데, 검정색은 필 단위로 사 와서 재단할 정도로 바지, 튜닉, 투피스 등 주문이 많았다. 겨울에는 인조 친칠라가 유행이라 그것도 몇 필씩 사다가 재단했다. 친칠라 코트가 1만5천 원 하던 시절이었다.

지금처럼 기성복이 없었고 있어 봐야 반도패션이었다. 그때 반도패션은 수출하는 브랜드였고, 국내에서는 '빵빵'이라는 이름으로 기성복이 나왔지만 매장도 흔치 않고 비쌌다. 맞춤 아니면 다른 기성복은 너무 허접해서 모든 사람들이 맞춤옷을 입던 시절이었다.

2층 기술자는 미싱 네 팀으로 돌아갔다. 미싱사로는 결혼해서 미국에 간 마리아 언니가 생각난다. 마리아 언니는 그때 천주교 신자였다. 대모님은 독실한 천주교인이어서 마리아 언니를 예뻐했다. 대모님은 좋아하는 사람에게는 더욱더 잘해 주셨다.

가끔 신부님들이 방문하셨는데 김병상 몬시뇰이 젊은 시절 신부였고, 이준희 신부님도 젊으셨다. 신부님들이 방문하시는 날에는 대모님 기분이 매우 좋으시고 목소리 또한 나긋나긋 상냥하기 그지없었다. 그러니 마리아 언니도 예뻐하셨을 거다. 그때 나는 천주교에 입교할 생각이 추호도 없을 때였고, 대모님이 나의 대모님이 되실 줄은 감히 상상도 못 했다.

또 한 분, 홍씨 아저씨가 생각난다. 자그맣고 눈이 동그랗고 선하게 생긴 분. 당신은 미싱사지만 동생은 치과의사가 될 거라고 했다. 바느질 솜씨도 좋고 꼼꼼해서 까다롭고 손이 많이 가는 디자인은 홍씨 아저씨께 맡겼다. 또 얼굴이 살짝곰보였지만 마음 좋은 문 언니. 미싱사로 올라갔지만 아직은 실력이 충분치 않아 보조 미싱을 하던, 성도 생각나지 않는 용현동에 살던, 뚱뚱한 그녀도 기억난다.

그때는 가게에서 저녁 간식비를 지급해줬다. 가게 식구들은 가정부 격인 경희가 있어 밥을 해 먹었지만, 2층 식구들은 사람이 많아서 밥을 다해줄 수 없었다. 자기가 먹고 싶은 것을 시다에게 얘기하면 가게에서 내준 간식비로 사 왔다. 오징어 덴뿌라(튀김) 한 개, 고구마 덴뿌라 한 개, 사과 한 개, 꽈배기 한 개, 빵 한 개 등. 정말 먹고 싶은 것도 많았다. 시다 이름은 홍춘임이었다. 키가 크고 얼굴에 주근깨가 살짝 있었는데 착했다. 그렇게 간식을 먹고 일하다가 퇴근하는 시간은 보통 밤 10시, 어떤 때는 11시도 되었다.

퇴근 후의 밤길 데이트

언제부턴가 신재선 씨는 나를 기다려주는 사람이 되었다. 워낙 늦게 끝나고 차를 타고 다니던 시절도 아니었기 때문에 집까지 걸어가는 동안 함께 가 주었다.

그동안 다른 여자를 소개받아서 만나 보았으나 다섯 번 이상 만난 여자가 없단다. 나와 다시 시작하고 싶다고 했다. 스물두 살이었는지 세 살이었는지 잘 모르겠다. 기다려주는 재선 씨와 함께 길을 걸으며 얘기하면 집에 금방 도착했다. 일부러 멀리 돌아서 통금 전에 집 앞까지 못 간 적도 있다. 동네에서는 통금 단속을 피할 수 있었기 때문에 수도국산 정문 앞에서 인천제철(지금의 현대제철)을 내려다보기도 했다. 수도국산은 산동네였고, 그 제일 높은 곳에는 수도국이 있고 물탱크가 있는 곳이 있었는데 출입금지였다.

함께 있기만 해도 좋은 시절, 걸으면서 부딪히는 어깨에 전율이 흐르던 시절, 손을 잡기라도 하면 그 손 안에 내가 모두 들어가 버린 듯하고, 길게 늘어뜨린 머리카락이라도 만지면 가슴이 콩닥거리던 시절이었다. 늦도록 함께 있어도 지루하지 않고 시간은 야속하게 빨리 흘렀다. 하기야 집까지 걸어오는 통금 전까지의 시간은 길어야 1시간 반 아니면 1시간 정도였다.

별로 말이 많지 않은 재선 씨는 술 먹으면 말을 잘했다. 그렇지만 그때는 지금처럼 데이트 중에 술 마실만한 호프집이나 주점이 많지 않았다. 용동 큰 우물 근처에 이길여산부인과가 있었고, 그 근처에 빈대떡이나 볶음 안주에 동동주를 파는 주점이 있었다. 어쩌다 거기서 동동주 한 병에 볶음 안주를 시켜 놓고 이야기를 나누면서 데이트를 즐겼다.

어느 날 그곳에서 지언의상실 동생과 마주쳤다. 군대를 갔는데 휴가를 나왔다고 했다. 며칠 뒤 지언 언니가 전화해서 "동생이 보고 싶어 하니 한 번 만나주면 안 되겠니?" 하고 물었다. 거절할 수가 없었다.

일요일에 자유공원에서 만났다. 거기에는 인천상륙작전 때 전공을 세운 맥아더 장군 동상이 있고, 비둘기집이 있어 사람들이 주는 모이를 먹기 위해 비둘기가 모여들기도 했다. 무슨 박물관이 있기도 했다. 미니 골프장도 있었다. 골프라기보다는 구멍에 공을 넣는 것으로 점수를 매기는 게임이었는데, 지언언니 동생인 이 상무는 혼자 게임을 해서 점수를 많이 냈다. 사격하는 곳이 있었는데 그것도 혼자 잘했다. 나는 별로 잘하지도 못하니까 그러려니 하고 그냥 그렇게 하루를 보냈다.

배려심에 반해 결혼을 결심하다

그리고 얼마 뒤 재선 씨와 함께 자유공원에 가게 되었다. 공원 밑의 대한서림 뒤에 있는 분식집에서 순두부 백반을 먹고 슬슬 공원에 걸어 올라갔다. 신재선 씨와 같은 게임을 해봤다. 친절하게 내게도 쳐보라고 하면서 기회를 주었다. 사격도 해보도록 해주었다.

나는 그 순간 가슴속에서 들려오는 소리를 들었다. '아, 이 남자다. 이거다. 나를 위해 배려해주는 마음을 가진 남자구나.' 재선 씨가 좋아서 만나고, 만나서 정들고, 정들어서 헤어지기 싫어지는 사이가 되기는 했지만 확신 같은 건 없었다.

그날 이후 나는 가슴에 행복 하나를 더 보탰다. 눈도 작고 코도 약간 비뚤고(자전거 타다 넘어져서 다쳤다고 한다.) 키도 작고 그리 잘생기지 않았지만 정말 재선 씨는 멋쟁이였다. 말이 없어 멋있고, 함께 술을 마신 최병건 선배는 술에 취하면 사전에도 없는 쌍소리를 한다고 해도 나에게는 그 남자가 멋쟁이였다. 가난한 것도 괜찮았다. 홀시어머니 외아들 시집살이가 어렵다 해도 두렵지가 않았다. 이 남자라면 나를 위해 모든 것을 덮어주고 나를 위해 사랑을 아끼지 않을 것이라는 확실한 대답을 내 가슴 속에서 들었기 때문에.

순박했던 그 시절, 재선 씨는 순수했다. 지금 젊은이들은 쉽게 만나고 헤어지고 사랑하고 미워하지만, 우리 때에도 결혼 전에 사랑하는 경우가 없는 것은 아니었다. 우리도 그랬다. 거기에 대한 에피소드도 있지만, 이 글을 책으로 펴내면 아들·딸·며느리·사위·어린 조카들도 읽을 테니, 나 혼자 미소 지으면서 풋풋했던 시절의 추억을 나만의 비밀로 영원히 간직하겠다.

나는 재선 씨와 함께 간 덕적도에서 게임을 하다 벌칙으로 소주 1컵을 마신 뒤 그 자리에서 쓰러졌다. 깨어나니 아침이었다. 나는 그때 처음 소주를 먹어 봤고 한 번에 너무 많이 먹어 팔다리 맥이 모두 풀려 정신을 놓고 쓰러졌나 보다. 나는 지금도 소주는 잘 못 마신다. 어쩌다 생선회를 먹을 때 마시거나 분위기상 소주로 마실 때도 몇 잔 정도이지 입에서부터 싫다. 남편과 배운 청하는 잘 마신다. 지금도 청하 한 병 정도는 끄떡없다.

좁은 방에서 머리를 부딪친 장인과 사위

재선 씨와의 결혼은 구체적으로 진행되었다. 냉동기사인 사윗감이 궁금해서 집으로 초대한 일이 있었다. 그때 우리 집 건넌방은 아주 작았다. 좁은 방에 장롱도 있었고 책상도 있었다. 그런데도 나머지 공간에서 충분히 잠을 잤다. 그 작은 방에 다녀간 사람도 많다. 안면도 큰아버지네 영옥 언니가 살다가 지금의 형부와 결혼해서 나갔고, 작은할아버지네 부부가 집 문제로 오갈 데가 없어 잠시 머물다 가시기도 했다. 내가 고등학교 시절에는 우리 집안일을 돌봐주는 영례가 있었고, 친구 장정희도 통학이 어려워 우리 집에서 거의 6개월을 함께 살았다. 오는 사람을 마다하지 않고 반기시는 부모님의 사람 대우와 사랑 때문에 우리 집에는 늘 손님이 많았다.

이번에는 사윗감이었다. 집으로 초대해서 인사를 받던 날 재선 씨가 넙죽 절했다. 맞은편에 앉은 아버지가 그냥 절 받기가 쑥스러웠는지, 답례로 고개를 숙였는데 둘이 머리를 부딪쳤다. 방이 얼마나 좁았으면.

작은 방에 장롱과 책상이 있었으니 오죽하랴. 총 대지 12평에 건평 7평이라니 지금의 원룸 크기에 방 두 개, 마루, 부엌, 마당, 마당 옆에는 앞에서 얘기했던 아버지의 작품인 화장실까지 있었다. 처음에는 독채 전세로 이사 갔지만, 부모님의 근면 검소한 생활 끝에 우리 집으로 만들었다. 여전히 전기세는 신재선의 이름으로 내고 있었다.

냉동회사에 다니는 재선 씨는 추석 때 정말 큰 대하를 가지런히 얼려 우리 집에 가져왔다. 특별히 부탁해서 얼렸다고 했다. 해동시켜서 보니 한 냄비가 되었다. 엄마는 튀길 생각도 못하고 그냥 간장에 졸여 밥반찬으로 만들었다. 배를 갈라 납작하게 만들어 튀김옷을 입혀 튀기면 지금 일식집에서도 먹어볼 수 없는 근사한 새우튀김이 되었을 텐데. 그 시절에는 집에서 기름으로 무엇을 튀겨 먹는 일은 생각도 못 했다. 명절 때 콩 식용유 세트를 선물로 하던 시절이었고, 돼지비계 기름을 둘러 빈대떡도 부치고 전도 부쳤다. 최소한 식용유 반병을 들어부어야 할 텐데 그만큼 집에서 식용유를 사 놓고 쓰지 않을 때였다. 졸였지만 새우는 정말 맛있었다. 도톰하고 쫄깃하고 달착지근한 것이 너무너무 맛있었다. 아버지가 귀한 걸 선물해줘서 맛있게 먹었다는 인사를 빼놓지 말고 전하라고 말씀하셔서 그대로 전했다.

약혼식을 올리다

재선 씨는 우리 아버지를 좋아했다. 사위 사랑은 장모라 했지만, 결혼 후에도 아버지와 더 많이 이야기했다. 아버지를 일찍 여윈 탓일까, 아버지와 잘 통했다.

재선 씨는 식구들한테 사윗감으로 인정받고 1975년 가을에 약혼식을 했다. 대한서림 뒤쪽에 있는 한식집 2층이었는데, 우리 식구와 재선 씨네 식구, 가까운 친구인 장정희·염동분·최윤숙, 마리아 언니, 문희신, 재선 씨 친구인 소건섭·이봉우 등이 모였다. 그때 소건섭 씨가 사회를 봤고, 사촌 동생 영보, 그러니까 용현동 큰집 막내아들이자

신재선 남매와 우리 남매. 그때 영걸이는 마른 체형이었다. 남들은 시누지간, 사돈지간이 어렵다지만, 한동네에 살았던 우리는 친구처럼 남매처럼 지낸다.

친구 같은 사촌 언니 박영월의 막냇동생이 사진 촬영을 맡았다. 양쪽 가족 소개에 이어 예물 교환을 하는데, 건섭 씨가 아주 구체적으로 4만2천 원짜리 라도 시계를 예물로 준비했다는 얘기를 해서 화들짝 놀랐고 민망하게 가격은 왜 말하느냐고 핀잔을 줬다.

식사 뒤에는 젊은 사람들끼리 자유공원으로 갔다. 맥아더 장군 동상 앞에서 두 남매가 함께 사진도 찍었다. 나는 곱게 입은 핑크색 한복차림이었고, 재선 씨는 베이지색 양복 차림이었다. 시누이는 베이지색 일자 바지에 노랑 남방을 입었고, 영걸이는 검정색 바지에 진남색 티셔츠를 입었다. 그때 영걸이는 인하공대생이었고, 지금과는 달리 무척 마른 체형이었다.

뭘 어떻게 잘못했는지 약혼식 때 찍은 사진이 한 장도 안 나와서 약혼식 때 사진이 없다. 오로지 자유공원에서 찍은 사진 몇 장뿐인데, 사진 속의 재선 씨는 오른쪽 다리를 앞으로 내밀어 약간 기우뚱한 자세로 서 있다. 어느 사진이나 다 그랬다. 그 옆에서 핑크 한복을 입은 귀여운 여자가 웃고 있다.

정성스럽게 주고받았던 예물

그때는 약혼식 때 예물을 교환하는 것이 관례였다. 그런데 건섭 씨는 왜 가격까지 말했나? 실수였나? 아니면 그만큼의 가치가 있다는 것을 말하고 싶었나? 나는 재선 씨에게 브로바 시계와 백금 반지를 선물했다. 내가 약혼하던 시절에는 백금이 유행이었다. 시댁에서는 나에게 마름모 모양의 메달 가운데 다이아몬드 모양으로 홈을 파서 만든 금목걸이, 백금 쌍가락지, 블루 사파이어 반지, 4만2천 원짜리 라도 시계를 해주었다.

그 시절에 다이아몬드 반지를 받는 것은 그리 쉽지 않았다. 시댁이 그리 넉넉한 처지가 아니라는 걸 아는지라 욕심도 없었고 바라지도 않았다. 그런데 시계를 보여주는데, 나는 2만5천 원짜리 작은 시계를 마다하고 4만2천 원짜리 시계를 택했다. 어린 마음에 시계라도 좋은 걸 차고 싶었나? 내가 그걸 택하니까 금은방 주인과 시어머님과 재선 씨가 약간 당황하는 듯했으나 그냥 내가 택한 것으로 정했다. 분명 예산을 초과시켰을 것이다. 1만7천 원은 지금의 돈으로 얼마쯤 되는 걸까?

지금 새삼스럽게 내가 예물에 대해 이야기하는 것은 그때 시댁 예물이 나에게 최선과 정성을 다 해준 것이라는 점을, 예물은 그때 기분이지 살아가면서 부질없었다는 점을 말하고 싶어서이다. 아이 낳고 굵어진 손가락에 맞지 않고 일할 때 거치적거리니까 반지는 아예 장롱 속에 그냥 있었다. 그때 약간 작긴 했어도 가늘고 얄상했던 2만5천 원짜리 시계를 예물로 받았더라면, 욕심을 부렸던 그 순간의 내 모습이 지금까지 부끄럽지는 않을 텐데. 아마 그래서 건섭 씨가 그때 시계 가격을 구태여 말하지 않았나 생각한다. 아, 생각이 떠오르니 다시 한 번 얼굴이 간지러워지고 목덜미가 굼실거리는 창피를 느낀다.

사연 많은 약혼 기념사진

이제는 재선 씨와 부부가 될 것을 약속하는 사이가 되었다. 공인된 사이가 된 셈이었다. 그날 로젠켈러에서 맥주를 너무 많이 마신재선 씨는 집으로 가서 초저녁부터 뻗었다. 사진관에서 약혼 기념사진을 찍어야 하는데, 사진 촬영에 신경 안 쓰고 술에 취해 버린 재선 씨의 행동에 짜증이 났다. 어디다 화를 낼 수도 없고 속을 끓이며 어찌어찌하여 집으로 가서 다시 불러내 사진관에서 기념촬영을 했다. 그 사진은 그 당시 우리 상황을 그대로 말해주고 있다. 총기 없이 풀려버린 재선 씨의 눈, 약혼식장에서의 예뻤던 머리는 땀에 풀려 앞머리가 힘없이 내려와 있다. 재선 씨의 술 사랑으로 말미암은 첫 번째 실망이었다. 흑백 사진 위에 칼라를 입히는 방법으로 제작된 약혼 사진, 지금 보면 촌스럽지만 돌아갈 수 없는 시절의 추억으로 남아 있다.

결혼은 다음 해 봄에 하기로 했다. 시댁에는 막냇삼촌이 있었는데, 동거 끝에 그해 결혼식을 올렸다. 시외숙모는 나와 생년월일이 같은 동갑네였다. 같은 해 큰일을 두 번 치를 수 없는 형편이었다.

시댁에는 돌아가신 아버님이 제일 큰 형님이셨고, 둘째는 강화에 사셨고, 셋째는 서울에서 경찰이셨고, 넷째는 오래전에 돌아가셨고, 그리고 막내 삼촌이시고 시고모님이 한 분 계셨다. 시고모님은 둘째 강화 작은아버님 밑의 동생이시다. 시고모님을 빼고 참으로 젊으신 나이에 모두 돌아가셨다.

지병찬 신부가 태어나다

약혼 뒤에도 오미카의상실에서의 생활은 바쁘게 흘러갔다. 워낙 일감이 많아 하루 종일 재단하다보면 다리가 퉁퉁 붓고 힘들었다. 그래도 하룻밤 자고 나면 피로가 싸악 풀렸다. 젊은 탓이겠지.

늘 바쁘기만 했던 시간, 결혼을 앞두고 신부수업을 하고 싶었다. 겨울까지는 오미카에서 일하고 봄부터는 요리도 배우며 쉬고 싶었다. 그동안 결혼자금은 보험이나 적금을 들어 저축했다. 오미카에서는 하루도 틀림없이 꼬박꼬박 월급이 나와 계획적인 생활을 할 수 있었다. 그때는 동생들 용돈도 줬다. 6만 원을 타면, 1만 원을 나누어 영걸 5천 원, 영순 3천 원, 막내 2천 원을 주었다. 몇 번이나 주었을까? 거의 3년 동안 오미카에 출근했다.

지금은 신부님이 된 지병찬의 탄생을 빼놓을 수 없다. 언니는 무척 아들을 낳고 싶어 했다. 이미 딸은 애리와 희가 있었으니까 뱃속 아기가 아들이기를 무척 기대했다. 지금처럼 초음파로 성별을 금방 알 수 있는 시절도 아니고, 그냥 산모의 자태나 식성을 보고 아들인지 딸인지를 짐작했지만 100% 정확한 것은 아니었다. 언니는 나이 드신 분께 아들이면 배꼽 주위가 다르다는데 봐 달라고 배를 보여주기도 하면서 무척 조바심을 냈다. 친정어머니가 딸 다섯에 오빠 하나를 낳으신 분이고 언니들도 딸을 더 많이 낳으신 터라, 친정엄마를 닮아 딸만 낳게 될까 봐 걱정했다.

몇 년 전 다녔던 옆집 희진의상실 언니도 둘째를 임신했다. 내가 있을 때는 첫째 딸인 수연이를 낳았다. 옆집은 둘째, 언니는 셋째, 배가 비슷하게 불러 산달도 비슷했나 보다. 언니는 아들을 임신하면 무엇이 다른지를 계속 궁금해 했고 아들이기를 간절히 바랐다. 지금 같으면 임신 16주에서 20주 사이에는 성별을 알 수 있는데 뱃속에서 나와야만 알던 시절, 갑갑하긴 했어도 신비스러움이 있었다.

언니는 부지런한 게 천성이었다. 남는 자투리 천으로 아동복을 만들어서 애들에게 입혀주고, 작은 진열장에 어린이옷을 진열하기도 했다. 애리에게 공주처럼 하얀 원피스를 해 입히고, 희야가 비키니 차림으로 귀엽게 웃고 있는 사진도 있다. 유난스럽기는 했지만 그때의 언니 모습은 참으로 당찼다. 간절히 바라면 이루어지는 것인가, 바라는 대로 언니는 예쁘고 귀여운 아들을 낳았다. 지금의 지병찬 신부님이다.

언니가 용동에 있던 이길여산부인과로 출산하러 갔다. 모두가 궁금해 하고 또 궁금해 하면서 전화벨 소리에 귀를 기울이고 있었다. 드디어 따르릉 전화벨이 울리고 아들을 낳았다는 소리가 들렸다. 우리는 모두 동시에 "아들이다!" 하면서 환호했다. 대모님과 디자이너, 도우미 언니, 어린 애리도 있었다. 애리는 곧장 밖으로 나가서 "우리 엄마, 아들 낳았어요." 유난히 딸이 많았던 명찰 집에도, 옆집 희진의 상실에도 소식을 전했다. 지 선생님도 득남 소식을 전해 들으셨고 득남 턱은 수도 없이 내셨다고 했다.

언니는 간절히 기도했다고 했다. 아들을 주시면 하느님께 바치겠다고. 자성예언이었던 셈이다. 자기가 바라는 대로 이루어진다는 것. 나는 하늘의 뜻에 따라, 내가 바라는 대로 흘러가고 있는 시간들에 감사한다.

내 친구 장정희의 결혼

오미카에서의 생활은 늘 바빴다. 10시를 넘겨 퇴근하는 날이 허다했다. 재선 씨가 늦은 시간까지 동방극장 앞에서 기다려줬다. 어떤 때는 군밤을 사 먹어가며 기다리다 남은 밤을 내게 주기도 했다. 신포동에서부터 수도국산 우리 집까지 걸어가면서 데이트하였다. 손을 잡기도 하고, 재선 씨가 내 어깨를 감싸 안고 걷기도 하고, 지루할 사이 없이 너무 빨리 집에 도착하여 아쉽기도 했다.

내가 오미카에 있을 때 둘도 없는 친구 장정희가 홍춘식 씨와 결혼했다. 그녀의 웨딩드레스는 내 손으로 만들었다. 그녀는 앙증맞게 귀여웠고 드레스 또한 예뻤다. 작고 날씬했으니까. 드레스가 자그마해서 더 예뻐 보였다. 면사포는 망사를 길게 드리우는 디자인으로 했다. 진열장에 전시해놓기도 했다.

그때 언니는 정희 신랑 홍춘식에게 지바고라는 별호를 지었다. 영화 <닥터 지바고>의 주인공처럼 키 크고 멋있다고 그렇게 불렀다. 언니는 지금도 즉흥적으로 사람에게 별호를 잘 붙인다. 누구누구 같다고. 고객 중에 따봉 형님도 있고 고두심도 있다. 뭐든지 척척이라고 따봉, '잘났어, 정말' 고두심, 이름이 영희인 언니는 바둑이고.

정희는 친구들 중에 첫사랑과 결혼한 유일한 경우이다. 물론 나도 첫사랑이라 하지만, 정희는 아무런 흔들림 없는 갑돌이와 갑순이로

고등학생 시절의 수학여행에서. 나와 장정희가 앞에서 춤추는 자세로 있고, 그 뒤에 박정희, 우종식, 심영택, 박혜숙(오른쪽부터)

한 동네에서 만나 함께 자라 결혼했다. 그 뒤 딸만 다섯을 낳았다. 쪼그만 여자가 대단해서 힘들다고 불평하는 일 없이 다섯 딸을 길러내면서도 여행을 누구보다도 많이 다녔다. 자기 계발을 위해 평생교육관에서 별별 것을 다 배웠다. 장구와 소리를 배우고 동화 구연, 심리미술도 배웠다. 연극을 배워 공연도 했다. 아마추어들이 곧잘 했다. 창작극인데 감동이 있었다.

그녀는 우리 친구들 중에 가장 윤택한 삶을 누리고 있다. 그녀의 남편 홍춘식 씨는 인정이 많고 사람을 좋아하는 성격으로 포용력 또한 넉넉하다. 지금도 부인 친구들을 잘 챙겨준다. 전화해서 농담으로 "오빠야!" 한다. 놀기를 좋아해서 놀러 다니는 일은 주로 이 부부가 주축이 된다. 맛있기로 유명한 집에 우리들을 데려가 많이 대접해 주었다.

홍춘식 씨가 졸업하던 해의 크리스마스에는 춘식 씨의 친구들과 우리 친구 몇 명이 만나 내리교회 근처 어느 자취방에서 카세트를 틀어놓고 빙글 뱅글 돌아가며 올리불리를 추며 놀았다. 과자 부스러기와 함께 비벼 다음 날 아침에 보니 양말 바닥이 곰 발바닥이 되었다.

신부 수업을 위해 오미카를 그만두다

몸조리를 친정에서 했는지 언니는 한참만에야 집으로 왔다. 돌잔치를 크게 했던 것 같다. 나는 그해 겨울 오미카를 그만 뒀다. 결혼 준비도 하고 집에서 신부수업을 하기로 했다. 송별회도 해주셨고, 나는 그동안 근무한 기념으로 거울을 사서 작업실 입구에 걸었다.

그때 작업실에는 한 동네 친구인 이금분도 있었다. 금분이는 미싱 솜씨가 꼼꼼하고 좋아서 대우받는 기술자였다. 오미카를 그만둔 다음 날, 나는 모처럼 출근 부담 없이 늦잠이나 자볼까 하고 멍하니 누워 있었다. 그런데 금분이가 헐떡이며 우리 집에 와서 나를 찾았다. 오미카가 모두 불에 탔단다. 나도 모르게 눈물이 났다. 아니, 어제까지 멀쩡한 집에 불이라니. 부리나케 가보니 정말 잿더미만 남았다. 불이 오미카에서부터 일어나 번져 다 타버린 거란다. 불이 오미카에서부터 시작됐다고 해서, 대모님과 지 선생님은 경찰서에 조사를 받으러 가셨다. 남매가 보험금을 타려고 의도적으로 불을 낸 것 아니냐는 의심을 받았다. 하지만 감식반이 와서 불의 근원지를 찾아냈다. 옆집에 중국집이 있었는데, 그 집 어느 방인가 석유곤로(석유풍로)를 켜서 레일 식으로 밀어 넣는 방의 기둥을 타고 불이 붙어서 오미카 공장에 붙은 기둥부터 타기 시작했단다. 하얀 장갑을 끼고 검사하던 감식반 사람의 손이 참으로 멋있게 느껴졌다. 재를 부수어 발화지를 찾아냈다. 석유곤로 스위치도 켜져 있었다.

돈도 다 타버렸는데 내 월급을 준 다음이라 다행이라며, 대모님은 내가 복이 많다고 했다. 오미카 공장 식구들은 당분간 실업자가 되었다. 그러나 대모님은 곧 근처에 가게를 구해 의상실을 계속하였고, 불난 자리에 건물을 새로 짓기 시작하셨다.

저축한 돈만으로 혼수를 마련하다

나는 그해 5월 16일에 결혼식을 올렸다. 전날 우리 집에 함이 들어왔다. 친구들이 함 사시라고 소리를 지르고 스테인리스 접시를 두드려대며 한참을 실랑이했지만, 비가 갑자기 쏟아져서 들어올 수밖에 없었다. 시루떡을 안친 시루 위에 함을 내려놓고, 엄마가 함 가방

화장대 거울에 비친 나. 화장대는 이태리식으로 했다. 화장하고 있는 모습을 재선 씨가 찍었나 보다.

속에 손을 넣어 실을 뽑았다. 청실이었는지 홍실이었는지 기억나지 않는다. 홍실이었나? 홍실을 뽑으면 딸을 낳는다고 했으니까.

그날 함을 지고 온 사람은 누구였는지 생각이 안 난다. 궁금해 그 당시 함께 지냈던 건섭 씨에게 전화를 걸어 물어봤는데, 그 또한 자기는 분명히 아닌데 생각이 안 난단다. 그런 것도 잊어버릴 만큼의 세월이 흘렀나 보다.

나는 혼수 준비를 부모님께 한 푼도 신세 안 지고 내가 번 돈만으로 준비했다. 그 당시는 미닫이 포마이카장을 주로 했는데, 나는 여닫이 원목장으로 했다. 화장대는 앉는 의자가 있는 이탈리아식 모양으로 했다. 장식장은 책꽂이로 쓰고, 가운데는 장식품을 넣을 수 있게 유리장이 달린 동서가구로 했다. 하단에는 서랍도 있어서 요긴하게 잘 썼다. 냉장고, TV, 세탁기는 하질 못했다. TV는 이미 시댁에 있었고, 다른 것들은 그 당시 부자여야만 살 수 있는 혼수품이었다. 장정희 친정에서 석유곤로를 사주셨고, 외할머니께서 선풍기를 사주셨다. 전기 프라이팬도 귀했던 시절이라 전기 프라이팬을 나만 사는 게 미안해, 친정집도 하나 사 드리고 아버지 양복도 맞춰드렸다. 테프론 냄비가 처음 나오던 시절, 마리아 언니가 사준 오렌지색 뚜껑의 테프론 냄비는 우리 집에서 33년 동안이나 쓰였다. 깨를 볶기에 너무 좋다고 어머님께서 잘 쓰셨는데, 2009년 집수리 후 정리할 때 과감히 버렸다. 한동안 어머니는 깨 볶을 때 좋았는데 하며 아쉬워하셨다.

혼수 비용이 120만 원 들었다. 그때 기록해 놓은 수첩이 지금도 서랍 속에 있다. 120만 원으로 그 모든 준비를 다 할 수 있었다. 참고로 내 마지막 월급은 6만 원이었으니, 당시로써는 적지 않은 금액이었다.

결혼을 앞두고 쓴 일기

1976.4.27. 화. 흐림.

결혼! 마음을 가다듬고 정신을 모아 다시 한 번 생각해 보자. 어째야 될까? 생각을 하면 할수록 정신이 흩어진다. 정말 그이는 어떤 남편이 되어줄까. 나는 그이에게 어떻게 해야 가장 사랑받는 아내가 될까.

그이는 나만을, 나는 그이만을 생각하면서 아무 사고 없이 생애를 마쳤음 …… 그리고 세상 누구보다 행복했음……

자신을 갖고 출발해 보자. 그래서 열심히 살아 보자. 사랑받는 며느리, 그리고 아내가 되어 보자. 그이를 위해 아무 것도 아끼지 말고 내 인생 모두를 그를 위해 희생해 보자. 마음의 바탕을 평화롭고 따스하게 가져 보자. 그러면 무언가 이루어지겠지. 사랑받을 수 있고 좋은 생애가 되겠지.

정말 이 마음 변치 말고 내 스스로 노력해야지. 내 자신에게 가장 어울리는 그 행복만 찾아야지. 남의 행복은 내가 가질 수 없는 것! 내가 가질 수 있는 그것만 열심히 골라 가져야지. 욕심부리지 말고 어울리는 것만.

그이가 나만을 사랑할 수 있도록 애써야지. 다른 어느 누구에게도 양보할 수 없어. 그리고 잠시도 나를 잊는 자체가 나는 두려워. 정말 나만 나만 사랑해주시도록 부탁드려야지.

예쁜 아내, 귀여운 아내가 되어야지. 그이의 사랑은 몽땅 내가 가져와야지. 과연 그가 내게 몽땅 줄까?

화창한 날의 행복했던 결혼식

결혼식 날은 날씨가 너무도 화창하고, 우리 집도 시댁도 개혼이라 축하객도 많았다. 특히 재선 씨의 학교 동창들은 거의 동창회 수준으로 많이 참가했다. 당시 재선 씨가 해태제과에 다녔던 터라 회사 분들도 많이 왔다.

나는 정작 내 웨딩드레스를 직접 만들어 입지 못했다. 그냥 예식장에서 권하는 대로, 조금 비쌌지만 새것에 가까운 옷으로 골라 입었다. 드레스는 나한테 아주 잘 맞고 어울리는 디자인이었다. 해태제과에서 오신 분 중에 누군가가 신부가 인형 같다고 했단다. 속눈썹은 빗자루만 한 것을 붙이고 입술은 붉은색으로 칠하고, 너무 야한 것 같아 보이던 신부 화장이 흰 드레스를 입으니까 달리 보였고, 귀여운 신부로 변해 있었다.

예식이 어떻게 지났는지, 주례 선생님이 뭐라고 말씀을 하셨는지 아무 것도 생각나질 않는다. 뒤돌아서 부모님께 인사드리고 내빈께

결혼식에 온 아이들과 함께. 왼쪽부터 애리와 희(애리는 희에 가려져 있다), 작은외할아버지 댁 둘째딸인 지연 이모, 영자 이모의 맏딸 현실이, 작은외고모할머니의 막내 광수 삼촌.

도 인사를 드리는 순간 군대에 가 있어서 참석하지 못한 동생 영걸이가 생각나 잠깐 울컥했다. 다른 동생들과 달리 나는 영걸이와 추억이 많은지라 그날 영걸이가 없는 것이 참 서운했다. 동생을 군대 보내던 날도 몹시 울었고, 훈련이 끝나던 날에는 엄마와 함께 논산까지 면회 간 적도 있었다. 아침 구보를 나서는 장병들은 짧은 머리, 흰 러닝셔츠, 바지 한쪽에 끼운 타월까지 그 사람이 그 사람 같아 얼굴을 쉽게 알아볼 수 없었다. 뒤편에서 뛰고 있는 영걸이 모습을 찾아내 바라보면서 가슴이 짠했다.

결혼식을 끝난 뒤, 우리는 피로연을 예식장 근처 중국집에서 했고, 재선씨 네는 집에서 치렀다. 여행을 떠나기 전에 내 친구들과 재선 씨 친구들은 우리 집 피로연 장소에서 식사했다. 비둘기색 판탈롱

슈트에 빨강 블라우스를 받쳐 입고 알 큰 진주목걸이를 길게 늘어뜨렸다. 사진으로 남아 있어서 또렷하게 기억되는 장면이다.

어떻게 서울역까지 갔는지 생각이 안 나지만, 속리산행 버스를 타는 시외버스터미널 화장실에서 무겁게 붙어 있는 속눈썹을 떼 내고 휴식 시간을 가졌다. 전날 함을 받으랴 잠을 설쳤고 결혼식 때 긴장하고 나니 몸이 많이 지쳐 있었다. 속리산로 가는 신혼여행 버스 안에서 모자랐던 잠을 자면서 갔다.

첫날밤의 다짐

저녁 늦게 속리산에 도착해서 호텔이라고 간판이 걸린 집으로 들어갔다. 호텔에 침대가 있었는지 온돌방이었는지 정확히 기억이 안 난다. 탁자가 있어 재선 씨가 먼저 샤워하고 있는 동안 탁자에서 일기에 그때 기분을 적었다.

정말 꿈결 같이 지나버린 오늘의 결혼식.

그래도 지금은 행복한 마음이다.

하늘이 맑게 개고 햇살이 눈 부셨다.

어제의 비바람 가신 듯 멎고, 오늘은 화창한 날.

이제 시작되려는 새 인생이 오늘처럼

햇살이 먹구름을 비집고

따사롭기를 하느님께 기도드린다.

뭐라 표현할까.

이런 날에 이렇게 뜻깊은 날에 나의 글재주는

고마움에 대한 오래된 일기

왜 적절한 표현을 찾지 못할까.

기쁘다거나 서운하다, 설렌다거나 하는

간단한 말 말고 지금의 심정을 표현할 수 있는 단어,

그것이 아쉽다.

그는 목욕 중이다. 수돗물이 시끄럽다.

그 소리를 들으면서 나는 이 글을 쓴다.

내 앞으로 새로운 인생에 정말 행운이 같이 하길

주님께 기도드린다.

그리고 그 믿음.

지금의 행복한 마음으로 사랑하고

한평생 섬겨보리라.

자꾸 떨린다.

1976.5.16 밤 10시 15분

속리산에서 첫날밤

첫날밤! 드라마 속의 주인공들처럼 앞으로의 행복한 설계를 하면서 보냈다. 자기만을 믿으며 잘살아 보자고 재선 씨가 내게 맹세를 했다.

한복 입고 문장대에 올랐던 신혼여행

다음 날 일찍 새댁이 입는 다홍치마, 노랑 저고리를 입고 법주사 구경에 나섰다. 첫날은 간단히 구경을 끝내고, 다음 날 편한 차림으로 속리산 문장대를 오를 생각이었다. 그런데 어떤 할머니가 우리에게 말을 걸었다. 관광을 도와주시겠단다. 설명도 해주고 사진도 찍어줄 테니 2천 원만 주고 맡겨 보란다. 어쩔까 하다가 초행길에 아는 것도 없으니 그래 볼까 했는데, 그 할머니는 전문 관광 가이드였다.

양복에 넥타이까지 쪽 빼입고 구두를 신은 재선 씨, 새댁 한복을 입고 고무신에 버선까지 신고 나선 나를 데리고, 할머니는 속리산 오리숲을 시작으로 사진을 찍어가며 조금만 더 가면 된다고 하면서 두 시간도 안 걸려 문장대까지 안내했다. 그리고는 바람결에 헝클어진 머리 그대로 사진 한 장 꾹 눌러놓고, 다시 다른 이들을 안내하기 위해 쏜살같이 내려가 버리셨다.

올라가는 길은 거의 직선 코스로 안내를 받아 얼결에 빠르게 올라갔지만 내려가는 것은 만만치 않았다. 고무신에다 꼭 맞는 버선발에, 그것도 바위를 디뎌 가며 하산한다는 것이 얼마나 힘든지 울고 싶었다. 발은 퉁퉁 붓고 열이 확확 나서 발바닥과 발가락이 불덩이 같았다. 그래도 구두를 신은 재선 씨는 나보다는 발이 덜 아팠을 것이다. 내려오다가 빈대떡과 막걸리를 파는 주점에서 막걸리를 한 잔씩 마셨다. 배가 고픈 참에 먹어서인지 금방 취기가 올랐다. 약간의 취기에 조금은 푹신푹신한 감을 느끼며 내려왔던 것 같다. 거의 다 내려와 계곡물을 만나니 참을 수 없어 버선을 벗고 한복 치마를 걷어들고 맨발로 물에 들어갔다. 발이 저리게 차가운 물이었지만 부은 발을 금세 시원하게 해줬다. 그때의 그 시원함을 어디에다 비교할까? 지금 생각해도 너무 시원했던 게 잊히지 않는다.

얼결에 문장대까지 올라갔다 왔으니 우리는 더 이상 그곳에 머무를 필요가 없었다. 그래서 계획을 바꿔 저녁에 버스로 온양온천으로

고마움에 대한 오래된 일기

우리를 문장대까지 안내한 할머니는 먼저 내려가고, 우리끼리 고생하며 하산하다가 한 장 짤깍.
아직 막 하산을 시작한 터라 그리 힘들어보이지는 않는다.

가서 어느 여관에 들었다. 온천물로 목욕할 수 있는 목욕탕이 달린
그런 방이었다.

그날 밤 재선 씨는 길눈이 밝아 참으로 믿음직스러웠다. 그 뒤의
여행길에도 늘 알아서 잘 찾아다녔지만, 재선 씨는 길을 몰라 헤매고
고생하는 일 없이 신혼여행을 알차게 보낼 수 있게 했다.

아침 일찍 여관 근처 미용실에서 머리를 하고 현충사를 찾아갔다.
그때 현충사의 조경은 정말 아름다웠다. 집들이 다닥다닥 붙어 화단
하나 제대로 없는 달동네에서 살던 나에게는 넓게 잔디를 심고 예쁜
꽃으로 테를 두르고 있는 모습이 너무 아름답게 보였다. 한쪽에서는
공작새 한 쌍이 날개를 쫙 펴고 아름다운 모습을 뽐내고 있었다. 넓
고 넓은 정원에다 예쁜 꽃들이 흐드러진 그곳 구경을 하고 있자니 부

바람은 지나가려고 분다

모님 생각이 났다. 엄마가 보고 싶었다. 결혼식 날 손님을 다 치르고 우리끼리 식사를 마치고 신혼여행 길에 오르려고 나오는데, 한쪽에서 그제야 짬뽕 한 그릇 놓고 잡수시며 "난 괜찮아. 어서 잘 다녀와."라고 하셨다. 우리 부모님도 이런 구경을 해 보셨으면 좋겠다는 생각이 들었다. 그 순간은 효녀가 되었다.

신혼여행에서 돌아오니 사당 차례라고 조상님께 인사를 드리란다. 신혼여행에서 돌아오면 그리하는 것이라고 남들로부터 듣고, 엄마가 부랴부랴 차례 준비를 해 보내셨단다. 아, 이런 예절도 있었구나. 시집에서의 첫날밤이었다.

다시 취직 그리고 임신

결혼 후 첫 월급을 타 온 신랑은 모든 월급을 어머니께 드렸고 그중에서 2만 원을 생활비로 받았다. 나더러 아껴서 잘 써보라고 했다. 아끼고 살뜰하게 써서 신랑 담뱃값과 차비도 주어야 했다. 넉넉지 않았다. 나는 두 달도 되지 않아 취직하기로 했다. 내가 받던 6만 원은 그 당시 적지 않은 보수였다. 같이 벌면 금세 돈을 모을 수 있을 것 같았다.

오미카는 불난 자리에 새로 집을 짓는 동안 정미용실 옆 작은 가게를 얻어 주문을 받았다. 공장은 뒤쪽 살림집에 있었다. 불났을 때 갑자기 일터가 없어져서 쉬다 다시 나온 기술자도 있었고 새로 온 기술자도 있었다. 그때 못 준 월급을 다시 양장점을 시작하시면서 다 주셨다고 했다. 대모님은 계산이 정확하고 철저하셨다.

그때 디자이너는 전정애였는데, 그녀는 대학에서 제대로 디자인을 공부한 사람이었다. 나는 재단을 하기로 했다. 가게 구석으로 붙여 놓은 재단대에서 작업하였다. 나는 오미카에 다시 출근하면서 결혼할 때 받았던 원단으로 원피스를 해 입었다. 가로줄 무늬였다. 날씬했던 시누이하고 함께 고른 옷감이었다. 내가 결혼하던 시절에는 한복이나 양장 옷감을 떠서 선물하는 일이 보통이었다. 황토 빛깔이 나는 오버코트 감도 있었는데, 그것으로는 재선 씨와 내가 똑같이 재킷을 해 입었다. 커플룩인 셈이었다.

출근한 지 한 달이 지나기도 전에 나는 임신을 했다. 속이 메스꺼워지고 울렁거리고 뒤집히면 직장 근처 우동집에서 우동국물을 마셨다. 그러면 속이 가라앉았고, 골목집에 있는 칼국수를 먹으면 속이 편해졌다. 칼국수값이 200원이었다. 아침에 연탄불에 밥솥을 안치거나 다른 냄비라도 올려놓으려고 하면, 연탄가스 냄새에 속이 뒤집혀 구역질이 나왔지만 참아냈다.

그때 재선 씨가 다니던 해태제과는 일주일씩 주야간 근무를 교대했다. 야근이라 아침에 퇴근할 때는 내가 출근하기 전에 단 몇 십 분만 만나기도 했다. 저녁 출근 때는 낮에 잠을 자고 일찍 저녁을 먹고 전철 타고 영등포로 출근했다. 우리의 신혼은 그랬다. 마루 하나를 건너 안방에는 시누이와 어머님이 함께 지내셨다.

어머님은 그때 장사를 하셨다. 생선을 받아다가 서울 쪽으로 다니시면서 팔고 오셨다. 김장철에는 새우젓도 파셨다. 수입이 그런대로 괜찮으셨는가 보다. 소자본으로 할 수 있고 수익 계산이 바로 되는 현찰 장사니까 돈 생기는 재미가 확실했을 것 같다. 그러나 무척 힘든 일이기도 했다. 무거운 것을 이고 온종일 고무신 바람으로 걸어 다니시고, 어느 때는 끼니를 제대로 못 맞춰 저녁까지 굶고 기운 없이 돌아오실 때도 있었다. 그럴 때면 시누이가 속상해서 장사 나가지 말라고, 왜 굶어가며 다니느냐고 했다. 물건이 다 팔릴 때까지 있다 보면 늦을 때도 있었다. 시누이처럼 말릴 수는 없었지만, 그런 날이면 나도 너무 많이 속상했다. 시누이도 어머님이 아는 분의 소개로 새한 미디어에 출근했다. 우리 네 식구는 모두 각자 자기 일터에서 충실했 다.

출산을 위해 다시 오미카를 그만두다

오미카는 불난 자리에 예쁜 돌집을 지었다. 겉에 돌을 붙이는 것 이 아니라 돌을 쌓아 지었다. 앞면은 좁았지만 뒤로 길게 들어가는 집이다. 불난 자리는 불같이 일어난다는 속설이 있는데, 정말 오미카 는 신축 건물로 이사한 뒤에도 여전히 손님이 많았다.

개업식도 잘했고, 가을이라 예쁜 국화 화분이 많이 들어와 가게 앞에다 그득히 진열했다. 그때 지 신부님은 귀여운 세 살 아가였다. 안고 찍은 사진이 있는데 정말 귀엽다.

나는 임신 초기였지만 입덧도 어느 정도 사라지고 먹는 것이 그리 까다롭지 않게 되어 뭐든지 다 잘 먹었다. 주문이 많아 하루 종일 서 서 재단하다 보면 저녁에는 발이 퉁퉁 붓기도 했다. 하지만 받는 월 급이 아까워 그만두지를 못했다. 그러던 어느 날 의자에 올라가 천정 에서 끈을 늘어뜨려 옷걸이를 매달아 진열하다가 삐거덕하면서 의자 에서 떨어졌다. 깜짝 놀랐다. 그날 아랫배가 단단해져 걱정하며 산부 인과에 갔더니 아가가 놀라 뭉쳐있다고, 유산할 수도 있으니 조심해 야 한다고 했다. 욕심을 버려야지 큰일 날 수도 있겠다 싶어 아깝지만 후임으로 친구 최윤숙의 오빠를 소개하고 오미카에서 나왔다.

가난했지만 행복했던 신혼 시절

그 뒤로는 집에서 살림을 했다. 남편은 결혼 후 기대 이상으로 친절했고 배려 역시 세심했다. 우리 집은 방이 다섯 개나 있는 집이었다. 방 두 개는 우리가 썼고, 나머지는 세를 주었다. 우리가 쓰는 건넌방도 세를 주어 용호네가 살다가 내가 결혼한 뒤 윗집으로 이사 갔다. 고들빼기김치를 담가 먹는 지훈네가 있었고, 장봉도에서 온 집이 있어 가끔 섬 감자와 맛있는 김을 얻어먹기도 했다. 마당 장독대와 붙은 방에도 새댁과 아기가 하나 있는 집이 살았다. 이름은 잊어버렸지만 내 또래였다. 지금 우리 아들딸은 상상도 안 되는 환경이겠지만, 우리는 그렇게 사는 것도 부자인 마음이 들었다. 내 집이고 그 동네에서 몇 대 안 되는 전화도 있어서 동네 사람들의 전화를 받아주기도 했다.

우리는 그때 지금의 부개동 쪽 신 주택으로 이사 가고 싶어 가보았지만, 빚을 조금 내야만 했고 새로 나온 전화가 발목을 잡아 포기했다. 그때는 건축 바람이 불어서 석바위에 있는 주공아파트를 전매해 중간이익을 챙기기도 하고, 주택을 여기저기 똑같이 여러 채 지어서 파는 집 장사들이 많았다. 그러나 우리는 빚지는 것이 겁나서 그냥 수도국산에 머물렀다. 그런데 그때 그런 집들은 2년 후에는 곱으로 뛰어서 부동산으로 돈을 버는 시대가 열렸다. 우리는 그런 행운을 비껴간 것이다.

친정집이 걸어서 5분도 안 되는 곳이라 심심하면 친정집에 자주 갈 수 있어 좋았는데, 그리 자주 가지 못했다. 부모님이 시장에서 장사하시니 집에 계시지 않아 낮에는 다 나가고 없어서 가 봐도 만날 식구가 없다. 큰동생 영걸이는 군대에, 영순이와 막냇동생은 학생이었다. 지척에 있는데도 막냇동생이 우리 집에 잠깐 다녀가는데 눈물이 났다. 그 눈물의 의미는 뭘까? 신혼여행에서 돌아와 시댁에서 처음 자던 날 밤에도 그런 눈물이 났다. 온통 엄마 얼굴만 내 눈 속에, 마음속에, 머릿속에 있는 것 같았다.

혼자만 먹으라고 안겨준 곶감

남편이 돌아올 시간이 되면 온통 신경이 대문 쪽으로 가 있고 가슴도 두근두근했다. 연애 기간도 길었고 어린 시절부터 아는 사이였음에도 부부가 되어서 그 남자의 아기를 잉태하고 있는 나는 모든 것이 그 사람을 위해 존재하는 것 같았다. 그때는 정말 그랬다. 그리고 별로 말이 많지 않은 남편은 술에 취하면 말을 잘했다. 솔직했다. 나도 재미있었다. 약간씩 술에 취해오는 날은 새로운 모습을 발견하는 기쁨도 있었다.

겨울이었다. 배가 많이 불러 자주색에 잔 검정 체크 무늬가 있는 모직 천으로 점퍼스커트를 해 입었다. 가슴선에 주름을 넣어서 배 부분이 여유 있어 편했다. 만삭이 될 때까지 입었다. 추울 때는 속에다 두꺼운 스웨터를 입고, 봄에는 좀 얇은 티셔츠를 입었다. 나중에는 다른 사람 임부복으로 빌려주었다. 알뜰하기도 하지.

그러던 겨울 어느 날, 이봉우 씨네를 다녀오느라 좀 늦게 온 남편은 나한테 몰래 곶감 몇 개가 든 봉투를 하나 주면서 나 혼자 먹으라

고 했다. 화장대 서랍에 넣고 몰래 혼자만 먹었다. 특별한 맛의 곶감
이었다. 뱃속 아가를 위한 부성의 시작이기도 했겠지. 아들을 낳았으
면 하는 바람이었다. 남편이 외아들이니까 무조건 아들부터 낳았으
면 좋겠다고 생각했지만, 아기가 나오기 전까지는 알 수 없는 일이었
다. 지금처럼 미리 아가 얼굴까지 볼 수 있는 것은 꿈도 못 꾸었지만,
뱃속에서 움직이는 느낌이 올 때는 너무너무 신기했다.

친정집이 큰 집으로 이사하다

그즈음 친정집은 수도국산에서 내려가려고 좀 더 큰 집을 보러 다
니셨다. 송현성결교회 앞 골목, 시장 가까운 곳에 계약하셨는데 해약
되어서 송림초등학교 뒤, 기와를 얹고 빗장이 달린 대문이 있는 한옥
으로 정하셨다. 나도 덩달아 좋았다.

부른 배를 잡고 다니느라 아랫배가 당겨 걸음 걷기가 힘들어졌다.
우리 집 아랫목은 참 따뜻했다. 아궁이 말고 구들장 바로 밑으로 군
불을 땔 수 있는 곳이 있었다. 거기에 톱밥을 밀어 넣고 불쏘시개로
불을 붙이면 톱밥이 서서히 타들어 가면서 아랫목이 새까맣도록 뜨
겁게 달궈졌다. 아랫목에 담요를 깔아놓고 그곳에 발을 집어넣고 TV
도 보고 얘기도 했다.

그때 시누이 별명은 '재치'였다. 친구들 간에는 재순이라는 이름
보다는 재치라고 불렸다. 시누이는 재순이라는 이름을 싫어했다. 그
때는 대학에 못 가 재수하는 여학생을 재순이라고도 했다. 친구들
이 놀러 오면 자기네들끼리 은어를 사용해서 못 알아듣게 했다. "나
는 너를 좋아해." 라고 싶으면 "나노기 사는 너노기 서를 조노기 사아

해"라고 빠르게 말하는 방식으로 알아들을 수 없는 얘기들을 하면서 깔깔거렸다. 지금은 친구 같은데, 나이 차이가 불과 네 살이었는데도 배부른 내가 세대 차를 느낄 만큼 엄청 어른인 것 같았다. 시누이는 시누이이기에 얇은 막도 있었다.

엄마가 되다

출산 예정일에 가까워져 오고 있었다. 궁금해서 기다려지기도 하고 혹시나 불행하게 기형아라도 낳으면 어쩌나 하는 조바심에 두렵기도 했다. 1977년 4월 6일 오후 5시 30분, 18시간의 진통 끝에 3.2㎏의 여자아이 현정이를 낳았다. 콧등에 좁쌀같이 피지가 송송 있고 머리카락은 별로 없었다. 진통주기가 짧아져 너무너무 아플 때는 차라리 죽는 게 나을 거라고 소리쳤고, 이를 악물고 눈물을 닦는다고 비벼 댄 눈은 빨갛게 충혈되어 오래 갔다.

비몽사몽 아가를 보는 순간, 이 아가가 커서 엄마가 되면 나처럼 이렇게 아픈 산통을 겪겠구나 하는 생각이 먼저 들었다. 남편은 야근이었는데 출산을 보느라 그때까지 출근하지 못하고 있었다. "수고했어!" 그렇게 말해 주고 회사로 갔다.

산후조리는 친정으로 갈 것인데, 친정집이 새로 산 집으로 이사 가야 해서 병원에서 하루 더 있다가 이삿짐이 정리되면 가려고 했다. 그런데 그런 사정을 모르는 간호사들이 퇴원 안 한다고 눈총을 주었다. 그때 내 사정을 이야기하면 될 것을, 어리석은 건지 모자란 건지 울면서 친정집에 가서 나 빨리 퇴원해야 한다고 했다. 이삿짐을 나르고 정리하던 남편이 이런 바보가 어디 있냐고, 산모가 이게 뭔 짓이냐고 병원으로 쫓아가 간호사들에게 막 따지며 소리쳤다. 남편은 따지기도 잘하고 불의를 못 참는 정의파이고 다혈질이기도 했다. 간호사들이 난처하게 나를 쳐다봤다. 하루를 더 병원에서 묵고 다음 날 아가와 함께 친정으로 퇴원했다. 으이구, 진짜 바보다. 왜 말을 못 해?

예쁜 딸의 이름을 현정이라고 지었다. 어질 현(賢), 곧을 정(貞), 이름도 예쁘다. 현정이가 쌍둥이를 낳아 내가 졸지에 쌍둥이 할머니가 되었는데, 옛날 현정이를 보았을 때보다 백 배 더 신기하고 신비롭다.

극진했던 엄마의 산후조리

그때 친정엄마의 산후조리는 정성 그 자체였다. 엄마 나이 마흔여섯이셨다. 새벽부터 작은 양은냄비에 바사삭 뜸 올려 푸신 흰쌀밥과 소고기를 곱게 다져 미역과 달달 볶다가 끓여주신 미역국을 맛있게 먹었다. 산모는 꺼진 배가 허전해 밥도 많이 먹어야 한다고, 아기 젖을 먹이려면 미역국을 많이 먹어야 한다고 네 끼나 다섯 끼까지 먹도록 해주셨다. 또 현정이를 목욕시켜 주시고 그 대야 안에 아기용품, 배냇저고리, 가제 수건 등을 담가 나가서 깨끗이 빨아 널어 주셨다.

나는 쉰여덟의 나이에 할머니가 되었다. 친정엄마가 빠르기도 했고, 나는 조금 늦은 편이라 10년 이상 늦게 할머니가 되었다. 나는 관절염으로 무릎을 자유로이 구부리지 못해 혼자서 쌍둥이들 목욕 한 번을 못 시켰다. 자세 또한 불안정하니까 현정이가 아예 시켜 주지도 않았다. 속상하고 부끄러웠다.

하루는 산후바람이 나서 솜이불을 덥고도 이빨 닥닥 부딪히게 떨려서 친정엄마가 이불 위에 올라타서 눌러주셨다. 무진장 추웠다. 한 달간 친정에서 있었고, 그때 작은시아버님께서 돌아가셨다. 초상집에 들렀다가 오는 게 아니라고 현정 아빠도 며칠간 현정이를 보러 못 왔다. 먹고 누워 있다가 아기 젖 주고 자고 또 먹고 누웠다 앉았다, 일상이 단조롭고 지루하면서도 긴장되어 있었다. 현정이가 잠을 안 자고 울면 안아주고, 먹는 시간과 싸는 똥 색깔을 관찰하고, 모유가 많이 나오기를 바라는 마음에서 미역국도 많이 먹었다.

말을 빨리 배웠던 현정이

현정이는 유난히 눈이 예뻤다. 눈이 정말 샛별처럼 항상 빛났고, 시간이 갈수록 더욱 초롱초롱해졌다. 지금 손녀딸 서윤이의 눈이 꼭 그렇다. 어쩜 그렇게 닮을까? 서윤아! 엄마처럼 현명하고 반듯하게 자라라. 현정이는 영리하고 발육이 빨라서 이도 일찍 나고 걷기도 빨리, 말은 정말 빨리 잘했다. 동생 영걸이가 예뻐하면서 "양말" 하면서 양말을 가리키면 "말양" 하면서 양말을 짚었다. "아니, 양말."이라고 하니까 "말양 말양" 했다. 너무너무 귀엽지 않은가? 동생 영걸이는 그 얘기를 자주 했다.

시어머님은 현정이를 예뻐하셨다. 마흔아홉 살에 할머니가 되시고 친손녀를 보신 거다. 손주는 화초와 같아서 집안을 환하게 만들어 주고 식구들끼리 가깝게 만들어 주었다. 시누이도 현정이를 예뻐했다. 현정이 백일잔치는 집에서 했다. 더운 여름날이었다. 냉장고도 없이 아이스박스에 식품을 넣고, 현정 아빠 친구들과 가족 친지들이 모여 잔치를 벌였다. 땀이 뚝뚝 흐르고 젖도 새서 옷이 젖었다. 그날 현정 아빠 친구 부인인 봉수 엄마도 현정이만한 봉수를 데리고 와서 함께 사진을 찍기도 했다.

현정이는 CM송을 좋아해 놀다가도 음악이 나오면 TV를 향해 손뼉 치며 좋아했다. 8개월쯤 되었을 때다. 현정이는 영리했다. 어느 날은 배가 고플 것 같아서 젖을 물렸는데, 젖은 빨지 않고 유난히 반짝거리는 눈으로 나를 쳐다보았다. "어머, 얘가 왜 이러지?" 하는데 입 밖으로 조그만 금속 조각을 내밀었다. 새 양말끼리 묶기 위해 쓰는 집게 모양 핀이었다. 언제 어디서 주워 먹었는지 삼키지 않고 있다가 뱉어낸 것이었다. 정말 큰일 날 뻔했지만 다행이었다. 나는 지금도 그날 반짝이던 현정이의 눈을 기억한다.

현정이가 5개월쯤 되었을 때다. 나는 만성 맹장이 터져 수술을 했다. 전신마취를 하고 맹장을 떼어냈지만 다행히 복막염까지는 가지

송림동 친정집 마루에 걸터앉아서 현정이와 함께. 그때 친정집 마루 밑은 제품 원단을 쌓아두는 지하 창고였다.

바람은 지나가려고 분다

않았다. 호스를 꽂고 고름을 뽑아내느라 항생제 주사를 맞아 젖을 줄 수 없었다. 난생처음 우유를 먹였는데, 처음에 맛을 보더니 안 먹더란다. 그리고 울다가 울다가 배가 아주 많이 고파지니까 그때야 울면서 우유를 빠는 모습이 짠해서 눈물이 나더라고 친정엄마가 말씀하셨다.

나의 영원한 수호천사, 우리 엄마

젖몸살이 나서 겨드랑이부터 땅기고 팔을 들 수 없게 아팠다. 혈관주사 때문에 손도 저리고 날밤을 새우다시피 고통에 시달렸다. 친정엄마는 저린 팔을 밤새 계속 주물러주고 계셨다. 나의 영원한 수호천사이시다. 나로 인해 항상 첫 경험을 많이 하신다. 슬픔도, 기쁨도, 고통도.

병원에서 거의 일주일 동안 있었고 그 뒤에 통원치료를 했다. 친정으로 가서 몸조리하면서 누운 채 송편을 빚었다. 수술 자리가 땅기고 아파서 잘 걷지도 못해 일할 수가 없어서 추석인데도 집에 가지 못했다. 시댁에 미안하고 남편에게도 미안했다.

병원비로 돈을 많이 썼다. 그때는 의료보험제도의 실행 초기였는데, 야무지고 잘 챙기는 남편은 결국 보험공단으로부터 병원비를 환불받았다. 대단해요!

이유식은 해태제과에서 나오는 아기밀을 먹였다. 그때 해태제과에 다녔던 재선 씨는 회사에서 사서 1박스씩 둘러메고 전철을 타고 가져왔다. 곡식 가루와 우윳가루를 섞은 것이었는데 잘 먹었다. 현정이는 토하기를 잘했다. 무언가 마음에 안 들면 울다가 먹은 아기밀을 다 토해 놓았다. 그때는 정말 난처했다. 미끈미끈하고 냄새가 지독한

데, 휴지를 흔하게 쓸 수 없는 때니 걸레를 빨아가면서 닦아냈다. 그래도 큰 탈 없이 잔병 없이 잘 자랐다. 가끔 이유 없이 울어서 친정집에 가기도 하고 병원을 가기도 했지만 입원하지는 않았다. 고맙게도 말이다.

동네 입구에 다시 의상실을 개업하다

현정이의 돌이 지난 뒤 나는 다시 의상실을 개업했다. 미림극장 건너편으로 수도국산 우리 집으로 올라가는 동네 입구에 차렸다. 작은 진열장이 1개 있었고, 작업대를 설치했다. 진열장은 혼수로 마련한 책장을 가져와 유리장 안에 원단을 진열했다. 작은 소파도 놓고 미싱할 수 있는 공간이 옆으로 있어서 깔끔하게 꾸밀 수 있었다. 미싱사는 미영이라는 아가씨를 두었고 내가 보조를 해줬다. 디자인과 재단에 시다까지 1인 3역이었다. 시어머님 친구가 원피스를 맞추고, 시누이 친구 찬숙 씨가 재킷을 하고, 연애 중이던 동생 영걸이의 여자 친구 김인숙이 옷을 맞추기도 했다. 나를 끈질기게 쫓아다녔던 그 사람이 어찌 왔는지 여자 친구와 함께 와서 옷을 맞췄다.

저녁밥은 시어머님이 집에서 쟁반이나 바구니에 담아 날라주셨다. 시어머님은 장사를 그만두고 집에서 현정이를 봐 주면서 살림을 해주셨다. 늦게까지 대야를 이고 다니면서 애쓰시는 게 너무 안쓰럽고 미안해서 내가 다시 생활전선으로 나가기로 합의했다. 어떤 날은 현정이를 업고 쟁반을 이고 밥을 나르셨다. 그것도 너무 미안한 일이었다.

그때 현정이는 말은 못 했지만 눈치는 빨라 의상실에 오면 동전 지갑을 가리키고 그것으로 껌을 사주면 좋아했다. 저녁밥을 날라다 주실 때, 현정이는 할머니 등에 업혀 내려와 나를 잠깐 만나고 군것 질거리를 사 가지고 할머니와 함께 다시 집으로 갔다. 현정이는 나보다 할머니와 함께 있는 시간이 항상 많았다. 할머니가 예뻐하셨고 잘 데리고 노셨다.

그런데 미싱을 하던 미영이가 가게 주인집 삼촌과 정분이 나서 임신을 했는지 일할 기운도 없고 결혼할 거라며 양장점을 그만두겠다고 했다. 어찌하면 좋을까? 오미카에서 함께 일한 금분이에게 함께 일할 것을 약속받았다. 그녀도 결혼하고 동네 근처 전세방에서 신혼살림을 차렸다. 그녀 남편 홍은종 씨는 대우중공업에 다녔다. 그녀 역시 부지런하고 책임감이 강해서 나를 끝까지 도와준 의리의 여인이다.

옆집 의상실의 순영 엄마

바로 옆집에 의상실 하나가 있었다. 순영이라는 딸이 있는, 키가 크고 덩치도 큰 경상도 여자였다. 바느질을 쉽게 잘하고 나름 단골도 많았다. 오히려 선의의 경쟁을 할 수 있는 옆집이 있어 좋은 점도 있었다.

그런데 우리는 임신까지 나란히 함께 했다. 재래시장이 가까이 있어서 싱싱한 병어회를 5백 원어치 사 왔다. 한 접시는 되었다. 둘이서 한 점이라도 더 먹겠다고 죽을 둥 살 둥 했다. 모자란 것 같아 시장으로 뛰어가 다시 5백 원어치를 더 사 왔지만, 아까 그 맛이 아니고 비린내가 확 끼치는 바람에 더는 못 먹었다.

그 후 순영 엄마와 나는 갑자기 친해졌다. 동지애를 느꼈다. 순영 아빠는 공무원이었다. 자기는 시집 식구들과 사이가 안 좋다며 나를 부러워했다. 밥을 해주는 시어머님과 문을 닫아주는 남편을 보고 그랬다. 하지만 우리도 날마다 좋은 일만 있는 것은 아니었다. 내가 가겟세나 기술자 월급이 마련되기까지 조바심을 내며 얘기라도 할라치면 남편은 부담스러워 하였다. 문 닫아주는 것이 귀찮은 날도 있어서 곧잘 심술을 부리기도 했다.

하룻밤 지내고 돌아온 여름휴가

여름휴가가 되어 현정이를 시어머님께 맡기고 의상실은 기술자에게 맡기고 남동생 영걸이에게 문을 닫아 달라고 부탁하고 현정 아빠와 둘이 무주구천동으로 휴가를 떠났다. 물론 열차 타고 버스 타고, 모든 길 안내는 현정 아빠가 다 알아서 했다. 무주구천동 계곡 끝 쪽에 있는 동네에서 민박을 했다. 가스버너로 코펠에 밥과 반찬을 만들어 저녁을 먹고, 밤에는 개울가에서 멱도 감았다. 남편은 내가 현정 아빠, 현정 아빠라고 너무 부른다고 뭐라 했다. 나는 혹 다른 사람들이 청춘 남녀가 캠핑 온 것으로 생각하는 게 싫어서, 확실한 부부라는 것을 확인시키고 있었는데. 그때는 그런 것도 흉보던 시절이기는 했지만, 왜 그렇게 남의 눈치를 봤을까?

그런데 마음이 불편해지기 시작했다. 집에 두고 온 현정이 얼굴이 아른거리고, 우리만 놀러 온 게 미안한 마음이 들었다. 임신 초기였다. 아침 일찍 백련사로 올라가다가 배가 아픈 것 같아서 더는 올라가지 못하고 되돌아 집으로 향했다. 걱정도 되고 현정이가 보고 싶어졌다. 아무래도 마음이 편치를 않았다. 결국 하룻밤만 자고 집으로 왔다. 그때는 그렇게 하는 것이 마음 편한 일이었다.

다시 부지런한 일상생활로 돌아왔다. 맞춤옷을 만드는 일은 참 시간이 오래 걸린다. 과정도 여러 번을 거친다. 디자인할 때 원단을 고르고, 재단하고, 가봉할 때 손으로 시치는 일에 시간이 많이 들고, 다시 완성까지 박고, 뒤집고, 다리고, 다시 박고, 감추고, 실밥 정리하고, 다시 다리고, 단추 달고. 주문이 겹치거나 급한 옷이라도 생기면 늦게까지 일해도 완성 못 할 때도 있다. 너무 늦는 날이면 현정 아빠가 짜증을 내기도 해서 다투는 날도 있었지만 그런대로 잘 꾸려나갔다. 속을 썩이던 미싱사 미영이는 결국 그만두고, 친구 금분이가 나를 도와 함께 일했다.

난데없는 채옥이의 출현

어느 날 채옥이(가명)가 찾아왔다. 날씬하던 몸이 결혼 후 뚱뚱해졌다. 목에는 금목걸이를 걸고 손가락에도 반지를 꼈다. 친정 가는 길에 들른 모양이었다. 우연히 들른 건지 의상실을 차린 소식을 듣고 일부러 온 건지.

채옥이는 현정 아빠 고등학교 입학 전의 동네 여자 친구였다. 키도 적당히 크고 약간 주근깨도 있지만 그리 미운 얼굴은 아니다. 입이 약간 나와서 이가 뻐드렁니이긴 했다. 현정 아빠 동네 친구들이 '뻐자'라고 부르기도 하고(물론 안 듣는 데서) '얄옥이'라고도 했다.

그 집은 칠공주 집이었는데, 채옥이가 셋째였는지 넷째였는지 기억이 희미하고, 막내는 아들이었다. 뭔 일이 있으면 칠공주가 무더기로 덤비는 무서운 집이었다. 어느 날 그녀가 내게 시비를 걸며 머리채를 잡고 난리 쳐서 울면서 동네 기호네 집으로 피해 들어간 적이 있었다. 내 평생에 남에게 머리채를 잡힌 것은 그때가 처음이자 마지막이었다.

그런데 그녀가 10년도 넘은 뒤에 내 가게에 나타나서 자기 집에 있는 가전제품을 자랑하는가 하면 자기 사는 것에 대해 두루두루 간접화법으로 자랑을 해댔다. 채옥이의 방문은 그리 유쾌하지 않았다. 송현시장 떡집으로 시집간 그녀는 내게 너보다 생활이 넉넉해 고생하지 않는다고 일종의 시위(?)를 하러 온 셈이었다. 배불러서 일하는 내가 고생스러워 보이기는 했을 테니까.

그날 밤 현정 아빠에게 "채옥이가 나타나 살림 자랑을 하고 갑디다, 치사하게." 그랬더니 "그놈의 뼈자는 왜 나타나 박영춘의 자존심을 건드리나. 웃기는 여편네일세." 했다. 더는 얘기할 필요는 없었다. 남편도 기분이 상했다는 것을 느꼈으므로.

의상실을 정리하고 새집으로 이사하다

나는 배가 조금 불러와 임신복을 입었고 오래 서 있기 힘들어 의자에 앉아 일했다. 키가 작으니 작업대가 높아서 의자 위에 동그란 의자 하나를 더 올려놓고 엉덩이를 걸치듯이 앉아서 일했다.

배가 점점 부르고 힘이 들고 출산도 해야 했기 때문에, 의상실을 금분이에게 넘기고 정리하니 어느 정도 돈이 되었다. 그 돈을 보태 수도국산 산동네를 떠나 송림동성당 근처에 집을 사서 이사했다. 방이 셋 있고 마당이 조금 있지만, 골목 안에 있어서 이중 대문인 집이었다. 안 대문은 나무 대문, 바깥 대문은 철 대문이었다. 부엌 옆으로 붙은 방 하나는 세를 들였다. 더운 여름에 헉헉거리며 산동네를 오르지 않게 되어서 너무 좋았다. 근처에 작은 슈퍼마켓도 있고 성당도 있고, 무엇보다 친정이 훨씬 가까워져서 좋았다.

그때 메모해 둔 수첩을 꺼내 보니 그 집을 825만 원에 샀다. 1978년이니 원석이가 뱃속에 있을 때였다. 적금도 타고 시누이 돈도 빌렸지만, 양장점에서 나온 돈이 큰 도움이 되어 무난하게 이사할 수 있었다. 부엌에 싱크대와 찬장을 설치하고, 마당 아궁이 옆에는 새우젓 항아리를 묻어 밤새 물을 덥히기도 했다. 이사한 뒤 시어머님은 장사를 잠깐 더 하셨다.

시누이, 사내 연애하다

그때 시누이는 같은 회사의 팀장이었던 지금의 고모부(정식으로 말하면 시매부이지만, 말이 낯서니 우리 식구 안에서 쓰는 호칭인 고모부라고 하겠다.)와 연애 중이었다. 고모부는 정말 열심이었는데 시누이는 시큰둥해했다. 내가 보기에 그때 고모부는 반듯한 성품이 외모에도 나타나고 장래가 확실한 분이었다. 시어머님이나 시누이는 좀 주춤하고 데면데면한 면을 탓했지만, 그때 고모부로서는 그럴 수밖에 없었다고 생각한다. 잘 보이고 싶은 처가에서, 또 시누이까지 반색을 안 해주었으니까. 고모부는 친인척이 거의 없이 외롭게 성장해 자수성가하였고, 성격이 차분했다. 우리가 수도국산에서 송림동으로 이사 오던 날도 도와주러 오신 것 같은데, 무엇을 도와주셨는지 별로 기억에 남지 않는다. 오시긴 했는데 주춤하느라 아무 것도 못 하셨나? 나는 그래도 고모부가 괜찮은 사람이라고 적극 후원했다.

그해 겨울 우리는 세탁기를 샀다. 만삭의 몸으로 쭈그리고 손빨래를 하는 것은 좀 힘들었다. 아들을 낳으면 사준다고 농담처럼 이야기했지만, 원석이를 낳기 얼마 전에 샀다. 세탁기를 사러 간 날, 나는 마음이 상해 돌아왔다. 나는 자동 세탁기를 사고 싶었지만, 현정 아빠는 수동을 권했다. 나는 이왕 사는데 좋은 것을 사 달라고 했지만, 현정 아빠는 수압도 약한 우리 집은 안 된다고 하면서 굳이 수동을 계속 권했다. 돌아가는 상황을 보고 영업사원도 남편 편을 들었다. 할 수 없이 수동으로 결정하고 온 나는 조금도 기쁘지 않았다. 빨래를 한 대야 담가 놓고 기다려도 세탁기가 도착하지 않는 바람에 씩씩대며 한 대야의 빨래를 손빨래했다. 그런 내 모습을 보고 남편이 질려했다. 생전 처음 본 그런 내 모습에 남편이 처음으로 실망했다고, 오랜 세월이 흐른 뒤 다른 사람인 명훈 엄마를 통해 들었다. 마누라 흉도 볼 수 있을 만큼 명훈 엄마와 친했다고 한다. 명훈 엄마도 명훈 아

수도국산 집 마루에서 시어머니, 시누이, 현정이와 함께. 이때 뱃속에서는 원석이가 자라고 있었다. 직접 만든 임부복을 입은 나.

빠와의 고민을 얘기하며 위로를 받았다고 했다.

아들 원석이를 낳다

아, 드디어 아들을 낳았다. 날 때부터 얼마나 예쁜 아기였던지, 피부는 복숭앗빛이고 머리는 금빛이었다. 3.9kg의 건강한 아기였다. 현정 아빠도 몹시 기뻐했다. 나 역시 아들이라는 순간, 가슴에서 무거운 덩어리를 내려놓는 소리와 함께 가슴이 갑자기 커지듯 벅차오는 느낌을 함께 느꼈다. 기쁨이 넘칠 때만이 느낄 수 있는 그런 가슴의 무게를 부둥켜안고 웃고 또 웃었다. 이름도 신경 써서 지어주고 싶은 마음에 현정 아빠는 작명소에서 돌림자인 주석 석(錫) 자를 넣고 물이 룰 원(沅), 원석이라고 이름을 지어 왔다. 무척 좋아하는 빛이 역력했다고 시어머님이 몇 번이나 말씀하셨다.

딸 낳고 아들 낳고 내 맘대로 잘하였으나, 두 아이 돌보기에 하루가 너무 바빴다. 원석이도 모유 수유로 길렀다. 원석이는 정말 순해서 먹으면 자서 크게 힘들게 하지는 않았다. 젖을 먹고 잠들면 3시간 정도는 자곤 했다.

백일잔치도, 돌잔치도 조촐하게 가족들끼리 치렀다. 지금 같은 이벤트는 꿈에도 없는 일이었다. 원석이 백일과 돌 때는 금값이 너무 비싸서 반지 선물이 거의 없었다.

사랑을 독차지하던 현정이가 어느 날 갑자기 원석이가 태어나 자기의 사랑을 가져간다고 생각해 어린 마음에도 샘이 나는지 아기 노릇을 했다. 원석이랑 현정이는 21개월 차이였는데, 현정이는 말을 유난히 빨리했고 노래도 곧잘 했다. 그런 현정이가 한겨울에 오줌 마렵다는 말도 없이 옷에다 한바탕 오줌을 싸 놓고 떼쓰기도 했다. 아이들 중에는 동생을 시기해서 어른들 안 보는 데서 때리고 꼬집는 아이들도 있다는데, 현정이는 동생에게 해코지하지는 않았다. 현정이는 원석이를 잘 데리고 놀고 예뻐하고 원석이가 울면 함께 따라 울어 콧마루가 빨개지기도 했다. 손녀 서윤이도 울면 코가 빨개진다. 어쩜 모녀가 그리 같은지 참 신기하다.

보림의상실에 취직하다

천성적으로 나는 가만히 있을 수 없는 건가. 생활력이라고 말하는 극성인가. 양장점을 맡았던 금분이가 얼마 안 가 양장점을 접었고, 우리는 주문을 받아 둘이 집에서 일하기도 했다. 건넌방인 우리 방에 재단대를 간이로 설치했다가 일이 끝나면 흔적도 없이 치우는 방법을 썼다. 부지런하고 성실한 친구 금분이는 자녀 교육에도 극진해서 딸이 약사가 되었고, 의사 사위를 보았다. 아들도 수완이 좋아 사업을 하였다.

원석이를 업고 다니면서 은원이라는 친척에게 재단을 가르쳐서 교습비를 벌기도 했다. 잠든 원석이를 나무판을 깔아놓은 곳에 눕혀 놓고 한참 개인지도를 하는데, 어느새 소리 없이 일어나 벌벌 기어 시멘트 바닥으로 나와 있었다. 깜짝 놀랐고 너무나 안쓰러워 가슴이 아팠다. 현정이는 수도국산에 사시는 시외할머니께서 내려와서 봐주시곤 했다. 해수가 있으셔서 기침을 많이 하셨는데, 기침이 심해지면 담배를 피우셔서 진정시키기도 했다. 별로 말이 없으신 분이었다.

시누이는 결혼이 확실해질 만큼 고모부와 가까워지고 데이트도 자주 했다. 원석이 돌이 지난 그해 4월에 결혼했고, 나는 그 열흘 후에 지금의 보림의상실에 시간제 재단사로 월 20만원에 취업했다. 다시 이정옥 언니와 일을 하게 된 것이다. 그때 나는 29세, 언니는 35세였다.

언니는 오미카에서 나와 독립하였다. 대모님과 불화가 있었고, 따로 나와서 개업했는데 고객이 너무 많아 돈도 잘 벌었다. 시간제가 전일제로 바뀌고, 나는 평생직장이 되어버린 보림패션에서 내 기술을 발휘하고 돈도 벌어서 살림살이에 큰 도움이 되었다. 내가 버는 돈은 거의 저축했다. 대모님이 하시는 계에 앞 번호와 끝 번호를 함께 들어서, 앞에서 탄 곗돈은 사채로 놓아 이자를 받아 조금 보태 적금을 부었다. 이런 방식으로 돈을 모아 2년 만에 제물포로 이사했다. 집 사는 데 돈이 조금 모자라 친정집에서 무이자로 꾸기도 해서 대지 70평의 집을 샀다.

제물포 이층집으로 이사하다

마당이 있고, 현관이 층계 몇 개를 올라가서 있고, 안에는 2층으로 올라가는 층계가 있는 이층집이었다. 이전 집에서는 움푹 파진 부엌에서 연탄아궁이와 석유곤로로 밥을 해 먹었는데, 새집은 입식 부엌이었다. 가스레인지를 놓고 마루에 놓여있던 냉장고도 주방에 설치할 수 있었다. 장식장도 놓아 그릇도 보기 좋게 정리할 수 있었다. 안방은 열네 자, 열다섯 자 되는 아주 큰 방이었고, 욕실이 있고 거실이 있어 소파도 놓을 수 있었다. 대문에는 인터폰이 있어 밖에서 호출할 수 있었다. 너무너무 좋아 첫날은 잠도 잘 못 잤다. 자다 말고 수도꼭지에서 떨어지는 더운물을 만져보기도 했다. 생애 최고로 기뻤다.

친척들이 모두 좋아하시고, 시누이는 "언니, 너무 좋다. 난 인터폰 있는 집이 너무 부러웠어." 하면서 좋아했다. 그때는 시누이가 석남동의 빌라에 살고 있었다. 그 후 우리 집 근처 단독 주택으로 이사 와서 가까이 살았다.

나는 지금도 대모님께 감사하는 마음이다. 계주를 하면서 내 곗돈을 잘 이용하게 해주셔서 빨리 큰 집을 마련하게 도와주셨다. 돈 계산에 정확하셨고, 붓글씨를 잘 쓰셔서 친할수록 신용을 지키라는 교훈을 담은 글씨를 써서 액자에 넣어 주기도 하셨다. 정말 원칙대로 사는 분이셨다.

제물포에 이사 왔을 때 현정이는 여섯 살, 원석이는 네 살이었다. 원석이는 2층으로 올라가는 층계를 좋아해 오르락내리락했고 난간에서 미끄럼을 타곤 했다. 이른 봄부터 꽃을 사다 베란다에 죽 늘어놓고, 화단에는 사루비아(샐비어)도 심었다. 아이들이 마당에 돗자리를 깔고 놀기도 하고 여간 즐거운 것이 아니었다. 현정 아빠는 아이들에게 선물할 그네를 손수 만들어서 마당에 설치해 주었다. 솜씨 좋게 아주 잘 만들었다. 회사의 장비를 이용해 만들고, 휘경에서 집까지 트럭을 이용해 운반해 왔다.

방 1칸은 세를 주었고, 안방은 어머님이 아이들과 쓰시고, 우리는 주방 뒤 작은 방을 썼다. 장롱을 놓고 둘이서 요를 펴면 충분히 잘 수 있는 방이었다. 몇 년 동안 그 방을 썼다. 2층은 다락이었지, 방은 아니었다. 얼마 후 그 다락방을 터서 우리가 쓸 수 있는 방을 하나 들였다. 우리가 쓰던 방은 아이들 공부방이 되고, 나중에는 원석이 방이 되었다. 세를 들였던 방은 빼서 현정이가 썼다.

1981년 8월 14일, 세례를 받은 뒤 처음 영성체를 하는 나.

　시어머님은 집에서 아이들을 키우며 살림을 맡아 주셨다. 아이들은 항상 깨끗했고, 깨끗한 옷만 입었다. 집안은 항상 정리되고 청결했다. 나는 퇴근이 한밤중이었다. 지금 생각하면 어찌 그리 바쁜 날들이었는지, 하루가 정신없이 가고 한 달이 금방 가버리고, 1년도 빠르게 흘러갔다.

설레는 마음으로 학부모가 되다

　현정이가 철길 건너 5분 거리에 있는 숭의초등학교에 입학했다.

나는 그때 한 가지 큰 결심을 했다. 우리 아이들은 6년 동안 전학 없이 한 학교에서 졸업하게 해주고 싶었다. 내 어린 시절에는 너무 전학을 많이 했고, 6학년 때 서울 유학은 어린 나로서는 무척 힘든 경험이었기에 최소한 우리 아이들에게 낯설고 어색한 경험을 주고 싶지 않았다.

현정이는 키가 컸고 여덟 살 입학이라 줄 맨 끝에 섰다. 입학식에는 현정 아빠도 함께 갔다. 학부모가 되는 그 기분은 왜 그렇게 뿌듯하고 설레는 걸까? 새 가방, 새 공책, 새 필통을 사주는 기쁨, 학교를 처음 접하는 현정이의 새로운 경험이 우리를 다른 세상과 만나는 행복에 젖게 했다.

동그라미 다섯 개와 별 다섯 개를 그려주는 공책, 한글을 다 깨우치고 들어간 현정이는 공부를 잘했다. 머리도 좋아 하나를 일러주면 미리 두 개를 알았다. 제 자식은 누구나 예쁘고 잘나고 천재인 줄 안다더니 내가 그랬다.

이듬해에는 원석이도 입학했다. 원석이는 1월 생일이라 일곱 살에 입학하게 되니 연이어 학교에 갔다. 원석이는 키가 그리 크지 않고 마른 체형으로 아주 귀여운 인상이었다. 귀티 나는 얼굴에 흰 피부였고, 누나 못지않게 똑똑했다.

두 아이는 초등학교 6년 동안 반장을 했고, 나는 행복한 투정도 했다. 학기 초에 학부모 소집에 가면 누구에게 먼저 가야 할지 걱정이었다. 현정이네 반을 먼저 가고 원석이 반에 나중 가면, 선생님이 반장 엄마가 늦었다고 서운해 하셨다. 그다음 해는 원석이 반을 먼저 가기로 약속하기도 했다. 공부도 둘 다 1등 아니면 2등이었다. 이보다 더 큰 보람이 어디 있겠나? 늦도록 직장에 있다가 오는 엄마, 격주로

주·야간으로 근무하는 아빠, 그래도 구김 없이 반듯하고 현명하게 자라주는 아이들, 힘이 든들 고생이라고 생각할 수 있겠는가? 내 생애에서 가장 빛나는 시간이었다. 30대는 내가 가장 그리워하는 가장 행복했던 시절이었다. 나는 그 시절에 부러운 것이 별로 없었다. 예쁜 애들, 날 사랑해주는 남편, 우리를 위해 항상 곁에서 집안 살림을 너무나 살뜰히 해주시는 시어머님, 친정 식구들, 항상 즐겁게 만나 좋은 시간을 함께할 수 있는 내 친구들 그리고 친구의 남편들, 남편의 친구들.

수봉공원 포장마차의 추억

우리는 아이들과 함께 야유회도 가고 틈틈이 여행도 가고 예쁘게 잘 살았다. 때론 둘만의 시간으로 수봉공원에 올라 얘기도 하고 포장마차에서 술도 한 잔씩 했다. 나는 그때 청하 먹는 것을 배웠다. 닭똥집에 청하 한 병을 시켜서 내가 두 잔 정도 마시고 나머지는 현정 아빠가 마셨다. 청하 한 병이 6잔이다.

어떤 날은 시어머님이 맛있게 무쳐놓은 오징어채를 안주 삼아 맥주를 한 잔씩 마시기도 했다. 내가 맛있다 맛있다 하며 먹으면, 현정 아빠는 '그렇게 맛있냐? 참 맛있게도 먹는다.' 하며 즐거워했다. 작은 여유로 느끼는 큰 행복감, 우리 부부는 그런 걸 좋아했다. 생일날에는 둘이 오붓하게 일식집에서 회도 먹었다. 어디선가 맛있는 것을 먹거나 좋은 곳에 다녀올라치면 꼭 나를 챙겨서 함께 가보거나 먹어보거나 했다.

결혼 전 내가 공원 데이트 중에 남편의 배려심을 보고 마음을 정

방 안에서 현정이, 원석이와 함께 있는 재선 씨.

한 것은 참 잘한 선택이었다. 헤어지면 잘해준 것만 생각난다고 했던
가? 잘해줘서 좋았던 순간만 기억이 더 선명하고, 속상했던 일도 그
리운 추억일 뿐 다시 속상한 마음은 생기지 않는다.

자랑스럽게 자라난 아이들

원석이는 전교회장에도 출마했다. 당선은 안 됐지만 큰일을 치러
내는 품새가 남자다웠다. 현정이는 달리기를 잘해서 운동회 때 꼭 계
주선수를 했다. 현정이는 인천여중에 전교 3등으로 입학하고 졸업했
다. 그다음 해 원석이는 인천남중에 좋은 성적으로 입학했다. 그때 선
생님께서 원석이가 가장 학생답게 옷을 입는 모범 학생이라고 원석
이처럼 입으라고 하셨단다.

원석이는 중고등학교 때는 날씬한 학생이었다. 체력장 시험 전까지 발목에 모래주머니를 달고 다니며 힘을 키웠다가, 체력장 당일에는 모래주머니를 풀고 가볍게 잘 뛰어 좋은 점수를 내곤 했다. 발발이었다. 현정이는 합창대회에서 지휘를 맡아 자기 반을 우승으로 이끌 만큼 열성으로 연습하고 리더십을 발휘했다.

친구 부부들과 함께했던 행복들

아이들이 커지니까 부부가 함께할 수 있는 시간이 더 여유로웠다. 친구들 부부와 함께 잘 놀러 다녔다. 장정희네 부부 덕분에 우리는 즐거운 시간을 많이 보냈다. 그때는 노래방이 없었고 스탠드바의 코너마다 주인이 있어서 술도 마시고 노래도 할 수 있었다. 홍춘식 씨의 단골 스탠드바에 가서 놀기도 하고, 여행도 많이 갔다. 시누이네 식구가 충주에 살 때는 수안보에 갔다가 시누이네 집에 들르기도 하고, 과수원에서 하룻밤 지내기도 했다.

어느 해인가는 백담사에 갔다가 콘도에서 하룻밤 묵었다. 우리는 백담사에 들렀다 나오는 길에 토종닭 백숙을 먹게 되었다. 모두들 먹은 것이 별로 없어 시장했다. 닭 두 마리가 나왔는데 배가 고프니까 허겁지겁 죽을 둥 살 둥 한 점이라도 더 먹겠다고 들이대는 모습이 어찌나 우스웠던지 지금도 눈에 선하다. 그때 염동분 부부, 장정희 부부, 우리 부부 모두 6명이었다. 장대로 감나무에서 감을 따 보기도 했다. 백담사 들어가는 입구의 단풍이 예쁘다고 했는데, 우리가 갔을 때는 단풍이 다 져버린 후였다. 전두환 대통령이 머물었던 탓에 관광객들이 많았다. 대통령이 썼다는 세숫대야며 살림들이 전시되어 있었다. 아, 부질없는 부귀영화여.

너무 술을 좋아했던 남편

나는 아침에 에어로빅을 하고 출근했다. 보조가 있어서 출근은 조금 늦게 해도 되었다. 체중감량 5kg에 성공해 몸이 가벼워지니 훨씬 기분이 상쾌했다. 함께 에어로빅을 하는 아줌마들은 전혀 체중감량이 안된다며 운동 후 사우나를 하고 삼삼오오 모여 어디론가 가서 점심 먹고 헤어진다고 했지만, 나는 출근하기에 바빴다. 화장하고 머리를 말리면 출근 모드로 전환되니까.

현정 아빠는 회사에서 노조위원장을 한다고 참모들인 아줌마들과 함께 선거 준비에 열심이었다. 어느 날은 아줌마들 몇 명이 내가 근무하는 매장으로 찾아와 나를 살짝 염탐하고 가서는 신재선 씨 부

무슨 일이었을까? 회사에서 트로피를 받고 즐거워하는 재선 씨를 사람들이 축하해 주고 있다.

인이 맘 좋게 생겼다고 했단다.

아줌마들이 많이 근무하는 회사에서 인기가 있었고, 야유회라도 갈라치면 아줌마들이 권하는 소주를 마셔 완전 술독에 빠져 오는 날도 있었다. 현정 아빠의 술사랑은 말릴 수도, 더더욱 끊을 수도 없었다. 술에 취한 날이면 내가 시비를 걸어 싸움도 했다. 술 취해서 흔들거리며 걷는 그 모습이 나는 정말 싫었다. 날카롭고 칼칼한 모습은 간데없이 흐물거리는 그의 모습은 무시하고픔 그 자체였다.

나는 술 취한 날의 그를 무시했다. 이부자리조차 안 펴주고 침대 밑바닥에서 자게 했다. 어떤 날은 내가 반겨 맞아주지 않는다고 쌍욕도 했다. 정말 그때는 자존심이 무너지는 아픔에 한잠도 못 잤다. 술에서 깨면 그렇게 이성적인 그가 술을 너무 좋아했고, 술에 취하면 그 이성을 지키지 못했다. 그렇다고 매일 그럴 만큼 중독은 아니었다. 적당한 음주로 기분이 좋아 평소에 안 하던 대화로 부부 갈등을 풀어가기도 했다. 그럴 땐 멋진 남편이기도 했다.

부부는 우정으로 산다?

아이들이 공부를 잘해서 남편 어깨에는 힘이 들어갔다. 노후 설계도 했다. 현정이를 약대에 보내서 약국을 하면 셔터맨을 해주고, 장기근속 뒤 퇴직금과 국민연금으로 나오는 돈이면 둘이 아이들 집을 오가며 슬슬 여행도 다닐 수 있다고, 아이들 대학 등록금도 회사에서 나오니까 나더러 몇 년 만 고생해 주면 좋은 날이 올 거라고, 그동안 이렇게 내조를 해줘서 고맙다고, 자가용도 있는 건 당신이 맞벌이해 준 덕분이라고, 청하 잔을 함께 기울이던 어느 날 고해성사를 보듯이 술술 고백했다.

　부부가 사랑하며 사는 것은 이처럼 길고 오랜 동행에서 나오는 애정 아닌 우정으로 사는 것이다. 같은 사건을 겪으면서 느끼는 동지애, 부모로서 함께 헤쳐 나가는 고난의 전우애 같은 것, 한 집안의 대소사를 겪을 때는 가족애로 사는 것이다. 부부는 이미 남녀의 사랑으로만 살 수 있는 사이가 아닌 것이다. 서로가 서로에게 좋은 인연이어서 같이 가는 인생길에 도움이 될 수 있는 존재, 내가 이 사람을 만나서 많이 행복하고 좋은 일만 있기를 바라는 간절한 마음으로, 측은지심으로 사는 거다. 40이 되면 불혹의 나이라 했던가. 욕심 없이 소박하게 살고 싶었다.

현정이, 원석이가 고등학교에 가다

　현정이는 신명여고에 입학하고, 다음 해 원석이는 검단에 있는 서인천고등학교에 입학했다. 서인천고등학교는 너무 멀다고 말렸으나 원석이는 고집을 안 꺾었다. 그 당시 서인천고는 명문고라서 서울대를 50명씩 보냈기 때문에, 인천 시내의 우수한 학생들이 많이 갔다.

　고등학교에 간 현정이는 공부가 힘들어서 대학생 과외도 붙이고 학원에도 다니면서 실력 향상에 힘썼다. 정말 열심히 공부해줬다. 중학교 때보다 힘들어했지만, 노력은 더 많이 했다. 신명여고는 우리 집에서는 조금 먼 편이라 아침에 내가 승용차로 데려다주기도 했다. 아침에 도시락을 싸고 간식도 있는 대로 간식 가방 안에 주섬주섬 담아 학교까지 다녀오면, 현정 아빠와 원석이가 출근과 등교 준비를 하고 있었다. 두 사람마저 나가면 나는 새벽부터 깨어서 모자란 잠을 보충

하려고 잠깐 눈을 감고 토끼잠을 잤다.

어떤 날은 원석이가 늦었다고 자기도 학교까지 데려다 달라고 해서, 이번에는 반대 방향으로 서인천고등학교가 있는 검암동으로 달렸다. 원석이를 내려주고 오는 시간은 내가 잠깐 잠드는 시간이라 너무너무 졸렸다. 운전 중에 졸 수는 없고 눈을 위로 치켜뜨며 잠을 쫓으려고 아야 소리가 나도록 허벅지를 막 꼬집었다. 졸음을 참는 고통은 고문이었다. 고문 중에 잠을 못 자게 하는 것도 있다던데 이해가 간다. 어떤 날은 원석이를 내려주고 교문 앞에서 잠깐 자고 온 적도 있다. 눈이 내려앉는 걸 참으면 머리까지 띵하고 눈을 뜬 채로 깜빡 잠들기도 했다. 아, 무서운 졸음운전, 안 돼!

1989년에 처음 자가용을 사다

나는 지난 연도를 잘 기억하지 못한다. 그래도 확실히 기억하는 연도가 몇몇 있다. 내가 고등학교를 졸업한 1970년, 대학을 갔다면 학번이 되는 거다. 대학은 문턱에도 못 가봤지만 졸업 연도를 기억한다. 그밖에 생년인 1952년, 결혼한 1976년, 현정이를 낳은 1977년, 원석이를 낳은 1979년, 성당에서 세례를 받은 1981년, 운전면허를 취득한 1987년을 기억한다.

우리는 1989년에 기아자동차 프라이드를 처음 샀다. 현정 아빠가 가락동으로 출근하려면 전철 두 번, 버스 한 번 타야 했고, 여름날의 퇴근길은 전쟁이었다. 현정 아빠는 그때 차를 사고 싶어서 나에게 통사정을 하다시피 했다. 자가용을 사는 것은 아직 좀 그렇지 않냐고 했더니 아예 울다시피 했다. 그 전에 함께 어디를 다녀오는 길에 전

철을 탔던 나는 전철 타고 오가면 정말 지치겠다는 것을 실감한 적이
있었다.

결국 자가용을 사기로 했고, 차종은 소형차인 흰색 프라이드로 정
했다. 차가 처음 나온 날 차를 끌고 신포동으로 와서 내게 타 보라며
참 좋아했다. 그리고 멋졌다. 차가 생기니 편한 세상을 만나고 다른
문화를 접할 수가 있었다. 드라이브도 좋았고, 짐을 많이 가지고도 함
께 어디든지 쉽게 갈 수 있어서 너무 좋았다.

나는 1987년에 운전면허를 땄지만, 자동차가 생긴 1989년에 도
로 연수를 끝냈다. 현정 아빠가 모임에서 술이라도 마시면 내가 운전
하고 오는 정도였고, 도로가 한가한 날에 아는 길로 다녀오는 정도로
운전에 익숙하지 못했다. 골목 안 주차는 너무 어려워 백미러를 망가
뜨리고, 코너링 감각이 둔해 운전석 뒤쪽을 긁어먹으니, 현정 아빠 심
사가 편하질 않았다.

그의 애마였던 프라이드를 타고 여행길에 나선 재선 씨.

바람은 지나가려고 분다

도로 연수를 시켜주던 현정 아빠가 손이 축축하도록 식은땀을 흘리며 긴장하더니 "운전 연수시키다가 이혼한다더니, 돈 내고 연수를 받아라." 했다. 20시간을 받았나? 친절하고 자세하게 실질적으로 가르쳐주기는 현정 아빠가 더 나았다.

우회전으로 돌 때 옆으로 바짝 붙어 돌고 서서히 안쪽으로 차선을 옮겨라. 지금도 그 말이 생각난다. 우회전으로 돌 때 직진 차가 속도 내어 올 경우 갑자기 안쪽 차선으로 들어가면 부딪히는 경우가 많으니까. 나중에 경험으로 알게 되지만 초보 때는 그게 안 되니까 친절하게도 그것부터 설명해 줬다.

길치의 추억

현정 아빠는 길눈도 밝았다. 공간 지각력이 뛰어난지라 한 번 간 길은 물론 동서남북 방향을 잘도 알았다. 나는 그게 안 되었다. 하다못해 휴게소 공중화장실에서 나오면 바로 방향 감각을 잃어버린다. 백화점에서도 헤매기는 마찬가지다. 지하철을 탈 때도 역시 헤맨다. 왜 난 방향감각이 둔할까?

한 번은 프라이드를 타고 부평에 갔다. 이화아파트에 사는 복형이네에 간다는 것이 반대편인 시청 쪽으로 올라가서 주변을 뱅뱅 돌다 가까스로 찾아갔다. 다음날 현정 아빠 왈 "야! 넌 어딜 그렇게 다니다 왔기에 95㎞를 뛰었냐?" "어머나! 뭐야. 그런 걸 체크하는 거야? 웃겨." 현정 아빠는 연비를 계산하느라 기름을 채우고 제로 포인트에 맞춰 놓은 모양이었다. 난들 알 수도 없는 노릇이기도 했지만, 길에서 헤맸다고 말하기도 좀 그랬다. 얼마 지난 후에 자진신고를 하긴 했지만.

현정 아빠는 여행을 좋아해서 누군가하고든지 나서길 좋아했다. 동네 친구 준옥 씨와 여행을, 고교 선배 최 선배와 등산을, 친구들과 낚시를, 나와 여행을 함께 하곤 했다. 아이들은 둘 다 고등학생이었기에 함께 하기는 어려웠다. 학교에 학원에 과외에 시간을 쪼개어 나름대로 바쁘게 지내고 있는 터라 그랬다.

여고 동창인 부평 친구들 부부와 함께 소백산 철쭉제를 갔다. 철쭉이 거의 져서 그리 예쁘지 않았지만, 진짜 철쭉이 많아서 만발했을 때는 예뻤을 것 같았다. 올라가는 길 처음부터 차가 밀려 오르는 도중에 자리를 펴서 점심을 먹었다. 점심 준비 없이 올라온 사람들은 차는 밀리고 먹을 것을 살 곳은 없어서 맛있게 먹는 우리를 보고 몹시 부러워했다. 그리고 울고 넘은 박달재에서 기념사진도 찰칵찰칵, 1994년 봄이었다.

그 차를 타고 충주에도 갔다. 시누이가 충주의 새한미디어 사택에 살고 있어서 수안보에 들르기도 하고 월악산에 갔다가 시누이네 집에서 하룻밤 자기도 했다. 항상 반갑게 맞아주었고 덕분에 충주댐에 가서 송어회를 처음 먹어 보기도 했다.

고모부는 전원생활을 좋아하셔서 집 앞 텃밭에 고추도 심고 고구마도 심고는 아침 일찍 일어나서 물을 주며 보살폈다. 몇 년 후 고모부가 인천 새한미디어 공장장으로 오시어 시누이네 집이 관교동 동부아파트로 이사했다. 그리고 얼마 후에는 연수동 대우아파트로 이사했다.

시누이네 집의 주방 창문으로 보이는 한양아파트, 그때는 공사 중이었다. 한양건설이 부도가 나서 주택공사가 맡아 집을 짓는다고 했다. 그 창문으로 보이던 아파트로 우리가 이사 와서 살게 될 줄은 꿈에도 몰랐다.

첫 번째 재테크, 과수원 투자

그때쯤 우리는 아파트에서 살고 싶었다. 단독주택에 해마다 들어
가는 수리비도 그렇고, 마당에 있는 나무들에서 낙엽이 질 때는 매일
쓸어야 하고, 화장실 청소에 개밥 주시느라 시어머님이 할 일이 많았
다. 외벽을 칠할 때는 현정 아빠가 직접 수성페인트를 사다가 칠해서
수리비를 절약했다. 아파트로 가면 그런 걱정 없이 살고 편할 것 같
아서 부평 38평 모델하우스를 구경했다. 우리는 베란다 밑에 있는 그
많은 공구 등 살림이 많아서 살 수가 없을 것 같았다. 안방 이외의 나
머지 방들이 별로 크질 않아 우리 부부가 써야 할 방도 마땅치 않았
다. 연수동에 분양할 우성아파트 45평을 구경하니까 좋았는데, 우리
집을 팔아 가기에는 돈이 안 됐다. 그때 제물포에 살던 부자들은 연
수동 우성아파트를 분양받아 많이들 이사 갔다. 앞으로는 연수동이
좋아진다고 하면서 재테크에 관심이 많은 사람들은 서둘렀다. 사실
시세차익도 많이 보았다. 부동산으로 돈을 번 사람들이 많았다.

우리는 그때 여윳돈 2천만 원을 시누이네와 함께 충주 과수원에
투자하고 있었다. 거주인이어야만 등기 이전이 된다고 해서 동네 이
장 앞으로 하는 편법을 썼다. 그 편법으로 인해 골치가 아픈 일이 생
겨 해결하는 과정에서 나는 인생 공부를 톡톡히 했다.

그 당시 시누이네는 아일랜드에 가 있었고, 현정 아빠는 이 세상
에 없는 뒤였기에 더욱더 그랬다. 그래서 나는 정희네 부부와 함께
이장을 찾아갔고 홍춘식 씨의 도움을 받았다. 시간이 흐르다 보니 잊

어버린 사건이 되었지만, 세상을 순박하게 살아온 나는 그때 이장의 이기심, 다른 계약자가 내게 퍼부어댄 독설과 악담을 보고 들으며 인간의 양면성에 겁먹었다. 잘 처리가 되어 나는 수천만 원의 수익을 보았다. 첫 번째 재테크였고 성공이었다. 물론 시누이와 고모부의 덕분이었다.

운명의 그 날

내 인생의 행로를 바꿔 놓은 날, 세상에 태어나서 내게 다가온 가장 큰 시련, 이날을 기록해야 하는 시점에 왔다. 1994년 9월 5일.

나는 한참 동안 멍청한 눈으로 창문 밖을 내다보며 잠시 글 쓰는 것을 멈췄다. 갑자기 흘러내리는 눈물이 앞을 가려서이다.

그해 9월은 너무도 더웠다. 가만히 있어도 땀이 흐르고 온종일 받은 열기가 식지 않아 집안도 밤까지 푹푹 쪘다. 동네에서는 집수리들을 하느라 낮에는 시끄럽기까지 했다.

현정 아빠는 야간근무일 때였다. 낮잠을 자야 하는데 주위가 시끄럽다며 가스 안전 교육을 받으러 간다고 했다. 딱히 가지 않아도 되는 날이었다. 출근 전 에어로빅을 가려고 함께 나섰는데 나더러 "데려다주고 갈까?" 친절하게 물었다. "난 걸어가도 돼. 그냥 가요." 골목길로 가면 난 금세 갈 수 있었다.

평소처럼 운동 끝내고 출근하고 바쁘게 하루가 지났다. 저녁에 출근은 잘했나 싶어 삐삐를 쳤다. 답장이 없다. 바쁜가? 아직 회사에 안 간 모양이다 싶었다. 현정 아빠는 삐삐를 가지고 다니질 않고 회사에 두고 근무 때만 사용했다. 9월은 오후 7시도 훤했다. 내가 퇴근하려면 몇 시간 더 있어야 할 시간이기도 했다.

현정 아빠 회사로부터 전화가 왔다.

"신재선 씨가 사고가 난 것 같아요. 시립병원으로 가 보세요."

"네? 사고요? 무슨?"

자동차 사고로 다쳤나 보다 생각했지만, 급한 마음에 가게 문을 닫고 택시를 타고 병원 앞 횡단보도에 내렸다. 횡단보도 건너편에 어떤 남자가 현정 아빠가 아침에 입고 간 옷을 갖고 넋이 나가 있었다. 누군지 지금도 기억 안 난다.

응급실로 가야지, 응급실! 응급실! 응급실에 들어서는데 흰색 천을 덮은 침대 하나가 밖으로 나간다.

"저기요, 신재선 씨가 어딨어요? 어딜 다쳤어요?"

응급실을 두리번거리며 현정 아빠를 찾으며 물었다.

"신재선 씨요? 익사하신 분이요? 방금 영안실로 갔는데요."

인생은 드라마라 했다. 드라마에서는 극적인 장면이 묘사된다. 드라마니까 저런 설정이 있겠다고 생각했다. 그런데 드라마 같은 일이 내게, 그것도 코앞에서 벌어지고 있었다. 뭐라는 건지 다시 듣기가 두려웠다. 어디가 어디라는 건가. 영안실은 또 뭐라는 건가. 어떻게 갔는가. 현정 아빠는 어떤 침대에 누워 잠자듯이 있고 표정은 웃는 듯했다. 남자 두 분이 뭔가를 조사하고 있었고, 나는 머릿속이 텅 빈 것처럼 하얀 느낌이고, 뭘 어떻게 했는지 기억에 없다. 어떤 아줌마에게 집 번호를 알려줬나, 전화 수첩을 줬나. 정신이 나간다는 것, 머릿속에서 어떤 생각을 해서 어떻게 행동해야 할지를 모르는 상태였다. 머릿속 가득했던 것은, 아빠가 이 세상에서 없어지면 우리 애들은 어떻게 되는 거야, 어찌 이 사실을 말해 줘야 하는가.

시간이 얼마큼 지났는지, 지나가고 있는 건지, 밤인지 낮인지 모르는 곳에서 난 그저 눈물만 나왔다. 귓전에는 아침에 "내가 데려다 주고 갈까?", 그 목소리만 들려오고 또 들려올 뿐이었다. 그리고 이게 무슨 일야, 세상에 무슨 이런 일이냐고, 가족들이 나타나고 친구들이 나타나고, 얼마 지나면 사람들이 안 오는 것 같고, 내게 약을 먹여주고, 대모님은 미음을 끓여다 주시고 먹어야 한다고 하고. 내가 현정이나 원석이에게 어찌했는지는 생각이 나질 않는다. 원석이가 내 어깨를 잡고 뭐라 했고, 현정이는 염하는 아빠의 모습을 처음 보고 우리 아빠 아니라고 소리치며 울었다.

당신과 하고 싶은 일들

때때로 그리움에 먹먹해지는 가슴을 쓸어내리는데, 한참을 또 멍해진다. 나는 그와 함께하고픈 일이 많다. 어딘가 여행하기를 좋아했던 남편과 함께 여행도 많이 가고 싶고, 늦은 밤이라도 공원 산책길에서 집안 얘기를 하면서 부부만이 느껴볼 수 있는 기쁨과 행복을 가지고 싶다. 잘난 사위와 예쁜 며느리와 함께 만찬도 하고 싶고, 손주들과 함께 놀이도 가고, 우리는 아기들을 보살피며 젊은 애들은 마음껏 즐길 수 있도록 도와주고도 싶다. 아무 것도 아니라는 일상이 해볼 수 없기에 나는 늘 그립고 많이 아쉽다.

사랑하는 딸 현정, 또 사랑하는 아들에게 꼭 이 말을 하고 싶다. 정말 고맙다고, 건강하게 자라주고 때때로 내게 더할 나위 없는 행복감에 젖게 하고, 주눅 들지 않고 이 세상을 살 수 있게끔 바른 사람으로 성장해주고 나를 자랑스럽게 만들어줘서. 앞으로도 각각 이룬 가정에도 충실해서 모범적인 삶을 살기를 빈다. 그래서 남은 시간에는 자식들이 이루어가는 가정에서의 행복감을 나도 함께 나눠서 누려보고 싶다.

시간이 흐를수록 사무치는 그리움

사람들이 받아들이고 싶지 않은 처지에 놓일 때 꿈이기를 바란다고 했다. 정말 지금 이 상황이 꿈이라면 좋겠다고, 자고 깨어나면 모든 것이 제자리로 돌아가는 꿈속이기를, 며칠 동안 생각 없는 사람으로 그냥 울다 지치면 자다 깨서 다시 울다 하면서 뙤약볕 아래 천주교 묘지에 그를 묻고 왔다.

생전에 내가 다니는 천주교에 입교하진 못했어도 통신교리도 받고, 충주에서 시누이네로 방문하셨던 신부님으로부터 요셉이라는 세례명도 지어 놓았던 터라, 대세를 받고 천주교 묘지도 갈 수 있었다. 호인수 신부님이 제물포성당에 계실 때였고, 정성스러운 장례 미사도 드릴 수 있었다.

현정 아빠의 얼굴을 마지막으로 볼 수 있었던 그때 나는 진심으로 빌었다. 현정 아빠, 내가 잘못한 것이 있으면 다 용서해 주고 좋은 곳으로 가요. 북받쳤지만 울음을 참고 또박또박 말했다. 들어줄 것 같았다. 나나 가족에게 아무런 준비 없이 이 세상에서 떠나가는 그를 위해 나는 저 세상을 생각했다. 장례 미사 중에 함께 있는 그가 정말 편안한 곳으로 갈 것이라고 확신했다. 그때 함께 기도해 주신 모든 분들께 두고두고 감사한다.

며칠 동안의 일은 비몽사몽 중에 지나가 버렸고, 그가 없다는 사실은 며칠이 지난 후에야 시간이 갈수록 더욱더 실감할 수 있었고 아주 많이 그리워지기 시작했다. 그리움! 만날 수 있는 사람을 기다리고 생각하는 것은 그리움이라 말할 수 없다. 보고 싶지만 볼 수 없는 얼굴, 듣고 싶지만 들을 수 없는 목소리, 옆에 있는 것만 같고 지금이라도 들어올 것 같지만 그럴 수 없는 곳에 있는 사람, 그런 사람이 보고 싶고 만나고 싶어서 나는 어찌해야 할 줄 몰라 가슴 한가운데가 없는 것 같기도 하고, 또 무거운 덩어리에 눌려 답답해서 가슴을 두드려야 덩어리가 부서지는 느낌이 들어 가슴을 치며 숨을 몰아쉬어 보기도 했다.

1993년 10월. 신혼여행 이후 17년 만에 다시 찾은 속리산 문장대 밑에서.

바람은 지나가려고 분다

모든 것이 제자리에 그대로 있는데, 그이만 없다는 것을 자꾸만 실감하게 되는 게 너무너무 슬펐다. 세상 사람이 소중해졌다. 살아있는 사람들, 나와 관계가 있든 없든 그렇게 생각되었다. 늙고 힘들고 피곤한 얼굴로 거리에 서 있는 저 사람도 누군가에게 소중한 사람이겠구나 생각되었다.

큰 욕심 없이 소박하게 살아온 나, 그래도 세상을 향해 교만했다. 공부 잘하며 말썽 없이 커 주는 아이들, 사랑해주는 남편, 그리고 시어머님, 나는 남의 아픔을 가슴 깊이 생각하며 다른 이들을 이해해주는 데 인색했다. 나는 마흔셋이라는 적지 않은 나이였음에도 큰 불행 없이 살아온 터라 그랬다. 나에게는 따뜻한 가족이 있었다.

옷을 만드는 전문인이지만, 나는 화려한 옷을 입는 것보다는 단순하면서 실용적인 옷이 좋았고, 아무 옷이나 어울릴만한 체형도 아니어서 무난한 게 좋았다. 그냥 무난하게 별 탈 없이 살아온 내 인생에 만족했다. 그 만족했던 내 인생에 예기치도 못했던 큰 시련이 닥쳤다. 밤을 하얗게 새우고도 잠을 잘 수가 없었다. 잠들면 슬픔에서 벗어날 수 있을 텐데 잠이 들지 않아 더욱더 힘들었다. 하루가 그렇게 길 수 있을까. 하룻밤이 그렇게 길 수 있을까.

어머니들과 함께 100일 연도를 바치다

100일 동안 연도를 바쳤다. 친정엄마는 밤마다 우리 집에 오셔서 함께 기도하시고 새벽에 집으로 가셨다. 슬픈 나를 위해 함께 있어주시고 기도하시고 가슴 아파하셨다. 얼마나 아프셨을까. 우리 가족들은 서로에게 슬픈 얼굴을 보이지 않으려고 노력했지만, 나부터 그리 쉬운 일이 아니어서 눈이 퉁퉁 부어있는 얼굴로 아침을 맞이했다.

기억하기 어려운 시간을 기록하면서 여러 번에 걸쳐 글쓰기를 미뤘다. 슬픈 기억에 빠져들기가 두렵고 다시 살아나는 그때의 아픔이 새삼스러워지는 것이 싫어서 그랬다.

누군가는 나한테 위로의 말로 팔자려니 생각하고 애들 보고 살라고 하지만, 나는 그 말에 조금도 위로받지 못했다. 그 사람을 보고 싶은 마음을 위로하지 못하는 말이다. 시어머님이 영안실에 있을 때 내게 말씀하셨다.

"아침 잘 먹고 나가서 이게 웬일이냐? 이제 보고 싶어서 어떻게 사니?"

"네, 보고 싶어요. 지금도 보고 싶어요."

보고 싶은 마음을 절실하게 느끼신 것은 시어머님이 먼저이신 거다. 시아버님과의 이별로 오랜 세월 그리움으로 사셨을 세월에, 아들과의 이별이 얼마나 가슴이 찢어지게 아프셨겠는가?

당분간 출근을 못 했다. 문밖을 나가기가 부끄럽고 사람들을 만나는 것이 싫었다. 머릿속엔 온통 현정 아빠의 모습뿐이었고, 목소리로 가득 차 있어 다른 생각을 할 틈조차 없이 온종일 그 사람의 모습만 떠올렸다. 그 사람의 생전 모습이 파노라마가 되어 자꾸자꾸 펼쳐지고 있었다. 집 주위에 남아 있는 그 사람의 환영, 집안 곳곳에 배어 있는 그 사람의 체취와 흔적, 이런 것은 하루아침에 사라지지 않고 그 추억 속의 모습이 더욱 새로워져 울컥하고, 거짓 같은 상황에 가슴이 짓눌렸다. 웃던 모습, 2층에서 내려오던 모습, 식탁에 앉아 밥을 먹던 모습, 담배를 물고 화장실에 가던 모습까지도. 현정 아빠는 마당에 있는 화장실을 좋아해 항상 밖으로 나가곤 했다.

남편 영정 앞에서 한 맹세

시간은 나를 위해 있는 것이 아니고, 다만 시간 속에 내가 있을 뿐이다. 시간은 변함없이 흘러간다. 하루 24시간 정확하게 재깍재깍, 내가 무얼 하든지 간에 흘러가 버렸다.

현정 아빠가 타고 다니던 캐피탈을 팔았다. 그 차를 실어가던 날, 사라지는 차를 한동안 바라봤다. 차 속의 그 모습이 멀어지고 있었다.

회사에서 퇴직금 4천8백만 원, 상조회비로 중앙회와 인천사업소에서 3천만 원, 마지막 월급 270만 원이 나왔다. 퇴직금 4천8백만 원을 수표 한 장으로 회사 사람이 가져온 그 날은 평생 바친 노고에 가슴이 또 쓰렸다. 영정 사진 앞에 놓았다. 당신이 평생을 모은 돈이고, 우리를 위해 주고 가는 큰 유산이라고. 아이들에게 아빠가 남기신 퇴직금과 상조회비로 나온 돈이면 너희들 대학 4년은 충분히 공부시킬 수 있으니 열심히 공부하라고, 생전의 아빠는 너희들이 공부를 잘해주는 것을 항상 으쓱했고 힘이었다고. 아이들도 너무나 잘 아는지라 울면서 약속했다. 그럴 거라고. 그렇게 하겠다고. 나 역시 속으로 결심했다. 이제부터는 나도 정말 정신 차리고 독하게 살아야겠다는 생각이었고 잘 지켜내겠다는 마음이었다.

가을에 접어들어 아침저녁으로 쌀쌀해진 10월 말에는 현정 아빠의 통장 잔액을 정리하느라고 다시 한 번 쓰라린 아픔에 가을바람이 더더욱 차가웠다. 서울 회기까지 가서 통장 잔고를 찾을 수밖에 없었고, 얼마 안 되는 돈도 유산이라고 뭘 그리 복잡하게 서류를 요구하는지 가을 찬바람에 눈물을 참으며 혼자 남아있는 나, 미망인이 된 나, 모든 것을 스스로 처리해야만 하는 가장이 되어버린 나를 실감하는 외로운 시간이었다.

사망신고 하던 날의 아픔도, 세상에 없는 사람에게 날아오는 우편물을 볼 때의 허무함도, 그의 이름이 없어진 주민등록등본을 볼 때의 기막힘도 남몰래 느껴야만 하는 한 무더기의 슬픔 덩어리였다. 그 덩어리가 가슴을 눌러 무엇을 하고 있어도 아프게만 느껴졌다. 얼굴은 슬픈 표정으로 굳어 있고 마음은 쪼그라들어 도무지 웃을 여유가 없는 시간들이었다. 차가운 바람으로 바뀌어버린 11월의 밤공기는 너무나 차게 파고들었다. 퇴근길에 17번 버스를 타고 오다 보면 나도 모르게 눈물이 흐르고 참아지지 않아서 정말 정말 난처했다.

나만의 공간이 되어준 자가용

다시 승용차를 사기로 했다. 작고 예쁜 녹색 엑센트를 샀다. 차를 다시 사는 것을 가족들도 원했고 나도 필요했다. 자동차가 내게 큰 위안이 되었다. 다른 사람이 없는 혼자만의 공간에서 나는 어떤 때는 큰 소리로 울기도 했고, 음악을 크게 틀어놓고 눈을 감고 앉아 있기도 하고, 어디든 가고 싶을 때 아무 때나 갈 수 있어 너무 좋았다. 한동안은 현정 아빠의 목소리가 담긴 테이프를 듣기도 했다. 친구들과 노래방에서 놀면서 녹음한 테이프인데 친구가 복사해서 내게 주었다. 자유로를 달려가 보기도 했고, 현정 아빠의 무덤을 찾아가기도 했고, 많은 위안이 되었다.

현정이는 고3이 되었고, 원석이는 고2가 되었다. 마음 쓸 곳, 마음을 바칠 곳은 오로지 아이들이었다. 아침에 현정이를 학교까지 태워다 주고, 저녁에는 도시락과 간식 보따리를 싸서 시간에 맞춰 데리러 갔다. 저녁에는 독서실로 가니까 차 안에서 간단한 간식을 먹었다. 현정이 친구 소연이가 함께 했다. 지금도 절친이다.

김건모의 '잘못된 만남'이 크게 히트를 했던 때, 나도 그 테이프를 차에 걸고 다녔다. 경쾌한 리듬이었는데 나는 그 노래를 들으면 지금도 가슴이 짠해진다. 그때의 내 마음이 되살아나는 느낌이다. 현정이는 노력했다. 머리를 질끈 묶고 동네 독서실에서 지냈다. 일요일도 잠깐 와서 밥 먹고, 제목은 생각 안 나는데 배용준이 신인 때 출연했던 드라마, 그건 꼭 보았다.

현정이가 가톨릭대학에 합격하다

변함없는 시간이 흐르고, 그해 현정이는 가톨릭대학에 합격했다. 우리는 부둥켜안고 울었다. 보림 언니가 큰 축하 화환을 보내주었고, 친정 식구와 시누이네 식구 모두 기쁨의 눈물을 흘렸다. 정말 고맙고 또 보람된 순간이었다. 의류학과를 고집해 모든 대학을 의류학과만 지원했다. 부천에 있는 대학이니 교통편도 좋았다. 주위에서 많은 축하를 해주었다. 축하 봉투도 전해 주시고 진심으로 기뻐해 주시고 대견해 하셨다.

나는 현정이가 학력고사를 보던 날 아침, 현정이를 시험장에 들여보낸 뒤 현정 아빠 산소를 찾아갔다. 당신 없는 이 세상에서 내가 처음 맞이하는 어려움을 부디 잘 이기고 좋은 날이 있기를 바란다고, 당신과 함께 할 수 없어서 나는 참으로 안타깝고 두렵다고, 당신이 있는 그곳에서 우리를 지켜줬으면 좋겠다고 빌었다.

나는 다시 그가 있을 하늘을 향해 감사의 기도를 했다. 지켜줘서

고마움에 대한 오래된 일기

고맙다고. 이런 기쁨을 함께했으면 얼마나 좋아했을까 하는 애석함에 그리웠다. 기뻐도 눈물이 난다고 하더니 정말 그랬다. 장하다, 신현정! 고맙다, 신현정! 우리 가족은 한참 만에 기쁨에 젖어 행복했다.

현정이는 대학생이 되고 원석이는 고3이 되었다. 원석이에게는 현정에게 했던 만큼의 정성을 쏟지 못했다. 등하교도 통학 버스로 다녔고 간식도 제가 알아서 챙겼다.

도난 사건 때문에 이사를 결심하다

제물포에서 현정 아빠와의 추억을 간직하며 살기로 마음먹고 수리를 해볼까 하고 견적을 내보기도 했다. 동생 혜영 아빠가 알아서 저렴하게 해줄 요량이었다. 주위 사람들은 아파트로 이사하면 편한데 왜 군이 그렇게 하느냐며 이사를 권했다. 친정아버지는 신 서방 손길이 많이 깃든 집이니 그 사람을 기억하며 그 집에서 살도록 하라고 하셨다. 나도 그럴 생각이었다. 겨울에 추우니까 마루를 뜯어내 보일러를 놓고 외벽 칠도 산뜻하게 해서 분위기를 바꾸면 마음도 환해질 것 같았다.

그런데 이게 웬일인가? 집에 도둑이 들었다. 봄날이었다. 시어머님도 외출하신 뒤, 뒤쪽 보일러실에서 통하는 주방문을 깨고 들어와 온 집안을 발칵 뒤집어 놓았다. 폭탄 맞은 것처럼 방마다 서랍과 장롱 속을 홀딱 뒤집어 폐물과 현금을 가져갔다. 시어머님 방과 현정이 방에서는 서랍에 있는 편지 봉투까지 다 흩어놓았다. 다행히 축하금으로 받은 수표가 들어있던 봉투는 그냥 있었다. 내 방에서는 미사 가방에 있던 헌금할 돈 몇 푼과 13돈짜리 황금 목걸이와 18금 반지가 없어졌다. 금목걸이의 닷 돈짜리 여인상 메달은 현정 아빠가 회사 아줌마들과 금계를 해서 만들어준 것이었다. 여덟 돈짜리 줄은 아이들 백일과 돌 때 들어온 반지를 모아 만든 것이었다. 너무나 아까운 목걸이였다.

누군가 우리가 없는 사이에 내 집에 들어와 마구 휘저어 놓았다는 게 소름 끼치는 일이라 무서운 생각이 들었다. 어느 때고 또 이런 일이 일어날 수 있는 게 아닌가. 그 사건은 정들었던 집을 떠날 수 있도록 결단하게 해줬다.

이사를 해야지! 그래, 아파트로 가는 거야. 어차피 단독주택 관리는 내게 버거운 일이었다. 현정 아빠가 있을 때는 알아서 손수 수리를 잘했으니까 가능했지만, 이제는 그것도 아니니 정말 이사를 해야지 생각했다. 어디로 가며 어찌해야 하는지, 많은 살림은 어찌해야 하는지, 마음이 복잡해졌다. 집 파는 일도 쉽지는 않았다. 대지가 70평이었지만, 10평은 사도로 나가 있어 그만큼 손해를 봐야 했고, 막다른 골목 집이라 막혔다고 싫어하는 사람들도 있어서 쉽게 팔리지 않았다.

나는 새로 짓는 아파트를 분양받을까 하는 생각도 있어서 그때쯤 부평경찰서 앞에 짓게 될 아파트 모델하우스를 구경했다. 안방은 너무 크고 아이들 방으로 쓸 방들이 너무 작아서 문제였다. 부평에 조금 오래된 아파트들도 구경해보긴 했지만, 마음에 안 들고 너무 복잡한 길 사정 때문에 망설여졌다.

그러던 어느 날, 옆집에 사는 은영 엄마가 우리 집을 다른 사람이 사서 2층이라도 올리면 자기네 집에 햇빛이 들지 않게 되니 자기네가 샀으면 한다고 했다. 집을 팔기도 쉽지 않았지만, 차라리 잘된 일이었다. 그 대신 가격은 절충하기로 했고, 제물포 이층집을 1억2천5백만 원에 팔고 1996년 10월 13일 지금의 아파트를 1억1천6백만 원에 샀다. 약 1천만 원의 차액이 났기에 이사 비용에 보탰고, 14년을 살던 제물포를 떠나왔다.

연수동 아파트로 이사하다

원석이는 자식이 고3인데 이사하는 엄마가 어디에 있냐고 했지만 어쩔 수 없었다. 지금의 아파트는 구조가 그런대로 우리 식구 조건에 맞았으나, 원석이 방이 작아서 베란다에 마루를 깔아 넓게 쓸 수 있도록 했다.

아파트 생활은 정말 편했다. 관리도 다 해주고, 방범도 경비실에서 다 알아서 해주고, 주차도 쉽게 할 수 있었다. 아파트 한 동 건물 안에 있는 일부 공간이었지만, 나는 큰 빌딩을 갖게 된 것 같은 생각이 들어 아파트 입구에 들어설 때면 부자 같은 기분이 들고 흐뭇하기도 했다. 현정 아빠 없이 나 혼자도 큰일을 해낼 수 있어서 스스로 내가 든든했다. 제물포를 떠나오면서 많은 물건을 버렸다. 함께 슬픔 덩어리도 덜어내고 왔다.

새집, 새 가구, 새 동네 낯선 곳에 적응하고 익숙해지는 것이 내게는 또 다른 충격이었지만 나쁘지만은 않았다. 제물포를 떠나오기 전날 밤에 많은 눈물을 흘렸고, 새로운 집에서의 첫날밤도 쉽게 잠들지 못했다. 내 방은 정리가 되질 않아 거실에서 덩그러니 혼자 누웠으나 잠이 오지 않았다. 현정 아빠를 제물포에 버리고 온 것 같은 미안함과 새롭고 좋은 환경에서 함께 할 수 있었다면 하는 안타까움에 가슴이 조이게 아파 왔다.

출근길은 좀 멀어졌어도 나는 그리 불편하지 않았지만, 지하철 공사로 인해 아이들 통학은 시간이 더 많이 걸렸다. 전철을 타러 주안역까지 가는 데 한 시간씩 걸렸다. 시어머님도 시장이 가깝지 않아 두 번씩 버스를 타면서 용현시장이나 제물포에 다녀오시곤 하셨다.

원석이도 대학에 입학하다

고맙게도 그해에 원석이가 한양대학교 경제학부에 합격했다. 등록금 걱정도 친정에서 덜어주셨다. 현정이도, 원석이도 입학금을 친정아버지께서 마련해 주셨다. 친정 부모님은 동생들을 대학에 진학시키고 나만 대학에 못 보내신 것이 항상 마음에 걸렸다고 하시며 우리 아이들 입학금을 내주셨다. 고맙습니다.

주위에서 진심 어린 축하를 보내주시고 내게도 많은 격려를 해주셨다. 일일이 적지는 못해도 꽤 많은 축하금도 받았다. 감사한 마음을 늘 간직하고 살겠다고 결심했다. 내게 힘이 되어주신 모든 지인들, 친구들이 내 수첩에 적혀 있어 가끔 보면서 감사의 마음을 갖는다. 세상은 혼자 사는 것이 아님을, 작은 위로가 큰 힘이 된다는 것을 배우며 산다.

추워도 월동 준비 걱정이 없어 좋은 아파트 살림, 쉽게 공개되지 않는 사생활, 하지만 이웃을 잘 볼 수 없는 단점이 있는 아파트 생활, 나는 그래도 그게 좋았다.

그때 시누이네 식구들은 아일랜드의 새한미디어 공장장으로 발령받은 고모부를 따라 아일랜드에 가 있었다. 1997년 봄, 현정이는 휴학계를 내고 시누이네로 어학연수를 하러 시어머님과 함께 갔다. 원석이와 나, 둘이서 거의 일 년 가까이 살았다. 나는 나대로 늦게까지 다녔고, 원석이는 새내기 대학 생활에 바빴다. 깜깜한 아파트에 불을 켜고 들어서야 하는 쓸쓸함, 간소한 식탁, 거르기 쉬운 식사시간, 가족이 적은 건 좋은 게 아니었다. 둘만 있던 기간 동안 나와 원석이는 둘 다 살이 쪘다. 나는 늦게까지 돌아다니고, 원석이는 늦게까지 컴퓨터를 하면서 1.8리터 음료수 한 병을 다 마시곤 했다.

명훈이네가 신기촌에 밴댕이 횟집을 차렸고, 늦게 끝나는 명훈 엄마와 함께 어울리는 시간도 많았다. 늦도록 얘기해도 매일 할 얘기가 많았다. 명훈 엄마와 내 생일이 이틀 차이이고, 일주일 앞서 미현 엄마 생일이었다. 그래서 해마다 4월이면 꽃놀이하러 가거나 모여서 시간을 함께했다.

2002년 봄, 우리는 목포로 향했다. 밤 9시도 넘어서 출발해 새로 생긴 서해안고속도로를 타고 목포를 향해 달렸다. 산타페를 뽑은 지 몇 달 안 되었고, 나는 등산화를 신은 채로 운전했다. 발끝에 힘을 주고 처음 타 보는 서해안고속도로를 달려갔다. 3시간쯤인가 달려 논산 야시장에 들러 흐드러지게 핀 밤 벚꽃을 구경하며 야식을 먹었다. 또 달리고 달려 새벽 동이 훤하게 텄을 때 목포항에 닿았다. 목포 하면 떠오르는 유달산도 등산했다. 그리고 세발낙지, 우리는 낙지를 나무 젓가락에 돌돌 말아 고추장에 꾹 찍어 꼭꼭 씹었다. 낙지발이 입천장이나 목에라도 붙어버리면 어쩌나 싶어 조심조심. 산채로, 통째로 먹다니 사람은 참 잔인하기도 하다.

맛있는 걸 먹을 때는 그 맛만을 생각해야지 맛을 즐길 수 있다. 편식이 심한 사람들이 못 먹는 것은 선입견 때문이지 싶다. 돼지의 못

생긴 모습이나 더러운 환경이 먼저 떠올라 식욕이 안 생기는 거다. 그런데 나는 참 다행히도 음식 앞에서 그런 생각이 별로 떠오르질 않아 뭐든지 그냥 잘 먹는다. 어떤 친구는 나랑 같이 음식을 먹으면 맛있게 먹는 모습에 식욕이 생긴다고 했다. 뭐든지 잘 먹는 식성과 식탐 때문에 그리고 늦은 시간에 먹는 까닭에 비만을 면치 못하였다.

현정이, 홀로 해외여행을 떠나다

현정이는 1년 가까이 아일랜드 시누이네 집에 있으면서 영어를 많이 익혔다. 학교에 복학해 다시 열심히 의류학을 공부했고 그 다음 해인가 영국에도 잠깐 다녀왔다. 딸이지만 자랑스럽고도 부러웠다. 겁 없이 외국 여행을 잘해서 대견했고, 자기가 하고자 하는 일에 도전하는 정신이 부러웠다. 4학년 졸업반일 때는 졸업 작품 쇼를 했는데, 강남 코엑스 센터에서 웨딩드레스를 발표했다, 야무지게도.

아일랜드에 있던 시누이네 가족도 귀국하여 이웃 아파트에 살았다. 그래서 시누이네 식구는 우리 집의 무슨 행사든 늘 함께 해줬다.

현정이가 졸업하고 취업했는데, 그동안 외국으로 연수를 다녀온 덕분에 해외영업부에서 일했다. 두 번 이상 옮긴 끝에 수영복을 만드는 기도산업의 해외영업부에서 일하게 되었다. 서울 신월동에 있는 회사로 출퇴근하느라 힘들어해서 2001년 겨울에 흰색 산타페를 뽑았다. 2002년 월드컵 때 선루프를 열고 지붕 밖으로 몸을 내놓고 대한민국을 소리치고 다녔단다.

대~한민국 짜짜짜짝짝. 2002년 대한민국 온 나라가 붉게 물들어 탄성을 질러대던 그 날, 나는 보림패션 고객들과 붉은 티를 입고 냄비와 프라이팬을 두드리며 대구 경기를 응원했다. 지금 생각해도 행복한 순간이었다. 축구를 좋아하게 된 동기도 되었다. 안정환이 골든 골을 넣었던 그 날에는 문학경기장에서 함께 소리 질렀다. 갓난아이를 안고 나온 아기 엄마도 있었고, 태극기로 옷을 만들어 입은 젊은 남녀가 거리를 누볐다. 자동차들은 클랙슨을 눌러 댔다. 빠빠빠빵빵~!!

현정이는 영어 강사로, 원석이는 IT업계로

현정이는 일도 야무지게 잘해 회사에서 능력을 인정받았다. 해외 출장도 가곤 했다. 잘 다니던 직장을 몇 년 만에 그만두고, 퇴직금 몇 백만 원을 가지고 호주로 어학연수를 떠난다고 했다. 일 년 동안이나.

2002년 월드컵 때 나는 고객들과 냄비, 후라이팬을 두드리며 응원했다. 왼쪽부터 문명희 선생님, 보림 언니, 한국일보 사모님 장화순, 수인농산 사모님 정찬화, 나.

하지만 나는 크게 반대하지 않았다. 늘 알아서 잘해왔던 터라 믿었고, 앞날에 비전이 있을 거라 생각했다.

워킹 비자를 내서 갔고, 농장 일을 하면서 영어를 익히고, 홈스테이를 하면서 그들 문화와 접하며 살았다. 고생도 했겠지만 전화 통화를 하면 잘 지낸다고 했다.

그때도 지금의 사위 현철이와 연애 중이었는데, 애인과도 떨어져 타국에서 지내고 있는 현정이는 참 당찼다. 어서 가서 데려왔으면 하는 현철이 부모님의 걱정도 크셨다. 하지만 아랑곳없이 1년 가까운 시간이 지나 돌아왔다. 돌아온 현정이는 무일푼이었다. 여행에서 다 썼다. 하지만 영어 과외, 학원 영어 강사로 다시 뛰었다. 돈을 알뜰히 쓰기도 하고 저축도 했다. 현철이는 대학원에 진학했다.

엄마의 칠순 잔치 때 파안대소하는 나. 아마도 영죽 언니의 맏아들 개그맨 장용이 뭔가 웃긴 얘기를 했나보다.

원석이도 대학 중간에 IT 쪽으로 진로를 바꿨다. 휴학계를 내고 정보처리사 자격증을 취득한 뒤 병역특례업체에서 정보처리기사로 일하며 군 복무를 대신했다. 9년 만에 대학 졸업장을 받았다. 병역특례업체에 있을 때는 거의 임금을 받지 못해 우울한 시간을 보냈다. '데브'라는 회사에서 '바로북'으로 옮긴 뒤에는 생활이 조금 나아졌고, 다시 SK커뮤니케이션즈에 경력사원으로 입사했다. 마음껏 축하를 해주고 친정 부모님께도 연락을 드리니 너무 기뻐하셨다. 아이들이 직장에서 제가끔 자기 일을 했다.

나는 그간 보림패션에서 받던 보수가 줄어들었다. 경기가 좋지 않은 탓으로 감수해야 할 상황이었다. 그러나 아이들이 제가끔 돈을 벌어서 학비나 용돈 걱정이 없어진 때라 괜찮았다.

빈궁마마가 되다

1999년 자궁근종으로 나는 자궁을 들어내는 수술을 하고 10일 동안 입원했다. 빈궁마마가 된 셈이다. 동생 영순이의 알선과 영순 친구 기영미의 배려로 실력 있는 선생님에게 수술 상처 없이, 입원비도 적게 수술을 받았다. 이렇게 나는 좋은 후원자를 만나 힘든 고비를 넘어서곤 한다. 어려운 상황에 닥치면 진정한 인간관계를 판단할 수 있다.

잘 아는 병, 나을 수 있는 병으로 수술을 하는 건 그래도 행복한 일이지 않겠는가. 떼어내고 나면 되는 일이니까. 그러나 수술실로 들어갈 때 침대에 누워 눈을 감은 뒤에 어디론가 움직이는 게 두렵게 느껴졌다. 깊은 잠에 빠져들었다. 빈혈 상태였으므로, 수혈을 대비해 영순이와 영대에게 헌혈을 받아놓았다. 우리 남매는 모두 O형이었으므로 가능했다.

마취에서 깨어났을 때의 고통은 정말 지독했다. 창자를 쥐어 뜯어 놓는 심한 고통, 아프다는 말도 나오질 않았다. 무통 주사를 바로 꽂아 아픈 고통에서 벗어났다. 수혈도 더 했다.

8월 여름 비수기에 수술을 했고 한 달을 출근하지 못했다. 20년 가까이 보림패션에서 근무했으나, 수술로 인한 무급휴가였다. 큰 수술을 하고 병실에 누워있던 나는 병문안 오는 지인과 친구들이 많아 늘 꽉 찬 느낌이었으나, 상대적으로 외로웠다. 혼자 잘 수 있으니 현정이도 오지 말라고 하고 혼자 잠드는 병실은 정말 고독한 공간이었다. 2인실 병실이었으나 다른 침대에 환자가 들어오질 않아 거의 독방으로 지냈다. 퇴원 후 집에서 몸조리했다. 시어머님이 지어주신 보약도 먹었다.

씩씩하게 살아가고 싶었다. 슬프거나 괴로운 생각에 얽매이지 않고 단순하게 살고 싶었다. 오늘이 기쁘고 즐겁도록 노력하고, 주어진 오늘은 불만 없이 살아가고 싶다.

원룸주택으로 노후 대책을 마련하다

2000년에 나는 청학동에다 원룸주택을 사서 임대료를 받고 있었다. 원룸주택을 사던 그해, 나는 부자가 되었다. 방이 16개나 있어서 임대료가 쏠쏠히 나왔다. 이름이 동신주택이었다. 큰 집이 하나 더 생긴 나는 정말 가슴이 뿌듯했다. 대출을 받기는 했지만, 내 이름으로 된 등기부 등본을 받아드니 든든한 마음도 생겼다. 노후에도 잘 살 수 있다는 희망이 생겼으므로 더욱 그랬다.

항상 빚쟁이라고 생각하면서 여유가 생기는 대로 갚아서 대출이자를 줄였고, 적절한 대출금을 이용한 재테크의 의미를 깨닫지 못했다. 동신주택에서 빈방이 생기고 반지하방에 물이 차서 방바닥이 흠뻑 젖어있는 것을 보니 실망이 컸다. 시누이가 '언니, 대출을 빚이라 생각하지 마. 은행 돈을 잘 이용하면 투자야. 아파트에 돈을 묶지 말고 주인 세대가 있는 원룸 하나를 더 사는 쪽은 어때?'라고 제의해왔지만 그러기가 쉽지 않았다. 아파트 생활만큼 편치 않을 것 같았고, 주택 관리도 여자만 사는 상황에서는 어려울 듯했다.

그래도 2000년에 원룸주택을 사면서 부자는 아니어도 잘 살 수 있을 것이라는 자신감이 생겼다. 퇴직금이나 연금이 보장 안 되는 직장을 다닌 나로서는 노후를 대비한 준비이기도 했다. 몇 달을 지나면 목돈이 되는 게 든든했다.

무릎 수술 덕분에 배운 컴퓨터

그즈음 나는 퇴행성관절염으로 고생하고 있었다. 왼쪽 다리가 퉁퉁 붓기도 하고, 계단을 내려갈 때는 땅겨서 걷기가 힘들고 절룩거리기도 했다. 정형외과와 한의원 여러 곳을 다니며 치료했지만 여전했다. 참으로 우울한 시간이었다. 등산도 할 수 없었고, 오랫동안 앉아 있을 수도 없었다. 내 나이 50대 초반에 이런 일이 있다니.

물론 내 잘못이 컸다. 오랜 세월 긴 시간을 서서 일해 온 직업병이기도 했지만, 늘어난 체중 때문에 무릎에 무리가 가기도 했다. 수영장에도 다녀보고 아침에 운동장을 걷기도 했다. MBT 신발이 좋다 하여 그것도 사 신었다.

무릎의 고통 때문에 밤에 편하게 잠잘 수도 없었다. MRI 결과 연골이 찢어졌고 물도 차 있어 2003년 5월 내시경 수술을 했다. 수술은 간단해서 병원에서는 2박 3일 있었지만 두 달 동안 발을 딛고 걸을 수 없었다. 휠체어와 목발에 의지하며 지냈다. 다시 시작된 두 달 동안의 휴가, 마음대로 걷거나 외출이 쉽지 않던 그 시간은 정말 지루했다.

생각 끝에 컴퓨터를 켜지도 못하던 나는 아르바이트 여학생을 불러 간단한 문서를 작성할 수 있을 만큼 컴퓨터를 배웠다. 온종일 컴퓨터 앞에 앉아 익혔고, 고스톱을 치면서 시간을 보내기도 했다. 그 탓에 눈이 많이 나빠졌다. 돋보기를 쓰고 컴퓨터 화면을 본 게 무리였다. 컴퓨터의 화면 거리에 맞는 안경을 써야 하는 것을 몰랐다. 노안이었는데 관리 소홀이었다. 그 뒤 나는 다초점 안경을 써야 했다.

다리가 아프다고 내가 빠질쏘냐? 2003년 6월, 휠체어를 타고 재선 씨 고등학교 동문 친목회인 수우회 부인과 함께 간 월미산.

안경을 쓰는 일은 참 불편한 일이다. 아이들과 현정 아빠가 안경을 썼지만, 나는 안경의 불편함을 미처 몰랐다. 김 서림도 불편하고 콧등이 시큰거리고 머리가 띵하기도 했다.

컴퓨터, 정보의 바다라는 인터넷 세상은 넓고 깊은 것이었다. 무언가가 화면 밖으로 튀어나오는 그 세상이 재미있고, 이메일을 주고받는 재미 또한 한동안 즐거웠다. 내가 만들어내는 친목회 보고서 한 장도 신기했다. 그림을 따다 붙이고, 글씨도 크고 작게, 글씨체도 요것조것 모양내고, 어디서든지 즐거운 일을 찾을 수 있는 것 또한 행복했다.

2003년 여름, 녹색 액센트를 하얀색 아반떼로 바꿨다. 하얀색 아반떼는 아담하고 실용적이면서 모양도 예뻤다. 자동차가 좋은 이유는 단 한 가지이다. 늘 나의 발이 되어주는 게 너무 좋다. 늦은 밤이라도 귀가 걱정이 없어 좋고, 이런저런 보따리 싣고 다니기도 좋다. 돌아다니기 좋아하는 나로서는 더 없는 친구며 애인이며 보물이다. 맛있는 곳을 찾아서, 경치 좋은 곳을 찾아서 형편껏 많이 다닌다. 내가 즐겁게 사는 방법이기도 하니까. 운전을 언제까지 할 수 있을지는 모르겠지만 핸들을 놓는 날까지 마음껏 마이카를 사랑하자.

현정이, 10년 사랑 끝에 결혼하다

현정이가 결혼해야 할 나이가 되었음에도 마음이 급하진 않았다. 다투고 화해하면서 현철이와 오랜 연인 사이였고 잘 어울리는 한 쌍이었다. 현철이가 학생이라 취업 전이기도 하였고, 현정이도 결혼자금을 많이 벌어놓지 못한 터였다. 그래도 둘은 추억을 많이 만들어가고 있었다.

2006년 6월에 현정이와 현철이는 성당에서 혼인미사와 함께 부부가 되었다. 10년 만에 이룬 사랑의 결실이었다. 빼놓을 수 없는 내 인생의 큰 사건이기도 했다.

장모가 된다는 것, 사위를 맞이하는 것이 평범한 일이지만, 내게는 그렇지 않았다. 모든 사람이 겪는 일이라 그리 특별할 게 뭐 있겠냐 하겠지만, 청첩장에 내 이름 한 줄만 새기고 현정이의 이름을 써야 했던 것도 부끄럽고 미안했다. 박영춘의 장녀 현정, 이렇게 평범한 글귀 하나가 슬픔과 안타까움으로 내 가슴을 젖게 했다. 그래도 나는 현정이의 결혼식장에서 울지 않았다. 결혼하는 현정이도 제정신이 아니고 꿈만 같았겠지만, 나 또한 흥분과 설렘과 당찬 자존심으로 버티며 현정이의 결혼을 기쁨과 행복감으로만 채우고 싶었다. 신재선 씨가 함께할 수 없는 아쉬움과 애달픔은 내색하고 싶지 않아 눈물 한 방울도 흘리지 않고 밝은 미소로 화답했다.

나를 사랑해 주시는 부모님과 친지와 지인들에게 감사했다. 많은 하객으로 결혼식은 화려했다. 우리가 만난 사돈님들도 더없는 기쁨이다. 늘 감사하고 고마운 마음이지만, 현정이는 시부모님을 참 잘 만났다. 자식 사랑이 지극하신 부모님 밑에서 자란 사위 정 서방 역시 성품이 느긋하고 온화해서 뾰족하거나 삐쭉거리는 일이 별로 없이 무던하고 착하다. 시부모님의 아낌없는 배려가 현정이를 행복하게 해주고, 그것이 내게도 느껴지니 나 역시 고맙고 또 감사할 따름이다.

사위 직장이 대전이다 보니 신혼살림을 대전에서 시작했다. 정 서방은 LG화학 연구원으로 취업했다. 시댁 어른들이 35평 아파트를 마련해 주셨다. 신혼을 내 집부터 시작하게 되었으니 한층 마음이 풍요

로웠다. 혼수며 예단이며 조금도 마음 상하지 않고 성의껏, 정성껏 주고받았다. 사돈님들은 큰 배려로 예식비와 여행비 심지어 피로연 비용까지 부담해 주셨다. 감사한다. 주위 사람들도 함께 고마워했다.

바깥사돈님은 현정 아빠가 있었다면 술도 함께 하고 운동도 함께 할 수 있어서 좋았을 텐데 하며 정말 아쉬워하셨다. 너무너무 좋아하고 기뻐했을 거다. 현정이가 약대를 나와서 약사가 되고 약국이라도 하게 되면 기꺼이 셔터맨이 되어 주고, 자기가 받게 될 연금과 아이들이 주는 용돈으로 여행이나 다니면서 소박하게 살고 싶어 했다. 산도 좋아하고 여행도 좋아했으니 정말 그랬을 거다.

사돈끼리는 어렵다고 하지만, 생각하기에 따라서는 새로운 가족이니 더 없는 귀한 인연이기도 하다. 사위도 자식인지라 귀한 인연으로 만났으니 항상 좋은 마음으로 자식들에게 덕과 득을 주는 부모가 되도록 해야겠다는 생각이다. 잘할 수 있어야 할 터인데……. 나이 먹으면서 이성은 무디고 아집으로 뭉치고 노파심이 많아지는 게 문제겠지. 다스리는 연습을 해야지.

현정이는 성격대로 신혼집을 모던하게 꾸몄다. 너절한 것 없이 필요한 것들만 장만하였고, 치렁치렁한 장식도 싫어하는지라 깔끔하게 꾸몄다.

현정이가 겪은 두 번의 아픔

현정이는 결혼 뒤 곧바로 임신했다. 늦은 나이에 결혼했으니 참으로 기쁜 일이었다. 허니문 베이비였던 것 같은데, 호사다마라 했나. 좋은 일만 있어 기쁘기만 한 일이 생기는 것은 아닌가 보다. 8주 만에 유산이 되었다. 현정이는 울고불고 상심이 컸고 내 마음도 아팠다. 달래줬다. 처음에는 그리되었어도 다음에 임신해서 건강한 아이를 잘 낳을 수 있을 거다, 몸조리 잘하고 다음엔 잘하도록 하자고 다짐하였다.

몸을 회복한 후에 토스 잉글리시 영어전문학원에 좋은 조건으로 취업했다. 둘만 있으니 정 서방이 출근한 낮에는 무료하기도 하고 젊어서는 시간이 곧 자본이니까. 월급도 만만치 않아 살림에 도움이 되는 것 같았고, 좋은 능력을 가지고 그냥 집안일만 하기엔 아까웠다.

직장 생활도 잘하고 또다시 임신도 했다. 조심조심했지만 또 한 번의 고통을 겪었다. 현정이가 울면서 전화했다. 가슴이 쿵 내려앉고 가슴이 너무 아팠다. 즉시 대전으로 내려가 위로를 해준다고 했지만, 정말 어떤 말을 해줘야 하는지 엄마인 나도 알 수 없었다. 그 뒤로 나는 속이 아파 한참을 고생했다. 역류성 식도염이 있긴 했지만, 신경을 쓰면 더 심해지기도 해서 이래저래 가슴이 많이 아파서 서너 달을 고생했다. 현정이를 위해 기도도 드렸다. 성지순례를 가면 촛불 봉헌도 많이 드렸다. 나보다도 시어머님이 늘 기도드리고 계셨고, 친정엄마도 기도 끝에 항상 현정이를 위해 기도하셨다.

동생들과의 중국 여행

2007년 봄, 동생들과 함께 중국 북경 여행을 다녀왔다. 천안문광장, 만리장성, 자금성을 돌아본 4박 5일의 역사여행이었다. 몇 년이 지난 지금 적어보려니 어디 어디를 다녀왔는지 다 기억해낼 수가 없다. 나는 지명을 잘 외우지 못한다.

5성급 호텔에 들어섰는데 트윈침대가 놓여 있었고, 호텔 방으로 들어서기가 바쁘게 마시지해 주는 아가씨가 왔다. 관광코스에 있단다. 샤워하고 화장실에 앉아있는데, 전화벨이 울렸다. 변기 옆에 전화기가 있다는 사실을 몰라 전화를 받으러 갈 수 없어 그냥 끊겼다. 혜영 아빠가 나한테 했던 건데 못 받았다. 방에 혼자 있으니 뭘 해야 할지 할 일이 없었다. 여행지에서 그다지도 적막한 밤은 처음이었다. 부부끼리 온 동생들은 자기네들끼리 얘기도 하겠지만 나는 난처했다. TV에서는 알아들을 수 없는 방송만 나오고 무엇을 어찌하지 못하는 촌닭이 되었다.

호텔 방 침대를 하루씩 번갈아 가며 사용했다. 여행이 끝나는 날까지 한 호텔에서만 머물렀다. 아침은 호텔에서 먹고 버스를 타고 다니며 관광하였고, 관광을 마치면 다시 호텔로 왔다. 즐거운 추억을 만들고 가족애를 다짐하고 확인하는 값진 여행이었다.

원석이가 독립하다

여행에서 돌아온 뒤, 원석이가 수색에 있는 빌라 2층에 세를 얻어 독립했다. 출퇴근으로 버리는 시간도 아까웠고, 피곤해하며 투덜대는 원석이의 아침을 보는 것이 나 또한 피곤했다. 떠나보내자. 전세금이 쌌지만 산동네였다. 개똥이 굴러다니는 좁은 골목 안에 있는 집, 차량이 다니기에 불편한 동네였다. 찌그러진 싱크대를 보고 엄마로서 마음이 짠했다. 그 당시 여유가 없는 상태라서 그렇게밖에 할 수 없었다. 그러나 원석이는 만족해했다. 싱크대는 시누이가 바꿔줬다. 한결 나아졌다. 그래, 작은 것에도 만족하며 행복해하자.

안면도로 전체 가족 여행을 가다

2008년 가을, 우리는 1박 2일로 안면도 꽃지해수욕장과 수목원을 관람하는 가족 여행을 했다. 우리 사남매는 친목회비를 한 달에 1인당 5만 원을 걷고 있다. 동생들은 부부니까 10만 원을 낸다. 총무는 영순이가 맡고 있다.

그렇게 모은 친목회비를 이용해 관광버스 1대를 빌렸고, 사남매의 자식들과 부모님들을 모셨다. 사돈어른들도 모셨다. 우리 식구는 시어머님과 현정이와 사위, 원석이가 참석했다. 현정이 부부는 안면도로 직접 왔고, 원석이도 사정 때문에 안면도로 와서 합류했다. 영걸네는 준상이와 혜란이가 참석했고, 사돈어른은 오시질 못했다. 영순네는 주미 할머님과 주미가 참석했고, 막내네도 혜빈이 외할머니가 참석하시고 친정 부모님도 함께하셨다.

가는 동안 버스 안에서 노래자랑도 하고 음식도 먹으면서 갔다. 노래를 부르신 어른들께는 10만 원을 담은 금일봉도 전달해드렸다. 친정 부모님들은 물론 우리 어머님도 노래하셨고, 특히 주미 할머니께서는 노래 제목을 적어 오셔서 부르셨다. 노래를 부르시지 않으면 금일봉은 없다 했더니 어떻게든 한 곡씩은 부르셨다. 특히 혜빈이 외할머니께서는 아는 노래가 없다며 '부천 시민의 노래'를 부르셨다. 압권이셨다.

안면도에 도착했을 때 비가 와서 천막 친 곳에 모여 숯불고기를 먹었다. 생선회도 먹고 고구마도 구워 먹었다. 고구마를 다 태웠다고 사위가 혜영 엄마한테 한마디를 들었지만, 말없이 뒤치다꺼리하는 정 서방을 보고 식구들이 모두 칭찬했다.

고마움에 대한 오래된 일기

게임은 더 재미있었다. 미니 볼링, 고리 던지기, 공기놀이까지, 등수에 맞춰 상품도 탔다. 상품을 서로 필요한 대로 바꾸기도 했고 양보도 했다. 한 지붕 여러 가족의 밤이 깊어갔다. 제멋대로 잠들고 코를 곤다고 구박도 받으면서. 다음날에는 꽃지해수욕장에서 바닷바람을 맞으며 모래사장을 걷고, 수목원에서 나무 구경도 하고, 바지락 칼국수도 먹었다.

우리를 태우고 운전하신 기사님도 노래를 아주 잘하셨다. 차 속에서 주일미사 대신 간단하게 기도와 복음을 읽는 공소예절을 했다. 식구들이 같은 종교를 갖고 있는 것은 이럴 때도 좋았다. 돌아오는 길의 마무리는 구월동 사곶냉면 집에서 백령도 음식으로 했다. 아, 정말 즐거운 여행이었다.

시어머님 팔순 기념 시댁 가족 여행

이듬해 1월에도 1박 2일로 가족 여행을 갔다. 이번에는 강원도 속초의 펜션이었다. 시어머님을 중심으로 시작은어머님, 강화 형님, 시외숙모님 그리고 시누이네 식구, 우리 식구, 현정네 부부, 영옥이 아가씨가 함께 갔다.

노래를 부르면서 대관령을 넘고 양 떼를 구경하고 횡성 한우도 맛있게 먹었다. 대포항에서 생선회도 먹고, 줄을 서서 사 먹는다는 새우튀김도 사 먹고, 예쁜 펜션에서 하룻밤을 잤다. 펜션 시설이 너무 좋았다. 우리 집보다 더 좋은 주방 도구며 거실이며 아주 좋았다.

그런데 아침에 일어나니 눈이 많이 오기 시작했다. 펄펄 내리는 게 운치가 있어 좋기는 한데 돌아가는 길이 걱정되었다. 기사님은 더욱더 걱정인지라 어서 돌아가자고 자꾸만 얘기했다. 속초항에 들러 오징어며 건어물을 사고 집으로 돌아왔다.

이날 여행의 모든 비용은 팔순을 맞이하는 장모님을 위해 사위인 최석구 씨가 부담하셨다. 브라보!

주안6동 원룸 건물을 사다

2007년 11월, 나는 청학동의 원룸 건물을 팔고 주안6동 옛날 법원 건물 뒤에 있는 원룸 건물을 샀다. 청학동 원룸을 팔았지만, 나한테 여윳돈이 없어서 대출로 차액을 메웠다. 등록비용까지 대출받았으나 방의 개수가 많고 공실이 없어서 수익 면에서는 훨씬 나았다. 주안의 신비주택을 싸게 구입했기 때문에 그리 차액이 크지 않아서 가능했다. 7년 만에 다시 다른 등기부 등본으로 바뀌었다. 그곳에서의 수익

시어머님 팔순을 기념해서 떠난 가족여행. 왼쪽부터 시누이 재순, 시어머님, 조카 정은, 현정.

이 거의 고정적이어서 생활에 큰 안정이 되었다. 공무원직에 있던 분들이 퇴직하면 받을 수 있는 연금 정도 수준이니 노후는 보장이 된 셈이다. 참으로 잘했다. 신재순 씨! 재테크의 수호천사, 고마워요.

돈은 정말 쓰기 나름인가보다. 수입이 적은 때에도 적절히 쓰고 희망을 남겼다. 많은 수입이 생겨서 많이 쓰고 나면 희망도 많이 남는가? 그렇지는 않았다. 언제나 부족한 희망이다. 부족한 희망이 빈곤을 부르고 상대적 빈곤감에 시달리게 만든다. 이성적으로는 정말 이해할 수 없는 감정의 놀음이다.

아무래도 나는 행복을 믿는다. 그리고 쓰고 남은 내 희망을 믿는다. 욕심이 없으면 부자가 되는 내 마음의 순수함을 믿는다. 나보다 부자가 많은 세상이지만 그럼에도 나는 부자이다. 원룸 건물 하나가 나를 부자로 만들고 부자 마음으로 살게 해준다. 더러더러 내 마음의 순수함이 자리를 비우기도 해서 나를 졸렬하게 하기도 하지만.

보림패션의 경영시스템도 바꿔 고정 월급을 받지 않고 수입의 30%를 가져오는 체제로 변했다. 수입은 들쭉날쭉 하지만 마음은 참으로 편해졌다. 고용자로서의 애로가 없어졌다. 나름 새로운 의욕으로 새로운 생활을 하는 계기가 되기도 했다.

현정이가 쌍둥이를 임신하다

그러나 늘 마음 한편이 무거웠다. 현정이네 부부에게 2세 소식이 없어 노심초사했다. 대놓고 물어보지도 못했다. 현정이도 초조한 마음에 엄청 스트레스를 받고 있었고 나름 여러모로 노력하고 있었다. 불임클리닉에서 상담도 하고, 용하다는 한의사에게 약도 지어 먹고,

시어머님이 정성스레 지어주신 약도 먹고, 심지어 충주에 있는 한의원에서 보약도 먹었다.

한참만의 고생 끝에 드디어 임신했다. 임신 초기에 부작용으로 대전을지병원에 입원해서 복수를 1.8리터 페트병으로 한 개 이상을 뺐다. 배가 부풀면 배가 땅기고 허리가 아파 어찌할 줄 몰라 했다. 그러나 임신을 했다. 그것도 이란성 쌍둥이란다. 초음파 사진에 나타난 두 개의 까만 점, 하나는 조금 크고 하나는 작았다. 신기하게도 몇 주가 지나니까 팔딱팔딱 심장이 뛰고 있었다. 조심조심 또 조심, 가슴속부터 애틋한 조바심에 마음이 늘 조마조마했다.

태명을 청단, 홍단이라 지었단다. 결혼 3년 만에 생긴 경사였다. 검진일마다 조금씩 커지는 아가들, 심장 소리가 신기하게도 쿵쾅쿵쾅 잘도 들린다. 첨단 의료장비를 통해 만나는 생명은 새로운 신비의 세계다. 아기집 속사정을 정확히 볼 수 있도록 열려있다. 몇 센티로 자라고 몸무게가 몇 그램인지도 다 안다. 달이 찰수록 올챙이 같던 몸에 손발과 척추까지 제 모양을 갖추어 가는 것을 볼 수 있다. 참으로 신기했다. 내가 현정이나 원석이를 임신했던 시절에는 낳기 전까지는 남녀 구분도 알 수가 없어 그 자체가 신비였다. 이제는 의학 기술이 좋아지다 보니 임신도 출산도 모두 보면서 확인하는 그런 시대가 되었다. 태명 그대로 청단이는 남자, 홍단이는 여자 아이로 아들딸 쌍둥이였다.

13년 만의 아파트 리모델링

그즈음 우리는 새로 태어나 우리 집에 와있게 될 아가들과, 아가들을 보러 오실 사돈님들이나 친지들을 위해 13년 동안 살아온 아파트 내부를 리모델링하기로 결정했다. 돈도 문제였지만 많은 짐을 어찌해야 할지 엄두를 내지 못했던 일이었는데, 시작이 반이라 했던가, 일단 하기로 마음먹으니 일도 즐겁고 새로운 기대감도 생겼다.

여러 곳에서 견적서를 받아 비교하면서 우리 동네에 그렇게 많은 인테리어 상점이 있다는 사실에 새삼 놀랐다. 추석을 지내고 바로 시작하기로 했다. 시누이와 시어머님의 찬조금이 한결 힘이 되었고, 닥치니까 해결할 수 있는 힘이 생겼다.

내부는 주로 하얀색으로 아주 깨끗하고 모던한 스타일로 정했다. 주방은 하얗고, 내 방은 연둣빛이고, 장차 현정이가 쌍둥이들과 쓸 방은 하늘빛이었다. 열흘 이상 수리 끝에 입주하였다. 엄청나게 많은 살림도 더러더러 버렸다. 쓰지도 않고 버리지도 못했던 물건들이 쓰레기가 되어 나갔다. 버리고 재활용품으로 내놓고 간단하게 줄여보려고 했지만 살림을 다 줄일 수는 없었다. 세상에, 많아도 너무 많았다.

현정이는 아예 집으로 왔다. 배도 쌍둥이라 훨씬 더 불렀다. 뒤뚱거리고 힘들어해서 출산일까지 우리 집에 있기로 했다. 맛있는 것, 입에 맞는 음식을 해주시려고 시어머님이 날마다 반찬 걱정이셨다. 현정이는 크게 입덧을 안 했으나 그래도 고기를 잘 먹었다. 임신 초기에 꽃게 장을 실컷 먹더니 비린내가 난다고 안 먹었다. 나는 현정이를 가졌을 때 잔치국수와 칼국수를 맛있게 먹었는데, 지금도 가끔 먹고 싶은 음식이다.

현정이가 드디어 쌍둥이를 낳다

조바심 나는 시간 속에서 가슴이 철렁하게, 현정이는 두 번이나 입원했다. 유산이라도 되는 날이면 큰일이었다. 자궁수축제를 맞고 버티고 또 버티었다. 병원 방문을 그리 많이 해본 적이 없었다. 현정이는 과배란 증후군 때문에 을지대병원 산부인과와 우리산부인과에 두 번 입원하였다. 출근길에 반찬을 싸다 주기도 하고 같이 먹기도 하면서 잘 넘기고 있었는데, 현정이가 전화를 했다.

"엄마, 아무래도 이상해. 병원으로 갈 테니 인하대병원으로 와."

담당 의사 선생님이 휴무 중이시고, 옆방 선생님이 진찰을 해보시더니 낳아야겠다는 거다. 29주에 불과했다. 가슴이 철렁하고 어찌해야 할지를 몰랐다. 아직 두 달 반이나 남았는데, 쌍둥이라 40주까지는 못 버틴다고 해도 아직 한 달 이상은 더 있어야 하는데……. 입원해서 양수검사를 통해 줄어드는 양을 체크하고 아가들의 심장박동

지유와 서윤이의 태명은 청단이 홍단이였다. 그 태명대로 파란색 옷과 빨간색 옷을 입은 지유와 서윤이.

소리를 확인하면서 가까스로 일주일을 버티다가, 드디어 2009년 12월 21일 밤 현정이는 제왕절개로 청단이와 홍단이를 출산했다. 홍단이가 먼저 1.4kg, 청단이는 1.74kg, 곧바로 인큐베이터에 들어갔다. 사부인이 분만실에서 응급치료실로 옮겨지는 아이들을 보며 "감사합니다, 감사합니다."를 되뇌었다. 장하다, 내 딸 신현정.

장한 현정이의 엄마 되기

생명의 신비, 어떻게 설명할 수 있을까? 우리는 제날짜까지 채우지 못하고 태어난 아가들을 마음대로 볼 수가 없었다. 면회시간에, 그것도 부모만 들어갈 수 있었기에 기웃거리며 멀리 보이는 아가들의 앙상한 몸을 보는 데 만족해야 했다. 인공호흡기와 링거 줄이 늘어져 있고, 눈은 가리고, 정말 보기가 애처롭고 안쓰러웠다. 아가들을 병원에 입원시킨 채 현정이는 퇴원했으나 몸조리를 제대로 하지 못했다. 모유를 짜서 날라야 했다. 모유를 오랫동안 먹여볼 욕심에 한 방울이라도 더 짜서 모으려는 현정이의 애틋함은 눈물겹도록 대단했다.

통통 부은 젖을 짜느라 새벽에도 일어나 앉아있었고, 미역국을 지성으로 잘 먹었다. 큰 국 사발에다가 퍼 줘도 남김없이 다 먹었다. 한 방울의 모유, 그 큰 모성애, 늦은 시간에도 이른 새벽에도 잠을 뿌리치며 일어나 앉아있었다. 젖은 가제 수건을 전자레인지에 뜨겁게 데워 마사지하면 모유가 좀 더 잘 나왔다. 현정이는 어떤 날에는 점심과 저녁 두 차례 병원에 다녀오곤 했다. 나도 퇴근길에 들러 현정이의 면회 모습을 창 너머로 지켜보았다. 현정이는 청단이 지유, 홍단이 서윤이를 번갈아 오가며 보고 있었다. 때로 아가들의 안쓰러운 모습에 눈물짓기도 했다. 인큐베이터에 있을 때 서윤이가 많이 울었다고 했다. 부디 건강해져서 어서 퇴원하기를 기원했다.

40일간의 입원 끝에 2.0㎏을 넘어서야 쌍둥이가 집으로 퇴원해 왔다. 유난히 작은 서윤이의 몸집은 만지기도 어려웠다. 처음에는 빠는 힘이 약해서 직접 수유를 할 수 없어 미리 짜서 냉동보관을 했다가 먹였다. 나중에는 수유 베개를 허리에 차고 그 위에 올려놓고 모유를 먹였다. 지유와 서윤이는 볼때기에 살도 오르고 엉덩이 살도 조금씩 붙어가고 예쁜 아가들로 커갔다.

손주에 대한 이 설명할 수 없는 사랑. 그래서 그 옛날 현정이가 태어났을 때, 시어머님께서 현정이를 데리고 놀고 재우고 업고 키우셨고, 원석이를 세상에 제일 잘나고 똑똑하다고 자랑하셨나 보다. 친정 부모님도 심심치 않게 들여다보시며 예뻐하셨다.

나는 할머니가 된 후부터는 더 바빠졌다. 대전에 가기도 하고 주말에 올라오면 아기들을 봐주느라 꼼짝할 수 없었다. 쌍둥이는 백일을 지내고 대전으로 갔다.

원석이가 장가가다

2010년은 내가 제일 바쁘고 숨 가쁘게 지낸 시간이다. 원석이가 결혼하겠다고 예쁜 윤미를 데려오고, 3월 초 사돈님들과 상견례를 해서 10월 2일로 결혼식 날을 받았다. 원석이가 신접살이를 할 방을 마련했다. 시누이 덕분으로 투자한 곳에서 나온 수익금으로 애들이 살고 싶어 하는 행신동 햇빛마을에 작은 평수의 아파트를 전세로 계약했다.

혼수나 예단에서 부담 없는 혼례를 치르고 싶었다. 현정이가 결혼할 때 사돈들께서 배려해 주셔서 불협화음 없는 혼사를 치렀듯이, 원석이도 젊은이들이 원하는 쪽으로 소신 있는 행사가 되었으면 했다. 새아기에게, 사돈에게 부담이 되지 않는 시대가 되고 싶었다.

새 식구를 맞이하는 마음은 딸을 시집보낼 때와는 조금 다르긴 하다. 새아기에게 많은 사랑을 주고 싶었다. 내가 사랑하는 아들이 편하고 좋은 쪽으로 마음을 주고 싶었다. 새아기에게 화려한 예물을 해주지는 못했다. 마음으로 부족하다고 느꼈으나 무리하지 않기로 했다. 서로에게 부담이 되지 않는 것이 곧 화혼이니까.

딸과 아들, 모두 이제 내 품에서 떠났다. 주민등록에 세대주인 나와 시어머님, 달랑 둘만 남았다. 저물어간다는 느낌이 들기도 했다. 할 일이 줄지는 않는 것 같다. 가지가 많아진 나무가 살랑살랑 불어오는 바람에도 흔들거린다. 그리 큰일이 아닌 우리네 삶이 그런 것 같다. 일상들도 나날이 바빠진다.

엄마의 편지

아들 결혼식을 끝내고 일주일쯤 지나 친정집에 들렸다. 친정엄마가 분홍 봉투 하나를 주셨다. 뭘까? 금일봉을 주실 일도 없는데……. 나중에 보라신다. 출근길이었다. 신호 대기 중 궁금해서 봉투를 꺼내 보았다. 또박또박 써 내려간 작은 글씨를 읽어 내려가다가 나는 흐르는 눈물 때문에 도저히 운전할 수 없어 차를 옆으로 세우고 한참을 서 있었다. 엄마! 엄마는 이런 분이시구나!

나는 아직도 엄마가 그립고, 엄마에게 사랑을 받아야 할 어린아이처럼 아무 것도 아닌 존재이구나. 나도 엄마임에도, 무엇이든지 해야 할 초인적인 능력을 가져야 할 존재여야 한다는 중압감으로 늘 강하게 마음 다져 먹고 살았음에도, 엄마의 마음을 담은 한 장의 편지가 뜨거운 눈물을 흐르게 하는구나. 며칠을 엄마한테 전화도 못했다. 뭐라 답을 드려야 할지…….

엄마, 답장은 마음으로 쓰겠어요. 60년을 아슬아슬 가슴 졸이게 하고 가슴 터지게 하고, 기가 막히게까지 하면서 얼마나 불효를 저질렀겠습니까? 사랑으로 감싸주시면서 장하다고 칭찬하시지만, 저는 정말 답장조차 쓸 수 없는 부끄러움에 눈을 감아봅니다. 그리고 생각합니다. 좀 더 잘하고 살았어야 했을 것을…….

사랑하는 영춘에게

엄마도 너도 천천히 먹어도 될 나이를 너무 빨리 먹었구나. 네 나이 60, 내 나이 80이 웬 말이냐? 나이는 먹고 싶어 먹는 것도 아니고 안 먹고 싶어도 먹는 것을 새삼 느껴지는구나. 너를 낳고 엄마는 너무 많이 아파서 젖이 안 나와 할머니가 너를 동냥젖을 얻어 먹이고 우유 설탕이 없는 때라 밀 풀 암죽과 설탕 대신 엿물을 넣어 먹이며 할머니의 지극 정성으로 너를 먹여 키웠단다. 세월 탓이며 엄마가 너무 아픈 탓이었지만 너무 미안했다.

그렇지만 건강하고 밝게 자랐으며 쾌활한 성격으로 언제나 모든 일에 긍정적이었으며 또 야무진 성격으로 공부도 직장 생활도 잘하여 부모님께 부담을 주지 않았고 네 스스로 혼수 준비도 잘 해서 결혼하여 손녀 잘 낳고 안정된 생활을 할 만할 때 어찌 그런 일이 일어날 수 있단 말이냐? 평소 야무지고 매사에 신중히 생각하는 사람이 어찌하여 그 엄청난 실수로 사랑하는 처와 아들딸을 버리고 떠나갈 수 있단 말인가. 네 나이 43세, 아주 꽃다운 나이

고마움에 대한 오래된 일기

에 겪었던 일들을 지켜보는 엄마는 마음으로 울고 울었다. 신 서방 없이 친정에 왔다 가는 네 뒷모습을 볼 때 가슴이 찢어지는 아픔을 느껴야만 했다. 17년이라는 세월 동안 아들딸 잘 키우기 위해 혼자서 얼마나 울고 울어야 했단 말이냐. 고맙다. 박씨 가문의 명예를 지켜주었고, 또 현정이를 결혼시켜 쌍둥이의 엄마가 되었고, 너는 쌍둥이 외할머니가 되었구나. 엄마는 증조할머니가 되었고.

또 10월 3일 원석이도 짝지어 결혼시켰으니 이제 엄마의 역할을 다했다고 본다. 이제라도 좋은 친구 만나 남은 여생을 살았으면 한다. 주책없는 생각이라고 생각하지 말고, 잘 판단해 주기를 바란다. 딸아, 고맙다. 마음고생, 육체적 고생 많이 시켜 정말 미안하다. 부모가 무능하여 미안하고 미안하다.

엄마의 역할을 다 하였으니 앞으로 너를 위해 살았으면 한다.

딸을 사랑하는 엄마

며느리 윤미, 별을 품다

2011년 1월 초 며느리 윤미가 임신했다는 소식을 들었다. 8주하고 이틀 됐다고 했다. 2.1㎝의 작은 점으로 한 생명의 신비가 시작되었다. 부디 건강하게 자라서 순산하기를 기도했다. 태명은 '별'이라고 했다.

신접살림 원석이네 집들이도 갔다. 전세로 시작한 작은 아파트였지만, 아기자기 늘어놓은 가구들이 재밌게 산다는 느낌을 주어 기분 좋은 집들이였다. 도서실 같은 책상 배치와 옷장 대신 설치되었던 행거, 많았던 만화책들까지도.

시누이의 딸 정은이가 결혼했다. 검사와 결혼을 하게 된 덕분에 대검찰청에 가보았다. 한복을 입은 사람이 많아야 보기 좋다고 우리는 모두 한복을 입었다. 심지어 친정 동생, 올케들까지도, 시누이 친구, 지인들 역시 곱게 한복을 차려입고 와줘서 참으로 품격 있는 결혼식이 되었다. 시누이네 안사돈께서 웬 친척이 이렇게 많으시냐고 했단다. 보기 좋다는 뜻이었겠지요.

\<엄마와 딸\> 출판기념회를 하다

2011년 4월 10일 엄마와 나는 60, 80 생일을 맞으며 내 인생 기억 속에 가장 크고 값진 추억을 간직했다. 엄마와 딸이 함께 쓴 인생 이야기 \<엄마와 딸\> 출판을 기념해 그동안 엄마와 내게 소중했던 지인들, 친척 친구들을 불러 모아 즐거운 잔치를 벌였다. 신부님들이 오셔서 가정 미사를 올려주시고 가족 합창도 하고 생활성가 가수 김정식 님의 축가와 많은 분들의 축하 말씀까지, 정말 작가처럼 책머리에 사인도 해주며 내 스스로 멋진 나를 보는 듯해서 정말 행복했다.

모든 행사를 준비하기에 애썼던 막냇동생, 지금 생각해도 정말 고맙다. 동생이 있었기에 가능했으니까. 무엇보다 주머니를 털어 모든 비용을 내주신 친정아버지 박만국 님, 멋진 남편이셨고 좋은 아빠이셨어요. 감사합니다.

육순 기념 유럽여행을 떠나다

보림패션의 근무도 정리를 해야 했다. 31년이라는 그 긴 시간, 내 생업의 터전이었고 희망의 샘이었고 때론 내게 엄청난 고난의 고지였다. 29세에 시작해서 31년간 근무를 했던 그곳을 정리하기까지 유

네 번째 소나무와 민들레 가족 행사는 엄마와 나의 인생 이야기를 담은 <엄마와 딸> 출판기념회로 진행했다.

종의 미가 간절했다.

모든 것을 정리하고 나는 퇴직 기념, 육순 기념으로 유럽으로 10박 11일 여행을 떠났다. 루프트한자를 타고 프랑크푸르트공항으로 떠났다. 야호!

영국의 품위 있는 왕실 주거지 버킹검궁전은 외부만 관람하였지만 영국군의 정장 모습이 인상적이었다. 찍고 찍고 다니는 수박 겉핥기 여행이긴 했지만, 프랑스 파리 센강 유람선에서 바라본 에펠탑, 루브르박물관의 비너스상과 레오나르도 다 빈치의 명작 모나리자를 직접 내 눈앞에서 감상한 희열을 잊을 수 없다. 스위스의 퐁듀 샤모니 몽블랑을 조망하기 위해 브레방 전망대에 올랐을 때 만났던 눈보라 때문에 케이블카가 멈춰 버렸을 때의 공포, 각종 각양의 스파게티의 맛, 밀라노에 도착해서 보았던 세계에서 네 번째로 크다는 두오모 성당의 웅장함, 밤에 도착해서 겉만 감상할 수밖에 없어서 아쉬웠던 루이뷔통 매장과 각종 명품 샵의 윈도. 피사의 사탑, 신기하게도 그렇게 오랜 시간 기울어 있다. 다음 로마 성베드로성당의 웅장함과 성스러움, 베네치아의 산마르코대성당 글라스 조각으로 장식된 벽.

베네치아에 울려 퍼진 아리랑

베네치아의 곤돌라 관광 때의 일이다. 아코디언 연주를 하시는 분에게 5유로의 팁과 함께 "유 노우 아리랑?" 하니, 아리랑을 바로 연주해 주신다. 그 반주에 목청이 터져라 아리랑을 떼창으로 부르며 구석구석 물길을 따라 타고 누볐던 베네치아 수상 도시에서의 애국심.

독일엔 무슨 부르크가 그리 많은지. 인스부르크, 로렌부르크, 뷔르츠부르크, 부르크, 부르크 그리고 광장 광장, 이름도 다 기억 못 하지만 그곳에 있는 광장 쇼핑센터에서 사 온 유명 제품들. 쌍둥이 그림이 있는 칼, 궁전에서나 쓸 것 같은 고풍스러운 모양의 접시와 쟁반 등등. 물건 사기 좋아하는 나는 안 사면 손해날 듯이, 그리고 주고 싶은 사람들이 많아서 별거 별거 다 사 왔다. 실리트 압력밥솥이며 프라이팬이며 발사믹 식초, 엑스트라버진 올리브유, 이탈리아 가죽가방, 여행비를 퇴직금 삼아 내주었던 보림패션 언니께 드릴 루이뷔통 가방까지.

유럽여행은 소매치기가 너무 많은 곳이라 긴장해야 했던 기억도 난다. 엄마와 아들 사이인 듯 손을 잡고 에스컬레이터를 오르내리는 사람, 아기를 포대기에 싸서 안은 듯이 다니며 물건을 슬쩍 빼서 숨기는 여인네들. 아, 너무 위험해. 심지어 가이드가 행사비로 쓸 돈을 털리기도 했다고. 하기야 원석이도 카메라를 눈 깜짝하는 사이에 잃어 버렸다고 했었다.

고마움에 대한 오래된 일기

다른 나라로 국경을 넘기 위해 몇 시간씩 달려가던 차 창가의 풍경은 사진에서나 보았던 정말 넓은 초원의 연속이었다. 가끔 나타나는 빨강 지붕의 집들, 풀을 뜯고 있던 소 떼 양 떼의 모습은 그야말로 그림엽서였다. 큰올케와 친구 장정희와 우종식과 함께 했던 첫 유럽 여행이었다.

아, 다시 가고 싶은데 언제 갈 수 있을까? 코로나19가 심하고 환상이었던 유럽에서 오히려 바이러스 감염이 더 심하고 방역이 믿어지지 않으니 말이다.

황혼 육아를 시작하다

유럽여행을 끝으로 보림패션도 은퇴했고 현정이네를 오가며 쌍둥이 보기를 도와주는 황혼 육아의 서막을 열었다. 아픈 지유 때문에 늘 긴장하고 신경을 쓰며 살고 있는 현정이. 나는 나름대로 긴장을 많이 했고 잘 해보고 싶었는데, 때론 현정이 마음에 들지 않는지 가끔 부딪히기도 했다. 내가 애들을 어머님께 맡기고 직장을 다녔기에 애들을 품었던 시간이 많이 부족했던 탓에 육아가 서툴렀던 것 같다. 현정이에게 섭섭한 소리를 들었던 어느 날 밤, 왠지 모를 서러움에 눈물을 흘리면서 밤중에 공원을 몇 바퀴 돌다가 들어오기도 했다. 달밤에 웬 체조냐? 딸과의 생활, 친정엄마와 딸은 더 쉽지 않다더니 그 말에 공감했다.

그리고 육아를 도와준다는 대가로 내게 주는 용돈이 그리 쓰기 편하지는 않았고 사위 보기에 면목이 없었다. 그때 현정이네가 사는 아파트 단지에는 금요일이면 장이 섰다. 시골장처럼 이런저런 채소, 생선, 어묵튀김을 팔았고, 꽈배기도 튀기고 옛날 통닭도 튀기고, 옷도 팔고 맛있는 과일도 팔았다. 맨 위쪽엔 맛있는 토마토를 가져오시는 분도 계셨다. 토마토를 좋아하시는 친정아버지께 일부러 사다 드리기도 했다. 아는 이도 없고 딱히 갈 곳 없는 딸네 집에서 생활하면서 소박한 즐거움을 느낄 수 있는 날이었다. 유모차에 아가들을 태우고 유모차 손잡이에 주렁주렁 검정비닐을 걸어가며 이것저것 장을 보는 재미가 좋았기에.

늘 누군가와 어울리고 많은 스케줄로 바빴던 내가 자기 집에서 갑갑해 하니 현정이가 무척 미안해했던 것 같았다. 지유가 가끔 경기를 심하게 해서 병원을 자주 오갔고, 세브란스병원에서 수술하고 어린이 병동 병실에서 한 달간 입원했을 때 현정이는 엄청난 마음과 몸 고생을 했다. 잠 못 자는 지유를 유모차에 태우고 병동과 병동 사이를 오가며 밤새우던 날들. 겁나던 지유의 머리 수술 그리고 먹이고 먹는 것이 불편했던 병원 생활, 닥친 상황에서 언제나 꿋꿋했던 현정이의 당찬 모습은 참으로 대견했다.

유민이가 태어나다

그해 7월 22일 여름날에 친손자 별이가 태어났다. 이름은 남 여사를 통해 유민이라고 지어주었다. 어머님을 모시고 원석이네를 찾았을 때, 유민이를 바구니에 담아 안고 누룽지 백숙을 먹었던 기억이 난다. 요람 속에 잠든 귀여운 손자. 옛날 생각에 잠기니 별것이 다 새록새록 생각이 나는 게 신기하다. 요즘은 정말 기억해야 할 단어, 지역 이름, 연예인 이름, 중요한 약 이름까지 입안에서 뱅뱅 돌면서 기억이 나지 않아, 어떤 때는 '그거 있잖아. 그거' 하면서 둘 셋이 머리를 맞대야 단어를 완성하는데 말이다. 후후.

유민이의 탄생으로 손주가 셋으로 늘었다. 외손녀 서윤이는 병원에 가 있는 엄마와 떨어져 지내면서 분리불안증으로 말미암아 어린 마음에 상처가 엄청나게 컸으리라 생각된다. 친할머니와 함께 지유가 있는 세브란스병원을 다녀오던 날, 어린애가 울지도 않고 창밖을 말없이 내다보는 모습이 어찌나 가슴이 짠하던지 지금도 그 슬펐던 눈이 생각난다. 무슨 생각을 했을까. 무엇을 참느라 힘들었을까. 아이가 아이 같지가 않았다. 대견하면서도 울컥한다. 서윤아 사랑해. 너는 그때 겨우 세 살이었는데…….

현정네를 오가며 인천에 오면 친목회에 참석했고, 가끔 보림패션에 들러 아르바이트로 재단도 해주고 원단 정리와 매장 정리도 도와주었다.

유민이를 돌보다

2012년은 고모부와 내가 회갑이었다. 고모네 가족과 시어머님과 함께 제주도에 다녀왔다. 인상적이었던 곳은 세계의 유명한 자동차가 즐비하게 전시된 개인 소장의 박물관이었다. 취미도 대단하지만 그 많은 차를 소유한 재력도 만만치 않았다. 에코랜드에서 시간을 보내고 어느 관람 장소는 비바람 때문에 포기했던 것으로 기억된다. 아, 그때 유민이가 몇 개월이었나? 아무튼 어찌나 꼼지락거리는지 편히 기저귀를 갈아줄 수 없을 정도로 잠시도 가만히 있지를 않았다. 아하, 돌 지나면 유민이를 봐주기로 했는데, 만만치 않을 듯 스치는 예감을 우야노?

그해 여름 돌이 지난 유민이를 봐주기 시작했다. 윤미가 직장에 다시 나가면서, 이제 본격적인 황혼 육아가 시작되었다. 매주 수요일이면 이마트 문화센터에 갔다. 비눗방울을 잡으러 다니는 놀이, 달리기, 밥풀 튀기를 한가득 쏟아놓고 만지기. 시장놀이 카트에 들어앉아 움직일 수 없으니까 울던 유민이. 그런 놀이시간에 할머니는 나뿐이었다. 젊은 엄마들 틈에 섞여 우리 애들과 가져보지 못했던 시간을 보냈다.

　　그해 유민 아빠 원석이는 헤드헌터를 통해 CJ로 이직했다. 덕분에 CJ 가족 카드로 CJ그룹 외식상품 모두 30% 할인을 받을 수 있어서 소비가 즐거웠다. 원석이와 윤미가 퇴근길에 들러서 유민이를 데리고 갔다. 너무 늦는 날은 재우라고 해도 꼭 데려가곤 했다. 자기들은 떼어놓는 것이 안쓰러웠겠지. 유민이를 봐주는 일은 그리 쉽지 않았다. 관절이 좋지 않았던 나로서는 쪼그려 앉지를 못해 목욕시키는 일이 고역이었다. 더구나 유민이가 가만히 있지를 않고 꼼지락거려서 목욕을 시키고 나면 땀이 났다. 낮잠도 쉽게 자지 않고 잠귀가 밝아 홀딱 깨곤 해서 포대기로 업고 엘리베이터를 타고 내려가 아파트 현관 앞에서 서성이다가 잠들면 데려다 뉘었다. 길게 자지 않고 금방 깼다. 그맘때 원석이는 아기밀을 젖병에 한 통 타주면 다 먹고 휙 던지고 두 시간씩 자곤 했는데, 만만치 않은 손자님은 잠도 오래 안 주무시고 장난은 심해서 책꽂이에 꽂아놓은 책 다 빼서 패대기치고 그 위에 서서 좋아라 웃었다. 주방 찬장 아래 칸은 다 열어 냄비며 프라이팬을 꺼내 두드리고, 장난감 늘어놓고. 아이고 정신없어라. 잠금장치로 찬장 문 걸어 잠그고 거실엔 매트를 깔았다.

　　깔끔하신 어머님은 주워 담기 바쁘시고, 먹이고 씻기고 재우고 놀아주고 사고 칠까 졸졸 따라다녀야 하고, 주 5일은 피곤했다. 퇴근길에 들러서 어쩌다 먹고 가는 아들네 부부의 저녁 준비까지, 방전상태였다. 유민이를 안 보는 주말이면 그동안 갇혀 있던 답답함에 어딘가라도 나가서 돌아다니며 재충전했다.

서툰 육아로 유민이나 나나 힘들었다. 유민이는 제 뜻을 잘 보듬지 못하는 할머니 때문에 성질내고, 난 잡아보겠다고 힘쓰고, 무한도전이었다. 지금 다시 쓰는 육아일기라면 잘할 수 있겠지. 18개월이 지난 유민이가 옆 동에 있는 어린이집에 가게 되어 나는 오전 시간이 자유로워졌다. 사이사이 예방접종, 키즈카페, 가끔 체험장까지 최선을 다했다.

원석이네서도 육아 사례 용돈을 받았다. 받을 것은 받고 줄 땐 주

유난히 부산스러웠던 유민이. 책꽂이
책을 빼내 어지럽히는 게 즐기는 놀이
중 하나였다.

바람은 지나가려고 분다

자는 게 내 생각이다. 그런데 참 희한하다. 아들네에서 주는 돈은 미안하지가 않았다. 주는 돈에서 일부는 여행자금으로 모으고 어머님도 좀 드리고, 나머지는 유민이 간식비 등으로 쓰겠다고 당당히 말했다. 옛 말에 남편 밥은 누워 먹고 아들 밥은 앉아 먹고 사위 밥은 서서 먹는다고 하더니 왜 그리 표현했는지 이해가 된다.

지완이가 태어나다

그런 중에 반갑게도 현정이가 자연 임신이 되었다. 태명은 쌍둥이 청·홍단에 이어 초단이라 했다. 배는 부른데 지유를 안고 서윤이를 데리고 노심초사 불안의 연속. 건강하게 자라서 순산하기를 기도했다. 브라보! 초단이가 2013년 2월 28일 3.165kg으로 10시 9분에 건강하게 태어났다. 감사합니다.

인생길은 뜨고 지는 별들을 만나는 여정인가보다. 건강하게 태어난 외손자 지완이와의 만남과, 저세상으로 떠나신 친구 복형이 친정엄마와의 사별이 같은 날이었다. 현정이는 인천의 산후조리원으로 와서 보름간 지냈다. 쌍둥이 때 고생을 많이 했던 현정이는 산후조리원 생활이 천국 같다고 했고 힐링 받는 기분이라고 했다. 지완이는 눈빛이 예사롭지 않은 아가였다. 초롱초롱 반짝반짝 눈을 맞출 때의 심쿵한 기분, 해석이 어려웠다. 서윤이는 우리 집에, 지유는 친가에 서로 헤어져 지냈다. 유민이가 서윤이랑 싸우고 깨물고, 이 난처한 순간에는 어찌해야 하는 건가?

서윤이를 데리고 산후조리원에 엄마를 보러 가던 날의 모습이 생생하다. 누이면 눈을 감는 인형을 업고 갔고, 엄마와의 잦은 이별에

어버이날 특집 라디오 방송에 출연했을 때. 엄마는 한 번의 실수도 없이 당신 말씀이 이어나갔다. 대단하신 우리 엄마.

어린 것이 너무나 담담했다. 돌아오는 길에 '서윤아, 할머니랑 우리 맛있는 거 먹고 갈까?' 그랬더니 '갈비탕!' 반짝이는 눈빛으로 반갑게 답했다. 그래, 우리 둘이 맛있게 먹자. 이학갈비에 들러 갈비탕을 먹고 온 생각이 난다. 너무 착한 우리 서윤이.

라디오 방송에 출연하다

봄날 엄마와 나는 <엄마와 딸> 책 덕분에 mbc FM "성경섭이 만난 사람"이라는 라디오 방송에서 공중파를 타는 기쁨과 영광을 누렸다. <엄마와 딸>을 구독하신 아나운서께서 우리를 어버이날 특집 방송에 초대해 사전 녹음했다. 엄마의 차분하고 또박또박한 대답은 나보다 한 수 위이셨다. 한국전쟁 통에 나를 낳으시고 피난 시절과 군인

가족으로 겪어 오신 산 역사의 증언, 순위도에서 생계를 위해 나를 업고 고무신 장사를 나갔다가 생명의 위협까지 받았지만 결국 남편을 만났던 얘기며 한 번의 NG 없이 잘하셨다. 어버이날 방송이었던 만큼 엄마에게 포커스를 맞췄다. 그날 아나운서가 사담으로 내게 웃으면서 빈궁마마의 뜻을 물었다. 자궁근종으로 인해 자궁을 적출했기에 빈궁마마가 되었다고 쓴 그 글귀가 재미있는 듯이 "이렇게도 표현하는군요." 했다. 빈궁마마 그리고 당찬 여자, 난 그런 여자다. 당찬 여자가 뭔지 모르시는 분, 당뇨 환자라는 뜻입니다. 별로 자랑할 일은 아니지만.

즐거운 노년은 배움에서

그래, 즐겁고 행복하고 보람있게 노년을 보내 보자. 그래서 지금은 가수가 되신 채연아 쌤과 하는 노래 교실을 다니기 시작했다. 일주일에 한 번 만나지만 즐거운 모임이고, 이리저리 바람도 쐬러 나가고 이곳저곳 맛있는 거 먹으러 다니며 정이 들어갔다. '천년 지기', '보약 같은 친구'를 함께 부르며 좋아했다.

연수구청 평생교육 프로그램 중 실전 여행 영어강좌에도 등록했다. 영어를 배워서 여행지에서 써 먹어보자. 꿈도 야무졌다. 영어를 쓰고 읽어본 지가 언제였던가? 만만하게 생각했는데 예상을 뒤엎었다. 읽히지도 않는 긴 단어들, 짝지어서 주고받는 대화 연습. 쉽지 않아, 안 쉬워. 3개월 정도가 한 학기였는데 끝은 봐야지, 인내심을 가지고 도전했지만 역부족이었다. 왜 이걸 시작했나 후회했다. 재밌는 걸 해야지, 이건 더 스트레스를 주네. 포기. 자존심이 상했지만, 포기가 답이었다.

현정이네 가족이 난징으로

그해 가을 현정이네가 난징으로 출국했다. 사위 정 서방이 그곳 주재원으로 파견되었다. 8개월이 된 지완이, 쌍둥이, 그래도 그곳에서는 가정부를 두고 살 수 있다 해서 덜 걱정됐다. 지완이는 엄청나게 장난이 심한 아이로 자랐다. 백일 날에 뒤집기에 성공한 별난 아기, 별종이라며 신기해했다.

가야 하니까 가는 것이고 가는 게 좋으니까 결정한 것이리라. 그래서 막지도 잡지도 못하는 일이지만 참으로 서운했다. 보내놓고 문득문득 보고 싶어 울컥했다. 아무래도 쉽게 찾아가 만날 수 있는 대전보다는 난징은 멀었다. 비행기를 타는 시간이 그리 길지 않았지만, 떠나기가 쉽지 않아서 그랬다. 모쪼록 건강하고 행복한 생활이 되기를. 4년이 될지 더 있을지는 모르겠지만 덕분에 난징에도 가 볼 기회가 생기겠네, 비행기도 타 보자, 그렇게 긍정적으로 생각하기로 했다.

원룸 사업에서 겪은 일들

주안에 있는 원룸은 가끔 손질과 수리가 필요했다. 건물이 낡으니까 페인트칠도 하고 방수 처리도 하고 에어컨도 갈아주고, 지출이 많아졌다. 공실도 들쭉날쭉, 임대료 입금도 들쑥날쑥, 때론 내가 나서서 싱크대 찬장 시트지를 다시 붙여주고 베란다 수성 페인트칠도 직접했다. 그렇게 소소한 것은 누구에게 일당을 주면서 할 수 없는 일이었다. 확 바꿔주고 싶은 생각이 들 정도로 낡은 싱크대도 있어서 이런 환경에서 살아주는 세입자가 고맙기도 했다. 하지만 한 가구만 그런 교체를 할 수 있는 건 아니라 언젠가는 거금이 들어가겠구나, 앞으로 많이 들어가야 할 수리비가 좀 걱정되기도 했다. 때가 되면 갈아타야지.

한번은 이런 일도 있었다. 관리 담당인 남 실장한테서 전화가 왔다. '사모님, 몇 호실 좀 가 봐 주실래요?' 다음 날 아침에 그곳에 가 보았다. 맙소사, 이럴 수가. 모든 유리문에 유리란 유리는 전부 깨트려 우수수 쏟아져 있고, 침대 매트리스는 더럽고, 1.8L 페트병 가득히 채워진 담배꽁초. 이게 무슨 일이래요? 동거하던 남녀가 싸우고 이별한 흔적. 살인사건이 안 난 게 다행이다 싶었다. 실장님의 하소연, 연락이 안 되고 월세가 안 들어와 찾았더니 이 지경이라고. 참으로 놀랐다. 상식적으로 이해가 안 되는 사람들의 발자취가 무서웠다. 역시 관리는 아무나 못 하구나 하는 생각이 들었다. 어지럽혀진 그 방은 관리실장이 말끔히 치우고 유리도 새로 다 갈아치웠다.

건물 바로 앞에 인천가정법원이 신축되면서 골목은 산뜻해졌다. 그래도 앞으로 수리비용이 많이 생길 것이 예상되어 걱정을 떨쳐 버릴 수 없었다.

원석이가 아파트를 장만하다

CJ로 갔던 원석이는 불과 1년을 못 채우고 다시 카카오로 옮겼다. 선수금 일부를 갚고 옮겼지만, 더 나은 연봉이라 괜찮다고 했다. 나는 CJ가 대기업이니까 더 좋은 거 아닌가 하는 편견을 가지고 있었고, CJ 가족 할인 카드가 좀 아쉽기도 했다. 카카오 입사 후 원석이가 권유해 사두었던 우리 사주 덕분에 얼마의 수익을 냈고, 원석이는 수익금으로 윤미에게 BMW 자동차를 선물했다. 멋지다. 나중에 송도 그

린에브뉴 7단지에 아파트를 마련하는 데 큰 보탬이 되었다.

40평짜리 아파트를 계약하고 뿌듯한 마음에 아파트 단지 앞에서 차를 세우고 나한테 감격과 감사의 문자를 보내왔다. 엄마가 신혼 때 보태주셨던 전세금이 씨앗이 되어 맘에 드는 집이 생겼다고 감사하다고. 12층짜리 낮은 건물 11층이었다. 주방 쪽으로 탁 트인 뷰가 좋은 집이다. 수납할 수 있는 공간도 많고 인테리어 공사를 자기들 취향대로 모던 코드로 하고 입주했다. 그래, 나도 고맙다. 잘했다.

현정이가 사는 난징에 가다

2014년 초에 현정이네가 가 있는 난징을 방문했다. 어머님과 둘

손팻말을 들고 나를 마중나온 서윤이와 지완이. 누나의 손팻말이 부러운 듯 그림책을 들고 있는 지완이 표정이 사랑스럽다.

이서 가는 설레는 여행이었다. 딸 덕에 비행기를 탄다더니 난징을 가보게 되었다. 공항으로 마중 나온 현정이와 서윤이를 만나 한참을 달려 집에 도착했다. 정문에 경비초소가 있는 단지 내 2층이었다. '아이'라고 호칭하는, 지완이를 돌봐주고 집안일을 해주시는 분을 만났다. '아이', 우리 말로 해석하자면 이모님 정도. 돌이 가까워진 지완이가 이 '아이'를 따라 짧게나마 중국말을 했다. 전등 스위치를 누르며 따, 따, 그리고 한 계단씩 내려가며 이, 알, 싼, 쓰, 어머 어머 너무 귀여워라. 나중에 중국어를 배우며 안 거지만, 하나 둘 셋 넷, 그리고 따는 무엇인가 터치한다는 말이었다.

현정이네가 살고 있던 곳에는 관광지가 많지 않았다. 난징대학살 기념관이 있었지만, 거기는 그 다음 방문 때로 미루었고, 현무호, 중화문, 노문동 등을 갔다. '라오몬동'(노문동) 안에 스타벅스가 있고 그곳에도 스타벅스 커피 바람이 시작됐다. 가는 곳마다 자전거, 오토바이가 넘쳐났다. 현정이네는 띠엔동이 교통수단이었다. 전기를 충전했다 쓰는 오토바이보다 좀 넓은 공간의 나름 유용한 문명의 이기다. 사위의 안내로 중국서 성공한 한국인이 운영하는 한국인 식당에서 식사를 하고 참깨도 사고 마사지도 받고, 또 다른 식당에서 훠궈도 먹어보았다. 어마 무시한 크기의 상점들, 때국 맞아요. 가는 곳마다 多, 多, 大, 大.

중국어와 텃밭농사에 입문하다

현정이 가족을 보고 오니 안심이 되고, 사는 모습이 눈에 그려져서 그리운 마음도 달랠 수 있었다. 중국어에 입문했다. 다음에 딸네

가면 중국어로 '아이'에게 말을 건네 보리라. 시장에서 물건도 사보리라. 현정이네 다녀온 후 바로 봄 학기부터 시작했다. 유민이가 어린이집에서 3시 반에 하원 하니까, 오전 시간은 낼 수 있었다.

중국어 입문으로 새로운 활력이 생겼다. 현정이 또래의 젊은 엄마부터 동년배의 학우까지, 30대부터 60대, 그렇게 동문이 되어 새로운 언어를 배우고 간간이 식사도 하고 서로의 지난날에 관심을 가지며, 중국 국적의 선생님과 함께 중국 문화도 배우고 이것저것 알아가기 시작했다.

동갑내기 정도의 남학생님, 은퇴 후 무언가 도전하시고파 오신 분들이었다. 중국 관련 사업체가 있는 분, 또는 중국인 사위를 두신 분도 계셨다. 쫑파티 때 막걸리에 파전을 먹으며 화려했던 현역시절의 추억과 자식들 이야기며 노후자금 모으고 쓰는 이야기며 공감대가 꽤 많다. 우리네 정서는 같은 음식을 나눠 먹으며 정들지 않던가. 그냥 편안하게 만나서 먹고 터치 페이로 내고, 때론 좋은 일 있는 사람이 한턱내기도 해서 참 편안하다. 중국어를 웬만큼 배웠을 때 선생님이 중국어로 자기 가족 소개도 하고 생일 또는 휴일에 뭘 했는지 말해 보라고 차례대로 시킨다. 가까스로 단어 연결로 서툴게 말했는데, '여사님하고 김봉학 선생님은 생일이 같으시네요.' 한다. 그러고 보니 영어강좌에서 만났던 분이었다. 생일이 같고 안면도 있고 또 내 짝꿍 명옥 언니랑 한동네에 살아서 카풀도 하셔서 차도 마시고 조금씩 친해졌다.

그러던 어느 날 김봉학 님께서 선학동 실버농장을 분양받았는데 같이 가 보자 해서 명옥 언니와 따라 나섰다. 그 김에 반쯤 되는 고랑을 빌려 텃밭 농사에 입문했다.

깨 씨를 뿌려 모종해서 들깻잎을 따 먹었다. 땅을 비집고 올라오는

바람은 지나가려고 분다

새싹의 힘, 쑥쑥 잘도 자라주었다. 그다음 해에는 나도 분양을 받아 상추며 고추며 가지며 금액으로 치면 얼마 안 되는 거였지만, 내 손으로 지은 결실은 가격 이상의 품격을 갖춘 먹거리로 나를 즐겁고 또 바쁘게 했다. 상추를 먹어본 친구, 친정 식구들도 시장에서 사다 먹는 것과는 신선도나 맛이 다르다고 좋아했다. 이런 기쁨이 해마다 나를 실버농장 텃밭 일에 열심하도록 만들었다. 이제 7년의 경력자가 되었다.

난징대학살기념관에서 생긴 일

현정이가 난징에 살고 있을 때 정은네 식구는 상하이로 갔다. 조카사위가 일 년간 유학 안식년이었다. 그 덕에 고모네 식구와 함께 상하이 가족 여행을 하게 되었다. 강 하나 사이로 문화적 차이를 확연히 느끼게 하는 곳, 상하이. 상하이는 두 번째였는데 언제 어느 곳을 갔었는지 잘 모르겠다. 상하이의 와이탄, 동방명주, 푸동에서의 식사, 불빛 쇼도 보았고 엄청나게 크고 신기하고 인간의 한계가 어디까지인지 가늠이 안 되는 서커스도 봤다.

요우이쓰(有意思), 듀어씨아오치엔(多少錢), 그동안 배운 중국어 한마디 해보니, 그것도 여행 재미를 더해줬다. 상하이의 달밤, 시누이와 딸 정은이, 나와 딸 현정이랑 밤새 마셨던 칭다오 맥주. 얘기도 많이 했지만 맥주 1박스가 모자랐다. 아쉬운 밤이었다. 칭다오 맥주는 알코올 3.5%. 그래서 취하지도 않았나 보다. 싱겁다면서 더 없어서 아쉬워 했다.

원석이네랑 난징에서 합류해서 소문난 샤오롱바오를 먹었다. 줄을 서서 먹는 집이었는데 윗 층을 올라갈수록 만두값이 비싼 집이었다. 우리는 2층에서 먹은 것 같다.

아! 그런데 난징대학살기념관에서 큰일이 생겼다. 입장하기 전에 우리는 모두 기념관 입구 한편에 모여 있었는데 시어머님이 없으시다. 분명히 따라오시는 걸 봤는데. '어떻게 어떻게' 걱정하며 오던 길과 다른 길도 찾아봤으나 안 계셨다. 결국 정은이 남편 고 서방이 기념관으로 들어가 어머님을 찾았다. 아주 한참을 들어가서 찾았단다. 입구에 모여 있던 우리를 못 보신 탓에 입장했다고 생각하시고 앞으로 앞으로 우리를 찾으며 가신 거다. 그 기념관은 조명이 어둡고 사람들이 줄지어 밀려 밀려 들어가게 되는 그런 곳이었다. 놀라셨고 두려움에 떨고 계셨던 어머님이 당신을 버렸다고 역정을 내셨는데, 누가 설명을 드려도 통하지 않았다. 어머님만이 아니라 우리도 놀라고 아찔한 순간이었답니다.

헬레나와 절친이 되다

2014년 4월에는 세월호가 침몰하는 사고가 생겼다. 학생들의 떼죽음, 어찌 저럴 수가 있는 건가, 뭐를 어떻게 했길래 저런 비극으로 온 나라를 뒤집어 놓을 수가 있을까? 연이어 밝혀지는 비리들, 안전불감증의 엄청난 결과가 놀랍다.

그즈음에 헬레나의 남편이 3년 이상의 항암 투병 끝에 세상을 떠나셨다. 나와 동갑이신 분이다. 그때 나이 63세. 동병상련이라 했던가. 남편을 보낸 헬레나가 마음에 쓰였다. 사별한 사람을 위로하는 가장 좋은 방법은 함께 있어 주는 것이다. 그렇게 슬픈 생각에서 벗어나게, 덜 빠지게 해주는 것이 힘이 되고 시간을 흘려보낼 수 있다고 생각했다. 내가 남편을 잃었을 때도 혼자 있으면서 깊은 생각에 잠기면 더 슬펐다. 헬레나를 위해 시간을 내어 멀리 드라이브도 가고 밭농사도 같이, 여름휴가로 서해안도 친구들과 같이, 밥 먹는 일도 같이, 그렇게 가까워졌다. 학교 운동장 아침 운동에서 만난 인연이었다. 후엔 수영장도 같이, 노래 교실도 같이, 내 친구들과도 같이, 헬레나 친구들과도 같이, 가장 가까이에서 자주 만나는 절친이 되었다. 서로에게 좋은 인연이다. 소중하게 생각하고 잘 가꾸어 보자. 가까울수록 예의를 지켜야 한다. 좋은 관계도 노력이 필요한 거다.

그리스와 터키 여행을 하다

2015년 여름 친정엄마께서 넘어지면서 어깨가 골절되어 입원, 수술, 재활로 고생하셨다. 오른팔을 못 쓰게 되는 것은 보통 고생이 아니고 엄청나게 불편한 일이다. 식사, 화장실 가는 일은 더더욱 난처하였다.

나중에 나도 오른쪽 어깨가 몹시 아파 MRI를 찍었더니, 인대가 고무줄 삭듯이 늘어지고 끊어진 곳도 있으니 쉬운 수술은 아니지만 수술하라고 했다. 엄마가 고생하신 때가 생각나 포기했다. 나중에 한의원에서 침 치료를 받고 한약을 먹고 운동으로 수영을 했다. 다행히 지금은 큰 불편 없이 잘 지낸다.

가을에 그리스와 터키로 여행을 다녀왔다. 카파도키아에서 열기구를 타고 내려다본 신비로운 풍경은 미국 그랜드캐니언보다 경이롭고 멋졌다. 열기구에 뜨거운 바람을 불어넣어 타이밍을 맞춰 띄워준다. 공중에 뜨면 작은 풍선 같아 보이지만 20명이나 탑승했다.

고마움에 대한 오래된 일기

타이밍에 대해서 생각했다. 어떤 순간에 꼭 말해야 하는 진심, 가장 잘 맞을 때 표현해야 하는 감사. 그런데 때때로 타이밍을 놓친다. 후회하게 되어 마음이 시끄럽다. 속이 화끈 타들어 간다. 열기구를 달궈 띄우는 타이밍이 중요하다.

그리스의 회색 도시, 폐허가 된 옛터들, 발리 춤을 추던 여인, 그리스로 넘어가기 위해 탔던 배, 거기서 만난 난민들, 그래서 좀 두려웠던 선상의 하룻밤, 가이드의 상품 판매 때문에 불쾌했던 기억, 높은 산꼭대기 위에 지어진 수도원.

그런데 어디였는지 생각나질 않네. 난감하네. 내 머리, 가슴에 남은 아름다웠던 풍경, 신비로운 자연, 경이로운 섭리들만 기억으로 간직할 수밖에.

두 번째 난징 방문 때의 해프닝

현정이네가 난징에 있을 때인 2016년, 두 번째 난징을 방문하려고 공항에 나갔는데, 웃지 못 할 해프닝이 있었다. 중국은 비자가 있어야 해서 복수 비자를 냈었다. 일 년에 두 번 갈 수도 있었으니까. 현정이네로 가져갈, 바리바리 싸 온 수하물을 부치려고 하던 원석이가 난처한 표정으로 '엄마. 오늘 못 가겠네요.' 한다. 1차 다녀온 후 6개월 안에 써야 하는데 만기가 지난 것이다. 당황스럽고 난감했으나 현정이와 원석이가 서로 급히 연락하더니 항공편을 연기하고, 그길로 서울 여행사로 가서 무려 3배의 수수료를 내고 급행 비자를 만들어 이틀 뒤 출국했다. 아들의 빠른 대처에 엄지 척. 你真棒(니쩐빵).

난징에 도착했는데, '아이'가 현정이네 고장난 청소기를 고쳐 놓았다 하길래 '니쩐빵' 하면서 엄지 척을 해주니 환하게 웃었다. 그래서 또 한마디 써 보네. 再见(짜이지엔).

친구들과의 장가계 원가계 여행

2016년 봄에는 원석이네가 어머님과 나를 초대해 일본 후쿠오카, 유후인에 2박 3일 여행을 다녀왔다. 전통 다다미방에서 자고 노천탕에서 함께 온천도 하고 정식 일본 상차림의 아침 식사를 했다. 며느리의 며느리와 함께한 여행이었다.

또 친구 정희와 동분, 동선이랑 어느 산악회에 끼어서 4박 5일 장가계, 원가계 여행을 갔다. 아슬아슬 잔도(험한 벼랑 같은 곳에 선반을 매달아 놓은 듯이 만든 길), 그것도 유리 잔도. 비행기가 통과한다는 구멍 뚫린 천문산 그리고 높은 계단. 공사 중이었지만 엄청나게 길었던 에스컬레이터. 엄청나게 큰 동굴 안에서의 보트 타기. 중국의 거대함 그 자체. 영화 <아바타>가 촬영됐던 멋진 풍경 앞에서 기념사진도 찰칵. 흔들거리던 긴 다리. 그날 안개가 끼어 아래가 내려다보이질 않아서 실감을 못 했지만 보였다면 오금을 펼 수 있었을까? 아주 높은 곳에 다리도 엄청 길었으니. 배운 중국어의 실력으로 망고를 싸게 사 들고 와 실컷 먹었다. 시원한 맥주도 사 마시고 열매 과일을 사면서 "便宜点儿"(피에니이디알, 깎아 주세요.), 정말 많이 깎아 준다.

참 잘도 돌아다닌다. 그래서 늘 바쁘네. 하지만 오늘이 가장 젊은 날이라고 하지 않던가. 그리고 더 젊었을 땐 열심히 일하지 않았던가.

성환의 새 건물 건물주가 되다

드디어 주안에 있는 원룸 건물을 옮겨볼 기회가 왔다. Change가 Chance라 했던가. 변화가 기회로 나에게 와줬다.

재테크의 귀재, 고모의 적극적인 후원으로 성환에 건물을 새로 지어 분양한다는 곳을 구경하러 갔다. 길모퉁이에 이층집이 있는 터와 나 대지가 함께 있는 곳으로, 성환역에서 10분 정도 거리에 있어서 느낌이 좋은 곳이었다. 네 동을 짓는다고 하여 길모퉁이에서 가까운 A, B동을 찜했다. 주안 원룸도 관리를 해주던 남실장이 사고 싶다 해 적정가격으로 쉽게 매매가 이루어졌다. 아, 정말 감사의 기도가 절로 나오는 순간이었다. 베풀어주신 은총에 감사드립니다. 중간에 함께 투자하기로 했던 원석이는 빠지고 나 혼자 모퉁이에 자리한 A동을 취득하기로 했다. 땅을 사고 건물을 지으면서 제때 투자해 130평 넘는 대지 위에 건평 200평, 방 18개, 엘리베이터도 있고 주차공간도 넓은 건물의 건물주가 되었다. 책임 관리까지 해준다니 이제 노후 걱정 없이 살 수 있다.

일정 수입이 보장되니 욕심 없는 여유가 기쁘고 행복했다. 지인들과 가족들과 기쁨을 나누고 맛있는 식사도 하고, 뭐 이렇게 살면 그게 행복이 아니겠는가? 인생 뭐 있어, 재밌으면 되는 거지.

공부도 하고 친목도 하고

유민이가 하원 하는 시간이 3시 30분이었고, 나는 3시에 알람을 설정해 놓고 그 전 시간에 친목 모임도 하고 공부도 하고 시간을 쪼개 썼다. 노래 교실, 중국어 공부, 텃밭 농사 등등. 노래하면서 만난 여인들은 모두 좋은 사람들이다. 사람에게서 나는 향기가 있다고 하지 않던가. 각자의 좋은 향기를 지닌, 자그마치 나를 포함 열두 명, 셋째 수요일에 만나는 미인들. 이름하여 "수·세·미". 기발한 이름에 모두 만족했다. 우리는 수세미. 수세미 회원 딸 덕분에 제주도 연수원을 갈 기회도 생겨 2박 3일 제주도여행을 또 한 번 다녀왔다.

그리고 2016년에는 성당 기도 모임인 레지오 마리에에도 입단했다. 12월에 레지오 단원 선서식으로 "사랑의 샘" 쁘레시디움(레지오 마리에 소모임)의 정식 단원이 되었다. 신심 풍부한 단장, 살갑게 챙겨주는 자매님들, 예쁘게 살고 있는 단원들, 나도 기도하는 신앙생활을 하면서 그렇게 나이를 먹어보자.

현정이 가족의 귀국과 호 신부님 은퇴

그런데 정 서방의 주재원 생활이 계획된 것보다 빨리 끝나 3년 반 만에 귀국해서 LG화학 사택에 입주했다. 좁아진 주거 공간, 서윤이의 학교 문제 등 좀 편치 않은 귀국이었던 것 같았다. 어쩌지. 그러나 항상 길은 열려 있는 거니까. 현명한 현정이가 최소한의 가구, 살림으로 미니멀 라이프의 선두주자가 되었다.

연말 호인수 신부님의 은퇴미사에 원석이와 함께 참석했다. 신부님 가족들이 마련하셨다는 음식들, 소머리국밥, 따끈해서 더 맛있었다. 겸손 겸허하고 품위 있는 평소 모습대로 은퇴식을 준비하셨다. 그동안의 사제생활을 보여주듯 전 신자께 올리시던 큰절, 가슴이 뭉클했다. 막냇동생과의 특별한 인연으로 우리 가족의 행사에는 참 시간을 많이 함께해 주셨다. 신재선 요셉의 장례미사, 부모님들의 생신 행

우리 형제만큼 자주 만나는 사람들도 드물 것이다. 만나면 다툼이나 갈등 없이 늘 즐겁고 행복하다.

사 등등. 참 감사합니다.

베트남 형제 여행

우리 형제자매는 여행자금 겸 행사비로 매달 회비를 내서 모아둔 자금이 꽤 있다. 2017년이 되자마자 작은올케 겨울방학을 틈타 4박 5일 베트남 호치민 여행을 했다. 호치민에는 친정엄마의 사촌여동생 원미연 이모가 있다. 나이는 나보다 적지만 이모인 셈이다. 엄청난 미인이고 호치민에서 한식당도 하는 꽤 영향력 있는 이민자시다. 남동생 원승연은 금융감독원 시장 담당 부원장을 2020년 6월까지 지내시고 다시 대학교 교수로 돌아갔다. 우리 외할아버지가 맏아들이셨고, 셋째 외할아버지의 자녀들이다. 내가 나이가 많으니 조카님이라고 부른다.

여행지 지명은 기억하는 것이 별로 없다. 그걸 그리 외우려 하지도 않고 다녔다. 같이 있는 것만으로도 좋은 우리 형제들은 가는 곳마다 최선의 기쁨과 최고의 즐거움에 행복해 했다. 와인공장도 가고 무이네 사막에도 갔다. 사막이라고 그저 고운 흙가루 벌판이었지만 바퀴가 큰 차를 타고 횡단의 스릴을 즐겼다. 모래바람을 막겠다고 둘둘 말고 눈만 빼꼼히 내놓고 줄지어 걸어가는 모습이 마치 난민 같았는데, 아무려면 어떠하랴. 즐거웠노라. 그랬으면 끝인 거 아닌가.

손자들과의 열흘

중국에서 돌아온 후 사위 정 서방은 중국 아니면 미국으로 출장을 자주 갔다. 일주일 아니면 열흘 이상도 갔다. 그럴 때는 현정이가 난감해진다. 아침에 아이 셋을 학교로 어린이집으로 보내는 게 쉽지 않다. 지유를 태워 보내고 서윤이를 학교까지 데려다주고 지완이도 어린이집에 보내야 하고, 파트타임으로 하는 어린이집 영어 강사로 출근해야 한다. 그럴 땐 나에게 SOS를 청한다. 시간이 되면, 아니 되도록이면 대전으로 내려가곤 했다.

봄날에 정 서방이 미국으로 출장을 가게 돼서 지완이를 우리 집에 데려다 놓고 귀국길에 데리고 가기로 했다. 10일이 넘게 엄마와 서윤이, 지유와도 떨어져 나와 함께 있던 지완이, 넘 기특했다. 뭐든지 제가 한다고 세수도 혼자, 샤워도 혼자, 먹는 것도 알아서 잘 먹고, 먹고 싶으면 해달라거나 사 달라고 말했다. 유민이랑 만나서 키즈카페에도 가서 같이 놀았다. 자전거도 유민이 형보다 빨리 타고, 그네도 멀리 높이, 아기 때부터 예사롭지 않더니만 매력일까 마력일까. 셋째들이 가진다는 그 무어랄까, 참 사랑스러운 아이다.

우리 유민이는 혼자 지내다 지완이와 어울리면서 형아 노릇하고 친구 같이 샘내고 그러다가 한바탕 싸우고 또 손잡고 놀고, 아이들은 역시 애들이다. 유민이의 형아 노릇이 참 대견스러웠다. 출장서 돌아온 제 아빠를 따라 내려갈 때는 좀 서운했다. 열흘 이상 친손, 외손들과의 손자 사랑에 빠졌었나 보다. 그때는 할머니 노릇을 잘했던 것 같은데 나만 그렇게 생각한 건가.

풀꽃처럼 살고 싶다

이렇게 써 내려간 추억을 다시 읽어 보니 부끄럽다는 생각이 들기 시작했다. 뭐 그리 대단한 일이라고 멋쩍게 내 생활을 들춰내고 있는 건지. 재미 있는 소설도 아닌데, 감동 있는 시도 아닌데, 지식을 전하는 전문서적도 아닌데, 풀꽃 같은 인생, 잡초 같은 인생 이야기일 뿐인데.

나태주 님의 시 '풀꽃'을 읽고 용기를 낸다.

풀꽃

자세히 보아야 예쁘다
오래 보아야 사랑스럽다
너도 그렇다

생일에 막냇동생이 내게 준 손편지에 쓴 짧지만 예쁜 시. 그리고 풀꽃 같은 우리 큰누나라고 적어 보내 왔다. 풀꽃을 자세히 보고 있어 봤다. 오래 봤다. 정말 앙증맞게 작은 풀꽃은 예뻤다. 쑥 자라 오른 줄기 끝에 나비 모양인지 나팔 모양인지 눈송이인지 흔들리는 풀꽃들. 그냥 소박하다. 비바람 맞으며 흔들려도 피어난 자태 그대로이다.

알게 모르게 많은 비바람으로 흔들리는 내 인생 이야기. 그러나 비 맞은 후 햇살에 살아나는 싱싱함을 기억해 보자. 브라보! 나의 인생. 나는 내 인생에 마술을 건다. 장미가 피어나고 비둘기가 날도록 슬픈 생각은 짧게, 머리가 아니라 가슴으로 산다. 왜? 나로부터 편해지고 싶어서. 때론 백치다. 속없는 당당, 무지한 용기가 내 삶의 원천. 흐르자. 바다를 향해! 노 프로블럼.

보드카에 취했던 몽골의 밤

지금이 내 인생의 봄날이다. 어디든지 간다. 그 유명하신 김형석 교수님 말씀도 젊은 나이보다 모든 것을 지나온 노년이 더욱 좋다 하지 않으시던가. 백세 시대의 모범 증인이지 않으신가. 나도 공감한다.

이번엔 몽골, 러시아로 떠났다. 닭띠 여인들이 환갑을 맞았다. 헬레나 친구 4명, 우리 친구들 4명, 모두 8명이었다. 바다 같이 거대한 호수 바이칼, 몽골에서의 게르 체험, 쏟아질 것 같은 총총한 별들, 하늘을 촘촘히 수놓은 영롱한 은하수, 넓고 푸른 초원.

게르에서의 첫날밤. 내가 만들어 싸 갔던 김치 볶음과 깻잎 순 조림 안주에 그 독한 45도짜리 보드카가 그렇게 맛이 있을 수 없었다. 캬! 독하지도 않나? 한 병을 게눈 감추듯이 뚝딱. 카페에서 한 병을 더 사다 마셨다. 나중에 면세점에서 그 술을 엄청 비싸게 사 마셨다는 걸 알았다. 그때 얘기를 가끔 한다. 술에 취한 정희가 내 귀에 대고 어찌나 조잘거리는지. '얘! 저리 좀 가라. 시끄러워서 못 살겠네.' 처음 보는 모습이라서 더 재미있고 웃겼다. 기분을 좋게 하는 건 무조건 술이 최고야.

정희와 나는 함께 여행을 많이 다니는 편이다. 따로 다른 모임이나 가족과 함께 여행도 다니지만, 국내여행이나 해외여행이나 누구누구가 어딜 간다는데 우리도 껴서 가볼까? 두말하면 입이 피곤하지. 무조건 오케이. 기회만 오면 언제 어디든지 간다. 찰떡궁합이다. 우리 형제들과 함께 미국과 호치민을 갔을 때도, 산악회에서 장가계를 갔을 때도 나의 룸메이트가 되어주었다. 오랜 세월 가까이에서 내 곁에 있어 준 사람. 그래서 친구가 아닌가.

몽골에서 러시아로 가는 시베리아 횡단 열차를 탔다. 창가에서 바다가 흐르고 있는 듯한 바이칼 호수의 그 거대한 광경을 핸드폰 동영상으로 담고 싶었지만 다 담을 수 없다. 이 신비를 어찌 작은 네모 안에 담을 수 있겠는가.

국경을 넘는 절차는 엄격했다. 기차가 정지해 있을 때는 화장실을 못 간다. 화장실 때문에 차마 기록하지 못할 에피소드도 만들어 냈다. 곧게 곧게 뻗은 자작나무 숲 거닐기. 바이칼 호수에 발 담그기. 이르쿠츠크 부르크의 너무 예쁜 정원. 역사적인 인물의 일생에 관해 설명을 듣기도 했건만 누군지 기억에 없네. 여행 갈 때 주었던 일정표라도 보관해 둘 것을, 정리한다고 다 버렸다. 버리는 게 다 좋은 게 아니네.

요즈음 "신박한 정리"라는 TV 프로그램이 대세인데, 그 프로그램에서는 많은 물건, 특히 추억 때문에 못 버리는 물건을 정리하고 덜 필요한 것을 비워내서 단순하게 살고픈 사람들을 돕는다. 유명 연예인들이 줄을 서서 출연한다. 나도 몇 년 전 일본 작가의 <나는 단순하게 살기로 했다>를 읽은 후 정리의 힘에 공감했다.

외국인노동자가 된 원석이

원석이가 도쿄에 있는 라인(Line)으로 이직하면서 식구를 데리고 외노자(외국인노동자)로 살겠단다. 지척에 있는 것보다는 아무래도 자주 못 볼 텐데. 하지만 내가 뭘 어쩌랴. 젊은 애들이 자기 인생을 작정하는 건데, 잘 해보겠다는 계획인 것을.

원석이가 먼저 출국하고 이어서 유민이와 며느리가 출국했다. 윤미는 마치 계획했던 것처럼 일본어 공부도 열심히 하고 일식 요리 공부를 1년이나 해서 조리사 자격증도 땄다. 일본에 가기 전에 전통식으로 손질해 차린 생선회, 맛깔나는 생선조림과 튀김 요리를 해주었다. 아파트를 반월세로 놓고, 받은 월세에 보태서 일본 집 월세를 내야 한단다.

현정이네가 난징에 있을 때 여러 번 갔었다. 아들 덕분에 이번에는 일본에 갔다. 호강이기도 한 것이다. 2017년 늦가을 원석이가 쉬는 주말을 끼고 3박 4일로 갔다. 일본에서는 주차장 비용이 너무 비싸서 승용차를 소유하는 게 어렵단다. 자전거를 많이 타고 대중교통을 이용해야 했다.

신주쿠역 중심에 뉴우먼(Newoman) 건물 안에 원석이가 다니는 라인(Line)이 있다 했다. 번화가였다. 서울의 강남 같은 곳. 그 건물 근처를 돌면서 쇼핑센터도 가고 스미다강 수상버스도 타고 도쿄타워의 야경도 보고 도쿄 청사 전망대도 올라가 보았다. 도쿄 청사는 엄청나게 컸다. 우리 집 앞 연수구청도 크다 했는데 비교가 안 되게 컸다. 쇼핑도 재밌었다. 내 취향의 물건들이 많아서 사고 싶은 게 너무 많았다. 갈 때보다 올 때 가방의 짐이 더 많아졌다. 일본 집들은 작지만 알차게 설계돼 있어서 나처럼 혼자 사는 사람은 그대로 한국으로 옮겨서 단출하게 살면 좋겠다는 생각을 했다. 역시 보고 오니 안심이 되었다.

무릎 수술을 하다

대전에 가는 일도 자주 생기고 여전히 바쁜 생활의 연속이었는데, 내 무릎 관절 문제가 심각해졌다. 걷기가 힘들게 아팠다. 오랫동안 무릎 때문에 고생하고 있었지만 너무 아프기 시작했다. 다리를 구부리지 못해 할 수 있는 일에 한계를 느껴 우울해졌다. 일본 유민이네를 갔을 때도 층계를 내려오는 것이 불편해 유민 아빠 손을 잡고 에스컬레이터, 엘리베이터를 타야만 했다. 슬프다. 후회해도 소용없다. 오래 서 있어서 얻은 직업병이긴 했지만, 체중을 줄이고 높은 신발을 안 신었으면 괜찮지 않았을까. 무릎주사도 소용없었다. 수술만이 최선이란다. 수술을 결심해야만 했다. 인하대병원에 입원, 2017년 12월 8일에 드디어 인공관절 수술을 했다. 7~8시간 걸렸다나. 양 무릎에 산더미같이 압박붕대로 감고 주렁주렁 주사약 호스, 소변줄, 피 주머니를 달고 어마 무시한 모양으로 입원실로 옮겨졌다. 내 모습에 놀란 현정이가 "엄마, 이렇게 엄청난 수술을 어찌 이리 쉽게 생각하고 했어?"라고 했다. 겁났지. 무서웠지. 하지만 몹시 아프고 O자 모양으로 휘어져 노인 같은 뒤태가 너무 속상했다. 휜 다리를 커버하려고 패션도 통 넓은 바지로 바꾸었다.

수영장에서 먼저 무릎 수술한 정계남이라는 회원이 '언니, 혼자 가기 무서우시면 제가 같이 가줄게요.', 헬레나도 '언니, 한시라도 빨리하는 게 좋지 않겠어요.' 하며 격려와 응원을 해준 덕분이었다. 22 박 23일 동안 인하대병원에 있었다. 퇴원해서 재활 병원으로 갔는데, 오른쪽 무릎에 피가 고여 잠들 수 없을 만큼 고통스러워 울었다. 너무너무 아파 두려움에 그리고 외로움에 정말 서러웠다. 피딱지가 어쨌다나, C.T도 찍고 부어 있는 무릎에서 주사기로 피를 두 번 뺐다.

인공관절 수술의 관건은 재활이다. CPM(Continuous Passive Motion) 물리치료의 110도 꺾기가 죽음이라는데, 미스 신이 레지나, 내 세례명을 넣어 선물해준 빨강 알의 묵주를 계속 돌리며 이를 악물고 견뎌냈다. 기도가 힘이 되는 시간이었다. 140도가 끝이었다. 진통제를 맞으며 꺾기, 꺾기에 성공했다.

마음 쓰였던 병원 인연들

입원실에서는 이삼일만 있으면 신상이 다 드러난다. 물론 내 신상도 공개될 수밖에. 친절한 통합 간병인들이 우리 입원실을 교대로 드나들며 돌봐주셨다. 내 옆 침대에 누워있던 옥자라는 분은 디스크 수술만 여러 번, 허리를 못 쓰고 누워만 있었다. 그 탓에 자꾸만 간병인을 불러댄다. 식사도 잘 못 하시고 가끔 딸이 찾아오면 오렌지 주스를 누운 채 빨대로 마셨다. 재활 의지가 전혀 없는, 희망 없는 병상 생활이 안쓰러웠다.

넓은 과수원 일에 허리가 다 망가져서 수술하고 누워서 식사하시는데, 남편이 충청도에서 밤새 트럭 타고 오시기도 하고 아들도 오는데, 무슨 사연인지 처가로 기우는 아들에게 섭섭해 했다. 아들 불만에 부동산 타령에 말이 많으신 분, 회복해도 농장 일을 계속할 거라니 참 걱정된다.

'여기가 어디예요?', '인하대병원입니다.' 우리 집은 어디인데 그 앞에 병원이 있다고. 그리고 몇 십 분 지나면 다시 '여기가 어디예요?' 밤새 같은 얘기가 되풀이된다. 치매 환자 아주머니가 날이 밝으니 검사하신다고 아들 부부랑 나가신다.

수술이 잘못돼서 재수술을 위해 입원한 젊은 엄마는 수도국산에 살았다는 인연만으로 발등이 아픈데도 고통을 참으며 내게 목도리를 떠서 선물해 주었다. 참, 이런 짧은 인연임에도 마음을 전해 주네. 감

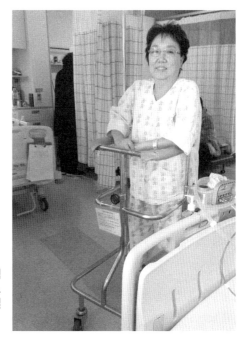

재활하느라 고통을 견뎌야 했지만, 덕분에 튼튼하고 예쁜 다리를 되찾았다. 이 다리로 가고 싶은 곳을 두루 다닐 것이다.

사한 마음이다.

현정이는 미리 약속한 여행을 갔고, 어머니와 친정엄마는 오시지 말라고 간곡히 부탁드렸다. 민망하고 죄송한 마음 때문에 보여드리고 싶지 않았다. 그래도 사돈들, 친구들, 시누이 지인들, 솔찬히 다녀갔다.

인하대병원에서 경인재활병원으로 옮겨 일주일을 보냈다. 연말과 새해를 그곳에서 맞았다. 나는 재활 치료도 잘하였다. 경인재활병원 입원실에는 3명의 편측마비 환자와 함께 생활했다. 40세밖에 안 되는, 딸 같은 나이에 연고가 없는 환자. 아버지가 돌아가시던 날 그리 됐고, 동생하고도 의절하다시피 지내는 사이라고 했다. 너무 안쓰러워 슬리퍼, 샴푸 등 필요하다 싶은 것 몇 가지를 사주고 퇴원했다.

이제 온 세상을 누빌 테야

나는 혼자서 걸을 수 있고 반듯이 걸어 다닐 수도 있으니 얼마나 감사한 일이던가. 재활 병원으로도 많은 분이 문병을 와주었다. 감사한 마음에 늘 웃었다. 늘 씩씩했다. 늘 밝았다. 괜찮은 척, 눈물도 흘리지 않았다. 하지만 어둠 속에서 소리 없이 울었다. 아무에게도 들키지 않게. 그러면서 내게 말했다. 지금 닥친 일에 노하지도 슬퍼하지도 말자. 지나가면 웃으며 말할 수 있겠지. 여태껏 내게 지나간 모든 것은 내가 존재했음의 증거가 아니던가. 살아내 온 나의 발자국이 아니던가. 견딜 수 있는 만큼은 되는 거지. 그래. 이제 고장 난 다리도 고쳤으니 씩씩하게 온 세상을 다 누벼 보자. 반듯한 두 다리로 야호!!

두 달쯤 후부터 수영도 다시 시작했다. 수영은 재활에 큰 도움이 되었다. 그곳에서 만나는 많은 엄마들도 좋았다. 맛난 거 같이 먹고, 좋은 곳도 같이 보러 가고. 해돋이, 해바라기, 인어공주, 모임 이름도 다양하다. 지금이 내 인생의 봄날이다. 더 늙기 전에 누리고 느껴보자. 영춘 언니, 파이팅!

2018년은 봄부터 바빴다. 사위의 출장이 잦은 탓에 대전에도 갔고, 내가 안 갈 때는 지유가 친가로 와서 사돈이 돌봐주셨다. 이렇게 도와준 덕분에 사돈과 나는 현정네 식구가 계획한 오키나와 4박 5일 여행에 초대되었다. 에어비엔비에서 머물면서 이곳저곳을 다녔다. 사돈께서 친정엄마처럼 바리바리 많은 음식을 장만해 오셔서 맛나게 먹었다. 요즈음도 현정이네 집으로 많은 음식을 만들어 보내 주신다. 감사합니다.

오키나와에서 가장 기억에 남는 건 츄라우미 수족관이었다. 어마무시한 크기의 수족관에 다양한 어종과 큰 상어가 헤엄쳤고, 작고 예쁜데 떼 지어 다니는 무리가 신기했다. 불꽃 쇼와 함께 먹었던 스테이크 하우스 '사계(四季)'에서의 철판요리도 맛있었는데, SINCE 1972의 '씬스'를 '싸인스'로 읽어 현정이한테 쫑코(?) 먹었다. 마트에서 동전 파스를 싹쓸이하기도 했다. 하루에 살 수 있는 양이 제한돼서 며칠에 걸쳐서 샀다. 왜 그리 많이 샀는지? 왜는 주고 싶은 사람이 너무 많은 탓이지 뭐. 모자라서 다 못 주었지만 평소 나는 많은 사람들에게 많은 선물을 받고 산다. 다 언제 갚을는지.

사돈과의 여행이었지만 어려움이나 불편함 없이 잘 지냈다. 나보다 연배이시기도 하고 희생의 아이콘이신 사돈께서는 우리 모두를 편안하게 해 주셨다.

돌아와 얼마 안 있어 이번엔 제주도다. 노래교실 수세미 여인들

12명과 함께 두 번째 제주도 여행을 했다. 함께 하는 즐거움의 끝판왕. 어디에 있는가, 무엇을 먹는가보다 함께 있어서, 함께 할 수 있어서 더욱 좋았다. 제주도여행 때 갑장 순녀 씨 덕분에 늘 숙소를 저렴하게 쓸 수 있어서 우리가 더 맛난 것을 사 먹을 수 있었다.

영순이 시아버님이 돌아가시다

이렇게 즐거운 날만 있을 수 있나. 엄마 생신을 며칠 당겨서 백령도 냉면집에서 식사를 끝내고, 친정으로 차 마시러 가던 중에 여동생 영순이가 비보를 접했다. 시아버님이 건물 뒤쪽에 있는 호두나무 위에 올라 전지를 하다가 떨어져 병원으로 옮기셨다고 했다. 놀래서 달려간 동생으로부터 돌아가셨다는 소식을 들었다. 세상에 이럴 수가? 연세가 있긴 해도 건강하셨던 분이다. 그러니까 나무에 올라가실 생각도 하셨겠지만, 어이없는 이별에 제부가 너무나 허망해 했다. 준비 없는 이별의 그 진한 아쉬움을 나는 깊이 이해한다. 꼿꼿하기가 남다르고 대단한 성품이셔서 때로 내 동생 영순이를 힘들게 하셨던 분. 한순간의 선택으로 당신의 삶을 그렇게 마감하셨다. 알 수 없는 인생사, 정답 없는 우리네 인생사이다.

'소나무' 아버님이 돌아가시다

그날만 해도 우린 또 다시 이별을 겪으리라 상상도 못했다. 몇 달 뒤 친정아버지께서 의자와 함께 넘어지면서 머리를 다치셨다. 평소 기력이 약해지셔서 가끔 넘어지고 부딪히고 그랬다. 아버지는 오래

시력을 잃어 거동이 불편해진 다음에는 아버님 생신 잔치를 집에서 했다. 아버님의 가장 큰 유산은 서로 사랑하는 우리 가족이다.

전부터 녹내장 때문에 시력이 안 좋아지다가 그 무렵에는 거의 못 보고 불빛만 감지하셨다. 그래도 당신이 할 수 있는 데까지 하시려고 식사도 당신 손으로, 화장실도 어떻게든 혼자 해결하시려고 했다. 물론 요양사 수산나 씨가 도와주고 있었지만, 그날은 새벽에 크게 다치셨다. 나사렛한방병원 응급실에서 응급조치했는데, 치료를 끝내고 또 모를 일에 대비해 요양병원으로 모셨다. 기관지도 좀 불편하셨다. 친정엄마께서도 넘어져서 어깨 골절 수술을 한 뒤 재활 중이셨고, 기력이 없고 당신 몸을 주체하기 어려워서 친정아버지의 수발을 버거워하셨다. 그래서 일단 연수성당 근처의 송도 요양병원에 모셨다.

그 얼마 전 아버지가 넘어지셨는데, 엄마 혼자 어쩌시질 못해 제일 가깝게 사는 내게 전화를 하셨다. 내가 달려갔을 때는 모시고 사는 막냇동생이 아파트 경비원 아저씨들께 부탁드려 침대로 모신 뒤였다. 부딪힌 얼굴이 멍 자국으로 꺼멓게 돼서 오래 갔다. 또 어느 날

무심코 친정에 들른 길이었는데, 엄마가 방바닥에서 일어나질 못해 친정아버지가 일으켜 세우느라 한참을 애쓰는 중이셨다. 노부부의 애잔함, 무력해진 몸, 힘없는 몸부림, 뭐라 할 수 없는 충격이었다.

그래서 병원에 계시면서 치료도 받고 간호인들의 보필을 받으면 되겠지 했지만, 불편한 아버지는 자꾸만 집으로 가고 싶어 하셨다. "이게 뭐냐. 집에 가야 병도 낫지. 이게 고려장이지 뭐냐?" 나를 향해 애원하셨다. '네, 주말 지나고 월요일에 집으로 가세요.' 그리하기로 했건만 그 주말에 폐렴이 심해져서 중환자실로 옮기셨다. 입원실에 계실 때 간호인들이 환자에게 친절치 못하고 자주 바뀌었다. 아침 식사 시간에 들렀던 날, 반찬을 잘게 썰고 약까지 섞은 밥을 억지로 떠넣어주니, 아버지는 싫으시다고 고개를 젓고 계셨다. 집에 가고 싶다고 하시면서. 그때 아버지를 집으로 모셨으면 어땠을까? 낙상을 방지하기 위해 침대에 묶어 놨던 손. 보이지도 익숙하지도 않은 곳에서의 불안함. 가족들의 소리가 들리지 않는 병실에서의 외로움. 얼마나 싫으셨으면 집에 가기를 그리도 간청하셨을까? 주말만 지나면 가시자고 했는데, 그 주말에 중환자실로 가신 거다. 점점 쇠약해지시는 아버지께 엄마 손을 잡아 드렸다. 빨리 집으로 모시지 못하는 이유를 설명하시고 서운한 마음을 풀어드리라고 병실을 비켜드렸다. 그리고 생전에 보셔야 할 분들께 문자를 넣었다. 다음날 오촌들이 오셨다. 평소에 나는 삼촌이라고 불렀다. 엄마의 사촌 동생들이시다. 아버지는 처갓집 분들께 참 잘하셨다. 돌아가신 외할머니, 고모할머니, 두 분 작은 할아버지들, 그리고 동생들까지도 진심으로 대하셨던 거로 기억한다. 그 다음 날 레지오 단원들과 기도하러 가서 아버지 손을 잡았는데 전혀 힘이 없으셨다. 마지막 잡은 아버지의 손이었다.

고마움에 대한 오래된 일기

대전으로 내려간 내가 도착한 지 얼마 되지 않아 막냇동생이 울먹이는 목소리로 아버지의 선종을 알렸다. 아! 어쩌나. 난 행복하게도 부모님의 사랑을 늦도록 받고 살았는데. 언젠가는 이별을 하는 거지만 아직은 아니라고 생각했었나 보다.

수도자 같았던 유품들

아버지의 무심한 듯 깊은 사랑. 늘 내게 좋은 말씀으로 대하셨다. 나에게 많은 영향을 주셨다. 특히 나는 아버지의 철저한 인생관, 아버지의 반듯한 기질을 좋아했다. 형제간의 우애를 가르치시고 검소와 절약을 실천하시고 주위 사람들에게 포근하셨다. 사람들은 우리 집에 편히 드나들며 맛있는 밥상을 대접 받았던 걸 기억하고, 베풀어 주신 온정에 감사해 했다. 아버지는 언제든지 고맙다, 수고했다 하시면서 집에 들렀다 가는 나의 귓전을 향해 소리치셨다.

아버지의 유품을 정리하던 날, 난 또 눈물이 났다. "아버진 너무 소박하게 수도자처럼 사셨네." 외출을 한동안 못하시니까 옷은 별로 없었고 집에서 입으시던 추리닝 몇 벌. 시력이 있을 때 공부하셨던 수지침에 관한 책들. 즐겨 들으셨던 손바닥만 한, 노래만 계속 나오던 빨강색 라디오 2개. 군 시절 받으셨던 훈장. 그리고 10년 전에 써 놓으셨던 유언장. 유언장에는 별로 해 드리지도 못한 자식들을 향해 분에 넘치는 효도로 행복하셨다고, 그리고 연명을 위해서 하는 의료진의 치료를 거부하신다고, 나빠지는 시력을 대비해 보이실 때 써 놓으신다고, 인명은 하늘의 뜻이니 순명하시겠다고 적으셨다. 소나무 같았던 아버지, 아름다운 유산을 남기신 우리 아버지, 평안한 곳에서 영원한 안식을 누리세요. "사랑합니다. 고맙습니다. 감사드립니다." 아버지를 보내드리면서 우리 모두 영전에서 드린 인사였다.

6·25 참전 용사였던 아버지는 태극기 이불을 덮으시고 영원한 잠에 드셨다. 그것도 당신의 세례명 축일인 베드로 성인 축일 6월 29일에. 아버지, 지금 너무 보고 싶네요.

아버지를 앞서 보낸 엄마의 외로움

아버지를 보내시고 외로워진 엄마, 아버지의 뒷바라지에 힘겨웠을 엄마지만, 아버지를 보내시고 허전한 옆자리가 더더욱 버거우셨을 엄마는 무표정의 얼굴로 근 1년을 지내셨다. 나는 알 것 같았다. 문득문득 울컥하셨을 엄마의 마음을 알 것 같았다. 아버지께 못다 하신 말씀 때문에 가슴이 먹먹했을 엄마의 심정을.

"엄마. 표정이 왜 그래? 넋 나간 사람같이. 웃어 봐요."

이러면 안 된다, 그런 소린 하는 게 아니다. 나는 엄마에게 쓴 소리를 가장 많이 하는 사람이 되었다. 힘없는 엄마에게서 젊은 날의 활력을 보고 싶었나 보다. 뭐라 해도 역정은 안 내신다. 그냥 알았다고 하시고, 정 싫으실 땐 딴청을 부리신다. 현명의 끝판 왕이시다. 궁금한 것이 너무 많고, 궁금한 것은 물어봐야 하고, 참견해야 하고. 어찌하랴? 달리 생각하면 고마운 일이지, 현명하실 수 있는 게. 더군다나 팔순에 이어 구순을 맞으며 자필 자서전을 쓰실 수 있는 그 지혜와 능력이 있으니 정말 대단하다. 원옥연 여사님, 파이팅!

수세미 여인들과 동해로

2018년 여름 고모부가 큰 수술을 하셨다. 건강관리에 나름 철저한 분이셔서 그나마 일찍 발견하였기에 로봇수술로 전립선암을 제거했다. 그땐 다 몰랐지만 마음고생을 많이 하셨을 고모부께 도움되는 위로를 드리지 못했다. 늙고 병들어 죽는다는 생로병사의 의미를 생각해본다. 이제 너무나 가까이 오고 있었다.

사돈 어르신과 친정아버지의 선종 그리고 고모부의 수술 등 많은 일이 있었던 여름이 가고, 가을이 왔다. 이번에도 수세미 여인들과 삼척으로의 여행이다. 동해안의 해신당 공원, 대금굴을 구경했다. 여행하면 맛집 탐방도 빼놓을 수 없다. 한참을 기다려서 먹은 동해막국수. 빵 카페의 대명사, 커피와 빵을 함께 파는 아주 큰 커피집 '테라로사'. 지금은 유행이 되어 빵 카페가 우후죽순으로 생겨나고 있다. 논현동 입구 배 농장 옆에도 빵 자가 크게 걸린 카페가 생겼다.

여행에서 돌아오는 길, 횡성에서 한우구이를 먹으면서 우리끼리 한 말이 생각난다. 네 돈도 아니고 내 돈도 아닌 돈으로 마음 편히 먹어보자고. 자식들과 나가서 먹으면, 이 돈을 내가 내야 하나? 쟤들이 내나? 고깃값이 비싸서 맘 놓고 더 시켜도 되나? 생각이 많아질 수밖에 없다. 그러니 계산하지 말고 맘 편하게 먹자는 둥 맞는 말이라는 둥 떠들며 맛있게 맘껏 먹었다.

그 가을 부평 친구들과 많은 추억이 있는 지인이 놀라움과 애석함을 남겨 두고 홀연히 출가하여 스님이 되었다. 평소 신심이 특별하더니만 속세를 떠나갔다. 우리네 인생은 즐거움도 있지만 괴로움, 아픔, 이별의 연속이구나.

시어머님 구순 기념 가족여행

그해 겨울은 시어머님께서 구순이셨다. 고모네 자식들과 우리 애들은 친목회비를 모아 해마다 한 번씩 모임을 마련한다. 할머니 구순을 맞아 영종에 있는 메누하별장을 빌려 생신 잔치를 했다. 그때 고모가 발목을 다쳐 깁스한 채 음식을 장만했다. 아이들은 베란다와 마당에서 불꽃놀이에 흥겨웠고, 줄 위에 매달린 과자 따먹기도 재미있었다. 제법 많이 자란 윤재네 쌍둥이도 잘 어울려 놀았다.

어머님, 고모와 나, 그리고 자식과 그 자식까지 4대가 함께하는 하룻밤은 참으로 귀한 시간이 아니던가. 사촌 간이지만 친하게 지내는 애들 부부들과 손자들까지 모두 21명이다. 해마다 멀리는 못가도 강화, 대부도, 영종도에서 시간을 함께한다.

이런 시간만 있으면 좋으련만. 생로병사, 늙어감에 대해 생각이 머문다. 나도 가끔, 아니 자주 사라지는 기억 때문에 당혹스럽곤 한다. 나이 들면서 찾아오는 기억상실, 나빠지는 인지력 때문에 어머님이 자꾸 잊어버리시고, 이리저리 옮기신 돈이나 물건을 못 찾고 없어졌다 하시고. 심지어 언제 줬냐 하시고, 지인들과도 오해하고 섭섭해하고 미워하신다. 신경을 많이 쓰시는 일에는 더욱 심해져 아무리 설명을 해도, 다음날이면 원점으로 돌아가 나를 힘들게도 하셨다. 당신 본심과 다르게 억지소리로 불만을 토로하신다. 아! 어쩌랴. 함께 소리지르며 울부짖던 날도 있었다. 수없이 나를 나무라면서 그 아픈 기억을 다시 떠올리기도 한다.

지인들은 어머님을 모시고 산다고 효부라고 칭찬하지만, 나는 스스로 천사의 탈을 쓴 악마라고 생각한다. 가끔 어머님과 부딪치면서 괴로워 소리친 내 모습이 부끄럽기만 하다. 나름 많이 참아야 했던 나의 심정을 어머님은 얼마만큼 이해하고 계셨을까. 깊은 애증의 사랑을 나누면서 평행선으로 달려온 사이, 크게 아픈 상처는 주지 않고 잘 지내왔다. 남편 없이 꾸려가는 내 생활이 안쓰러워 집안일을 열심히 도와주셨다. 눈치를 보시느라 서러웠을 때도 있으셨으리라. 말로 표현을 잘 안 하시지만 우울해 보이는 표정으로 다 읽혔다.

어머님께서 구순이 넘도록 병원에 단 하루도 입원하신 적 없이 건강하게 계셔 주신 것만도 너무 감사한 일이다. 잃어버리는 기억, 그걸 어찌하겠어요? 늙으면 다시 아기로 돌아간다는데. 단순해지는 것도 어찌 생각하면 편한 일이죠. 지금처럼만 건강하게 사세요, 어머니.

어머님의 기억상실이 자주 놀라게 했다. 시간에 대해 날짜에 대해 혼돈하셨다. 현정 아빠의 기일도 잊으시고 어스름한 저녁을 아침으로 착각하시고 집도 잃어버리시고, 실감이 되지 않는 당혹감. 내가 대전을 갔을 때 혼자 식사도 하시고, 노인 공공근로도 다니셨다. 구순이지만 당신이 하고 싶어 하시고 움직이는 게 건강에도 좋으시기에 가족들의 합의로 그렇게 했다. 사실, 겨울에 감기도 안 걸리시고 건강에 도움이 되었다.

서예를 시작하다

2019년에 들어서면서 새로운 도전으로 서예를 시작했다. 우리 아파트 상가 3층에 좋은 서실이 있었다는 걸 20년이나 모르고 지내왔다. 레지오 단원 중 사비나 씨를 따라 구경 갔다가 좋은 분위기가 마음에 들어 등록했다.

가로 세로 선 긋기부터 또 다른 세계에 빠져든다. 양재학원에서 스타일화를 처음 배웠을 때, 가로세로 강약 선 긋기를 할 때의 추억이 떠올랐다. 글씨체에 해서, 전서, 행서, 예서 등이 있는 것도 새삼 알게 되었다. 집에서 제일 가깝고, 저녁 식사 전까지만 연습해도 3시간은 충분히 쓸 수 있었다. 붓글씨를 쓰는 모습, 너무 멋지고 품위도 있어 보이지 않던가. 평소 글씨를 잘 쓴다는 칭찬을 들었지만 붓글씨는 달랐다. 한자의 획 순서도 그렇고, 읽지 못하는 글자도 많았다. 해서는 좀 어렵고 딱딱해 보여서 전서부터 시작했다. 그런데 읽기는 전서가 더 어렵다. 꼬불꼬불, 그림 그리듯이 채워가는 상형문자. 붓은 내 마음처럼 움직여 주질 않고, 접은 종이 칸 안에 중심 맞춰 쓰기란 쉽지 않다.

10년 이상 썼고 이미 대상도 받은 젊은 엄마, 초대작가가 되신 분들, 차분하게 앉아서 일정 시간 연습하고 가는 기특한 초등학생들, 또 다른 공간에서 만나는 다른 사람들. 시간이 가면서 자연스럽게 신분도 알게 된다. 전직·현직 선생님, 경찰 출신, 한의사, 자영업 대표. 그런데 분위기는 모두 한결같이 참하다는 느낌이다.

나처럼 성격이 급한 편에 드는 사람은 반드시 수양이 필요하다. 그래도 잘 쓴다고 칭찬을 해주는 선배작가님. 후후. 착각은 자유니까 잘 써 보자, 잘 쓴다고 생각하면서. 급할 것도 없고 작가가 될 것도 아니고, 쓰는 시간만이라도 차분해지는 자세에 익숙해지면 되지.

붓으로 맺어진 인연들

내 앞자리에 앉아서 쓰시는, 환갑 나이라며 조곤조곤 말도 잘하고 칭찬을 아끼지 않는 유승렬(한민) 선생님께 나의 신상이 쉽게 털렸다. 우리네 나이가 되면, 살아온 인생 경험으로 말미암아 일부러 멋부려 보여주지 않아도 되고, 남자 여자 굳이 따지지 않고 서로 공감하고 그냥 친하게 지낼 수 있는 친구가 될 수 있다. 또 그 옆자리에 앉아 아주 열심히 쓰시는 서태수(청전) 선생님, 군 시절에 3년간 차트 글씨를 쓰셨다는데 글씨 중심이 반듯하고 이미 노년부에서 입상하셨다고 하고, 집에서도 열심히 쓰는 분이다. 우리가 제물포에 살 무렵, 제물포 파출소장으로 계셨다며 그때 에피소드들을 진솔하게 털어놓으신다. 나보다는 한 살 위이지만 내 친구들과 동갑이시다. 서예가 같은 포스로 열심히 쓰시다가 몇 달 뒤 불현듯 사라져 버린 도선사라는 분도 계신다. 센스 있고 예절 바른 현직 선생님이신 김재열(휘헌) 선생님도 쓰신 지가 몇 년 되었다는데 아주 잘 쓰셨다.

몇 번의 회식 덕분인지, <엄마와 딸>을 모두 읽어 주셔서인지 금방 친해질 수 있었다. 내 젊은 날의 한 페이지를 들추어 보신 분들이 나를 오해 없이, 편견 없이 대해 주시니 편했다. 나만 그런 건가?

글씨는 조금씩 늘어가는 느낌이다. 부지런히 연습하면 천자문도 멀지 않아 뗄 수 있겠지. 책거리도 해봐야지. 처음 보는 한자도 많다. 서예까지 입문한 나는 일주일이 꽉 차게 바빴다. 월·화·목은 수영, 수요일은 노래교실, 금요일은 레시오 회합, 월·수·금 오후엔 서예, 틈틈이 만나는 각종 친목회. 오늘만이 최선이다. 지금이 가장 젊은 날이다.

어느덧 봄이다. 봄바람을 타고 수세미 여인들과 함께 동백꽃이 많은 여수에 다녀왔다. 함께 있어서 즐거웠던 12명의 미인들, 사랑해요.

내 마음에 새기는 이해인 수녀님의 시 한 편 옮겨 놓는다.

동백꽃처럼

필 때나 질 때나,

동백꽃처럼 온몸으로 살고 싶다.

때 되어 물러 갈 때는 송이 채로 뚝 떨어지는

아름다운 소멸을 꿈꾸며

더 붉은 사랑으로 다시 사는 날을 키운다.

지고 나서 땅을 더 아름답게 덮어주는

저 불타는 동백꽃처럼 살고 싶다

발칸 3국 여행

쓰다 보니 여행을 솔찬히 다녔다. 여행 얘기를 자꾸 쓰기가 민망하지만, 그래도 요즈음 코로나19 때문에 아무 데도 갈 수 없는 상황이 되고 보니 다녀오길 잘했다는 생각이 든다. 열심히 일한 당신, 떠나라! 그동안 여행을 다닐 수 없을 만큼 바쁘고 직장에 묶여 있어서 마음대로 다닐 수 없었으니, 갈 수 있을 때 가는 것이 정답이다.

이번엔 발칸 3개국 크로아티아로 떠난다. 그것도 자매 여행이다. 여고 동창 동분이·경숙이·나는 언니나 동생과 동행하고 정희는 큰딸 지은이와 함께했다.

아름다운 슬로베니아, 보스니아 메주고리예에서의 평화의 인사. 하룻밤을 자고 짐 싸고 또 짐 풀고, 그 바람에 여행에서 돌아와 보니 하늘색 트렌치코트를 어딘가 두고 왔다. 어쩌면 좋아요. 두고 온 코트가 문제가 아니라 어느 곳에서 무엇을 보고 왔는지 지명조차 제대로 기억나지 않는다. 여러 번의 수술로 전신마취 주사를 맞은 탓인가?

고마움에 대한 오래된 일기

공교롭게도 우리 여행 일정과 같은 때에 다른 여행사의 유람선 관광에서 사고가 났다. 모처럼 떠난 환갑여행, 가이드와 첫 실습 여행, 동창 모임, 이런저런 사연으로 함께했던 소중한 사람들이 물살에 떠밀렸던 사고 소식에 우리를 걱정했던 사람들이 많았다. 중국어 쌤은 여행 중에 내가 올렸던 페이스북의 사진을 보고 중국어반 동료들에게 "박 여사님은 무사해요."라고 전했다고 한다. 걱정하는 가족들의 카톡과 전화가 오고 또 오고, 감사한 순간으로 기억되는 여행이었다.

성모님이 발현하셨다는 산꼭대기의 십자가까지 올라가진 못했지만, 그 십자가를 배경으로 찰칵. 친구와 함께 찰칵. 계단 계단 흘러내리던 폭포, 물 흐르는 사이 사이에 있는 집. 그 물살로 방아를 찧고. 아름다웠던 그 많은 풍경과 신비함을 내 어찌 다 표현해서 글로 옮길 수 있을까? 가는 곳마다 너무 좋아서 집으로 돌아온 공항에서 다시 어디든 가고픈 아쉬움이 남았다.

다음 여행을 약속하며 다시 일상으로 돌아와 봉준호 감독의 <기생충>을 보았다. 출연진들의 빛나는 연기력, 다음 해 아카데미상을 네 개가 수상했을 때 또 다시 보아도 좋았다.

대모님의 선종

2019년 초여름, 레지오 단원 교육이 있어 옥련성당에 있던 날, 나의 대모 지종심(뻬르뻬뚜아) 님의 별세 소식을 접했다. 동정녀로 평생을 당신 생긴 모습대로 사신 분, 오뚝한 콧날처럼 높았던 자존감, 동그란 눈처럼 또렷한 인생관으로 수도자처럼 사신 분, 치매에 걸리셔서 강화 바다의 별 요양원에 계시다가 돌아가셨다. 대모님의 영전은 너무 외로웠다. 조문객도 별로 없었다. 생전에 검소하시고 성당에 많은 후원을 하셨던 분, 답동 성당에서 장례미사를 끝내고 백석 천주교 묘지에 모셨다. 대모님, 영원한 안식을 기도드릴게요.

그리고 나는 젊은 날 함께 일했던 혜선(마더 데레사)의 대모가 되었다. 대모라면 신앙생활의 모범도 되어야 하고 신앙의 길잡이로서 기도하며 잘 이끌어 줘야 하는데, 난 부끄러운 게 많은데 잘할 수 있을까? 잘 해 봐야지.

그해 여름 8월 끝날에 헬레나의 아들이 결혼했다. 진심으로 축하해 주었다. 주위의 많은 사람들이 기쁨을 함께 했다. 헬레나도 잘 살아왔다는 생각이 들었다. 자주 만나는 지인 자식들이 앞을 다퉈 결혼했다. 그래서도 바빴다. 신랑, 신부님들 모두 모두 행복하세요.

나의 대모님은 내 삶의 든든한 지지자가 되었다. 나도 그런 대모가 되고 싶다. 옥련동성당에서 대녀 주유례(수산나)와 헬레나와 함께.

고마움에 대한 오래된 일기

원석이, 도쿄에 아파트를 마련하다

추석이 되어 연휴가 시작되던 가을에 아들네가 사는 도쿄에 다녀왔다. 원석이가 아파트를 분양받아 새집으로 이사했다. 먼저 살던 집보다 손자 유민이 방이 하나 더 있는 집으로, 작지만 아담하고 쓸모 있게 지어진 집. 아마도 오래 살려고 계획했기에 대출을 껴서 산 모양이다. 아파트라 해도 건물 자체도 자그마하다. 가격은 무지 비싸지만, 회사도 멀지 않고 유민이가 걸어 다닐 수 있는 곳에 학교가 있어 좋다.

방문 중에 유민이는 학교에, 며느리 윤미는 스타벅스에 근무하러 가서 원석이와 단둘이 카이루자와에 가서 옛 상가 구경을 하고, 명품 아울렛 매장도 돌아보고, 예쁜 티도 사고, 거기에 맞는 목걸이를 선물받고, 맛난 카레라이스와 아이스크림도 먹고, 온종일 도란도란 얘기하며 걸어 다녔다. 우리나라에서도 아직 못 타본 KTX, 원석이네 식구들과 신칸센을 타고 쿠사츠로 온천 여행을 갔다. 손자 유민이랑 손잡고 온천에 발을 담그고, 이름난 우동도 먹고, 제법 커서 신통해진 손자와 얼굴만 내놓고 찍는 포토존에서 사진도 찍고, '홈스'라는 원예용품 쇼핑센터에서 기념품도 사고, 4박 5일의 여행을 마치고 왔다.

잘살고 있으니 고맙고, 사는 모습을 눈에 담고 있으니 안심이다. 날씨가 아주 좋은 가을날에 작게나마 후원하고 있는 공동체에서 마련한 사생대회에 친정엄마와 참석했다. 나란히 두 다리를 쭈욱 뻗고 나누어준 스케치북에 크레파스로 그리고 싶은 그림을 그렸다. 울 엄마, 예쁜 색깔 환한 색깔로 꽃송이 송이를 그려내셨다. 잘 그리셨어요.

바람은 지나가려고 분다

가을이 가는 게 아쉬워 청산도, 완도, 보길도를 다녀왔다. 소리꾼 오정해가 출연했던 영화 <서편제>의 촬영지가 그곳에 있었다.

"생각은 깊게, 행동은 대담하게"

늦가을 11월에 서예실에서 회원전을 한단다. 40여 명의 유묵회 회원들이 작품을 한두 개씩 내야 하는데, 네 글자를 써서 내는 게 이렇게 어려운 줄 미처 몰랐다. 잘 써 내려가다 한 획이라도 틀리면 다시 써야 하는 긴장감. 급하면 더 잘 쓸 수 없고, 쓰는 자세의 기본이 쉽지 않다. 선생님의 도움으로 深思高擧(심사고거, 깊이 생각하고 행동은 대담하게) 네 자를 여러 장의 연습 끝에 완성해 작은 족자로 만들어 동막역

"생각은 깊게, 행동은 대담하게" 그렇게 살고 싶다. 나의 절친 동분이와 정희와 함께.

평생교육관 갤러리에 전시했다. 처음 해 본 전시를 통해 작품을 쓰는 자세와 느낌을 많이 깨달을 수 있었다. 선배님들이 회원전을 하면 실력이 는다고 하더니 뭔 뜻인지 알 것 같았다. 잘 써서 전시한 다른 회원들의 작품에 비해 보잘것없었지만, 입문해서 처음으로 걸어 보는 작품이었다. 내 작품보다는 오랜 내공으로 완성된 다른 회원들의 것을 많은 사람들이 보고 알아줬으면 하는 바람으로 마당발 광고를 했더니 많은 지인들이 찾아와 감상해 주었다. 전시 작품을 관람해 주는 일이 모든 작가에게 큰 힘이 되고 기쁨이 되는지 아셨을 거라고 생각한다. 수년 전에 꽃꽂이를 배울 때 작은 전시회를 해 본 경험이 있지만 서예는 또 다른 느낌이었다.

　가을도 가고 연말이 되니 행사가 많아졌다. 문화센터에서의 각종 종파티, 친목회의 연말정산 모임과 회식, 시누이와 어머님의 생신 행사 등으로 또 한 해는 저물어 갔다. 어머님의 기억력도 조금 더 희미해지신다. 물건을 잘 두고도 못 찾으시거나 어제 드렸던 음식이나 간식도 처음이라며 기억을 못 하신다. 어머님은 새해에도 일하시길 고집하셨지만, 심각하게 다시 생각해야 할 시점이 되었다. 어머님보다 더 어려운 사람이 일할 수 있도록 양보하시라고, 어머님을 일하시도록 내버려 두면 다른 사람들이 자식들을 못 됐다고 흉볼 거라고 해도 소용이 없다. 모르겠다. 어떻게 하는 게 좋은 걸까? 도대체.

유방암 진단을 받다

　2020년 봄이 오기도 전에 엄청난 변화의 바람이 일기 시작했다. 코로나19. 전 세계 구석구석 여기저기서 비상이 걸렸다. 수영장에서

휴강 안내문을 보내오고 문화센터 등록이 취소되고, 이건 정말 돌풍인가 보다. 내게도 빨강 신호등이 켜졌다. 보람된 일을 하며 건강하고 씩씩하게 남들이 보기도 좋게 잘 살고 싶었다. 어머님을 잘 모시고 애들 집을 오가며 소박하고 평온하게 노년을 보내고 싶었다. 그런데 빨강 신호등 앞에 브레이크를 밟아야 했다. 우연히 소파에 누워 TV를 보다 가슴에 만져지는 멍울을 발견했다. 불안한 마음으로 이이주내과를 거쳐 인하대병원에서 검사한 결과 암으로 판정받았다. 봄은 오는데 나는 서늘한 느낌 때문에 잠을 설쳐야 했다. 두려웠다. 발견해서 검사, 검사에서 수술까지 한 달이 지났다. 두려움, 외로움, 그러면서도 나는 잘 될 거야 하는 기대감. "이 또한 지나가리라." 그래, 이 또한 내게 불어온 바람이고, 바람은 지나가려고 부는 거다. 코로나19도 지나갈 것이고, 나도 이 상황에서 반드시 벗어날 것이다. 암 수술은 공포의 어감과는 달리 실감이 안 날 만큼 아주 간단했고, 수술 하루 전에 입원해서 수술 후 하룻밤을 자고 퇴원했다. 입원을 위해 코로나19 검사도 받았다. 콧구멍 끝, 목구멍 깊게 면봉을 밀어 넣어 검사했는데 잠깐 고통스럽긴 했다.

삼중음성유방암 2기 5단계 중 3단계라는 수술결과와 항암치료의 일정도 나왔다. 의료진 협진으로 이루어지는 약물치료는 잘 되어 있는 시스템에 따라, 순서에 맞춰 착실히 따라가면 된다. 그러나 문득문득 내 마음속에 비집고 들어오는 두려움과 서러움과 외로움은 어떻게 처방을 받을 수 있는가. 자동 등록기에 병원 카드만 대면 알아서 잘도 계산 해주고 처방전도 쓱 내밀어 주던데 말이다. 그래, 아픈 나만 서럽지. 누가 대신 뭘 어쩌랴. 마음만은 내가 진단 처방해야 하는 거 아닌가. 마음공부, 마음 치료는 내 몫인 거다.

항암 주사의 부작용이 너무 힘든 과정이라고 유튜브며 SNS에 넘쳐나는 정보들. I did it my way(내 방식대로 산다). 외로운 건 더 괴로운 일이다. 괴로우면 치료에 도움도 안 될 것 같다. 지금 내가 힘든 것을 보이는 그대로 인정하자. 도움을 청하자. 친구와 가족들과 지인에게. 지금 받은 만큼 두 배든 세 배든 갚으면 되는 거다. 혼자 있는 새벽 3시에 목이 타는 고통과 탈진으로 무력해지는 나의 신체 변화에 너무 놀라고 두려워 도움을 청했다. 함께 잠 자주고 맛난 것 해서 먹고 같이 있어 주니까 내 일상의 변화를 덜 느껴질 수 있어서 큰 위로가 되었다.

SOS를 청하자마자 한밤중 11시에 큰올케가 영종에서 달려왔다. 그리고 아침 밥상에 계란찜을 해 줘서 맛있게 먹었다. 유리창이며 손자국으로 얼룩진 문고리며 큰 손으로 쓱쓱, 큰 키로 높은 곳까지 의자도 안 놓고 싸악 닦아주고 갔다. 고맙기도 해라.

슬기로운 항암 생활

항암치료를 시작하자 미각과 후각에 변화가 심해 항암 주사 주기 3주간 중에 열흘 이상은 음식을 제대로 먹지 못하니 그야말로 고통이었다. 나의 오랜 친구들, 50년 이상 서로의 곁에 늘 있었던 소중한 보약 같은 친구들, 이 친구들만큼 좋고 편한 인연이 있을까? 먹고 싶은 것을 척척 만들어 내는 요리사들. 이 친구들에게는 투약 후 다 빠져 버린 여승 같은 민머리도 편하게 보여줄 수 있다. 매주 찾아주는 친구들이 천사들이다. 그래, 이렇게 병과도 싸우며 같이 사는 거지. 아무 걱정 없이 수다 떨고 잘 먹고 편해진다. 친구들이 변함없는 우정으로 함께해 주어 즐겁게(?) 하는 항암, '슬기로운 항암 생활'. 친구들아! 고맙고, 감사하고, 사랑해.

센 척하며 다닌 항암치료 기간 9개월이다. 3주에 한 번씩 4회로 3개월, 매주 한 번씩 12회로 3개월, 그리고 매일매일 20번을 받은 방사선 치료 1개월. 그 후유증 때문에 손발 저림(말초신경병증)과 시림으로 감각이 무뎌져 글씨도 잘 못 쓰고 손에서 잘 놓친다. 발바닥 감각이 둔해져 뛸 수가 없다. 바닥에 닿지 못한 느낌 탓에 넘어질 것 같아서다.

방사선 치료. 무엇이 어디서 뭘 어떻게 하는 건지 기계 소리가 공포에 떨게 했다. 그러나 다 끝냈다. 잘 견디어 여기까지 잘 왔다. 두 손으로 내 가슴을 안아 보듬어 줬다. 검사를 끝내고 돌아오는 버스 안에서 나를 안아주며 나를 향해 말했다. 그래, 그동안 고생 많이 했

내가 힘들 때는 늘 곁에 친구와 가족이 있어서 이겨낼 수 있었다. 고통스러운 항암을 이겨낼 때도 내 친구들이 곁에 있었다. 나를 위해 한 상 차린 동분이와 정희.

다. 영춘아. 정말 수고했어. 혼자서도 씩씩하게 대단해.

그리고 이쁜 딸내미 현정아, 고맙다. 치료받는 동안 거의 하루도 빼놓지 않고 안부 전화를 해주고 건강 식단과 병에 대한 많은 정보를 주어서. 매일의 통화가 즐겁고 덕분에 공감대도 넓어진 것 같고. 내 얘기를 잘 들어줘서 정말 큰 위로가 되었어. 정말 고맙고 사랑한다.

떨리고 겁나는 검사 결과 발표, 양호하단다. 5개월 후 다시 검사, 이제 철저한 관리만 남았다. 언제가 끝이 될지 모르는 싸움의 시작이다. 잘 해 보자. 식생활 개선, 운동도 필수, 거기에 마음 치료까지. 건강한 모습으로 살아보자. 아직은 할 수 있는 일, 하고 싶은 일이 있지 않은가. 파이팅! 잘 가요. 2020년. 너무 힘든 해였어요.

엄마, 사랑합니다

새해가 밝았다. 희망의 새해라고 믿어보자. 코로나19도 물리치고 항암 후유증에서 벗어나 보자. 새해 아침은 친정에서 만둣국을 먹었다. 맘 써주는 막냇동생 부부, 예쁜 조카들도 있어 좋고, 엄마가 계셔서 좋다. 시원스럽고 싱싱한 화분에 "우리 가족의 모범이신 봄꽃님, 존경하고 사랑합니다."라는 글귀의 리본까지 달렸다. 내게 주는 조카들의 응원이다. 고마워라! 해피트리네. 그래, 싱싱하고 푸르고 행복하자. 나의 별칭을 '봄처녀'라고 했는데, '봄꽃'이 더 좋을 것 같다. 봄을 가장 먼저 알리는 노랑 영춘화. 리본에 적을 문구를 공모했더니 '만수무강', '수복강림'도 나왔다는데, 그건 좀 아니잖니? 한바탕 웃었다.

연휴 3일은 친정을 들락거리며 잘 지냈다. 엄마가 있어 좋다. 투덜거리고 잘 못 한다고 야단을 해도, 그런 나를 여전히 챙기며 참견하신다. 손주가 넷이고 흰머리가 성성한 칠순의 딸을 걱정하신다. 밥은 먹었니? 혼자 있니? 따뜻하게 지내라. 아, 민망하다. 죄송하기까지 하다. 어쩌랴. 복에 넘치는 투정으로 답하는 내가 불효하는 거지. 딸이면서 엄마인 나는 나의 딸에게 어떤 엄마가 될 것인지. 한 치 앞도 모르면서, 어떻게 늙을지 모르면서 어쩌려고 엄마한테 불손하는 건가? 반성하는 마음으로 죄송한 마음에 전화기를 든다. 반가움의 목소리가 들려온다.

"그래, 심심하면 놀러 와라."

"네. 갈게요."

만들어 놓은 반찬 한 줌씩 덜어내어 싸 들고 나선다. 지금 내 곁에 계셔주는 엄마가 있어 얼마나 좋은 일인지를 감사하자. 있을 때 잘해야지. 엄마, 사랑합니다.

나도 엄마와 외할머니처럼

10년 전 엄마와 외할머니가 <엄마와 딸>을 출간할 즈음, 나는 막 쌍둥이의 엄마가 되어 하루하루 육아 전쟁으로 고군분투하고 있었습니다. 한꺼번에 두 생명의 엄마가 된 나는 그때, 이전의 나를 잊고 소소하게는 취미, 입맛, 독서 취향 같은 생활습관에서부터 크게는 서른 몇 년을 살아오면서 지녀온 인생의 가치관까지 '엄마 모드'로 리셋하게 되는, 그야말로 인생 최대의 변화기를 맞았다고 생각했습니다. 지금 돌이켜보면, 그때의 나는 여전히 아무것도 몰랐고, 육아도 살림도 엄마에게 기대고 의지했었는데 말이지요.

그로부터 십 년이 흐른 지금, 나는 마흔 중반, 그리고 세 아이의 엄마가 되었습니다. 천둥벌거숭이 같던 막내 지완이가 올해 9살이 되어 제법 사람 구실을 하니 이제는 엄마의 도움을 받아야만 버틸 수 있던 육아 전쟁에서 벗어났다고 말할 수 있지요. 엄마가 된 후로 나는 세 아이에게 매일매일 조건 없는 무한한 사랑을 받고 있고, 이 아이들을 통해 엄마라는 존재가 자식에게 존재만으로 얼마나 큰 의미인지를 느낍니다. 그리고 나의 엄마를 생각합니다.

철이 들기 시작하면서 나는 내가 참 엄마와 닮은 데가 없는 딸이라고 생각하며 살았었습니다. 나의 딸 서윤이와 나는 모르는 사람이 봐도 모녀지간이라는 것을 알아차릴 만큼 외모가 많이 닮은 것과 달리, 나와 엄마는 외모부터 달라도 너무 달라서 내 대학 졸업식 때 친구들이 엄마와 함께 온 고모를 오히려 나의 엄마로 착각할 정도였지요. 또 생활습관이나 성격도 다르다 보니 내 머리가 굵어지면서부터 나는 엄마를 이해하지 못하는 일이 많았고 그래서 서운한 적도 많았습니다. 엄마는 아침에 일찍 못 일어나고 늘 늦잠을 자는 나를 이해하지 못했고, 반면에 나는 엄마가 새벽부터 일어나서 괜한 부지런을 떨면서 종종걸음을 치는 것이 못마땅했지요. 이렇게 나는 엄마가 나와는 참 많이 다른 사람이라는 생각으로 이제껏 살아왔습니다. 하지만 이제 나도 풋풋했던 나의 젊은 날들을 그리워하는 나이가 되었고, 지금에 와서 나의 엄마가 봄날처럼 예쁘고 빛났던 시절의 회상을 엄마의 글을 통해 읽어보니, 이제는 왠지 내가 엄마를 많이 닮았다는 생각이 듭니다. 꿈 많고 봄꽃처럼 화사한 이십 대의 엄마와 엄마가 기억하는 나의 이십 대의 모습은 누가 그렇게 시킨 일도 아닐진데 이렇게 닮아 있었습니다.

나는 디자이너의 꿈을 세웠다. 양재를 배워 기술자가 되고 싶었다. 진로를 확실하게 정한 나는 졸업과 동시에 서울 퇴계로에 있는 뉴스타일양재학원에 입학했다. (중략) 1년 동안 경인선 기차를 타고 다니며 재단과 스타일화에 미싱까지 열심히 배웠다.

_"내 인생에서 가장 아름다웠던 시절" 중에서

어쨌든 학원을 다니면서 나는 행복했다. 스타일화를 배울 때는 처음에 선 긋기부터 했다. 굵고 가늘게 강약을 표현하는 일자선 긋기를 스케치북 한 장이 새카맣게 되도록 연습했다. 내 손의 새끼손가락 쪽에 연필심이 묻어 새카맣게 되도록 연습했다. 눈, 코, 입, 얼굴, 늘씬한 팔등신 위에 예쁜 옷을 그려 입혔다. 마치 어린 시절 종이 인형 놀이 때처럼 근사한 옷을 그려 입혔다.

_ "모든 게 재미있고 신났던 양재학원 공부" 중에서

큰돈을 벌지는 못했다. 아는 사람들이 찾아오고 식구들 옷도 하고, 안면도 큰아버지댁 영호 오빠가 결혼한다 하여 사촌올케(은주 엄마)의 웨딩드레스를 내가 만들어 주었다. 예뻤다. 올케는 그 드레스를 다른 사람들에게 빌려주기도 했단다. 진열장 왼쪽에 드레스를 걸고 면사포를 길게 드리워 디스플레이를 했다. 쇼윈도가 훤했다. 그리고 뿌듯했다. 디자이너로서 한 작품을 완성한 성취감, 자신감도 많이 생겼다. 나는 조금씩 커가고 있었다.

_ "디자이너로서 느꼈던 보람들" 중에서

현정이는 1년 가까이 아일랜드 시누이네 집에 있으면서 영어를 많이 익혔다. 학교에 복학해 다시 열심히 의류학을 공부했고 그다음 해인가 영국에도 잠깐 다녀왔다. 딸이지만 자랑스럽고도 부러웠다. 겁 없이 외국 여행을 잘해서 대견했고, 자기가 하고자 하는 일에 도전하는 정신이 부러웠다. 4학년 졸업반일 때는 졸업 작품 쇼를 했는데, 강남 코엑스 센터에서 웨딩드레스를 발표했다, 야무지게도

_ "현정이, 홀로 해외여행을 떠나다" 중에서

현정이는 일도 야무지게 잘해 회사에서 능력을 인정받았다. 해외 출장도 가곤 했다. 잘 다니던 직장을 몇 년 만에 그만두고 퇴직금 몇 백만 원을 가지고 호주로 어학연수를 떠난다고 했다. 일 년 동안이나. 하지만 나는 크게 반대하지 않았다. 늘 알아서 잘해왔던 터라 믿었고, 앞날에 비전이 있을 거라 생각했다. 워킹비자를 내서 갔고, 농장 일을 하면서 영어를 익히고, 홈스테이를 하면서 그들 문화를 접하며 살았다. 고생도 했겠지만 전화 통화를 하면 잘 지낸다고 했다.

_ "현정이는 영어 강사로, 원석이는 IT 업계로" 중에서

가난하고 삶이 어려웠던 시절, 열여덟의 소녀였던 엄마가 상업고등학교를 다니면서 남들과 다르게 디자이너의 꿈을 꾸고, 그 꿈을 향해 꿋꿋하고 성실하게 노력했던 모습을 머릿속에 그려보니 왠지 엄마의 젊은 시절의 모습이 나의 청년 시절과 참 닮았다는 생각이 듭니다. 갓 스물 몇 살이었던 엄마가 남들과 다른 길에 도전하고 그 꿈을 이루기 위해 노력하던, 삶에 대한 긍정적이고 희망적인 태도들이 수십 년의 세월을 거쳐 딸인 나에게 스며들어 있었던 것 같습니다. 나는 엄마의 외모나 성격은 닮지 않았을지 모르나, 모험을 좋아하고 하고 싶은 일을 하기 위해서 적극적으로 노력하며 새로운 환경을 두려워하지 않는 나의 삶에 대한 태도는 내가 엄마의 딸로 40여 년을 살면서 엄마를 통해 배운 것이고 엄마를 닮은 것이라 생각을 하게 되었습니다.

지난해 엄마가 암 진단을 받았을 때 나는 참 두려웠습니다. 평소에 살갑고 친근한 모녀 사이는 아니었지만 내 인생에서 엄마가 없다는 생각을 한 번도 해본 적이 없었고, 내 아이들에게 내가 그렇듯 엄마가 나에게 그 존재만으로 얼마가 큰 의미인지 다시 한 번 느끼게

되었습니다.

또 나는 아픈 엄마를 위해 내가 할 수 있는 일이 별로 없다는 사실이 미안했습니다. 남편 없이 나와 원석이를 키워내느라 외롭고 힘겨웠을 젊은 시절 엄마의 삶. 세월이 흘러 내가 그때의 엄마 나이가 되어보니 더욱 마음이 시렸습니다. 그래서 엄마가 마주하게 된 암 진단이라는 또 다른 시련이 더욱 안타까웠고, 감히 상상도 못 할 육체적 심리적 고통을 견뎌내야 하는 엄마 옆에서 내가 오롯이 함께해 줄 수 없어 속상했습니다. 하지만 나의 엄마는 수술과 힘든 모든 치료를 받는 내내 딸인 나에게조차 단 한 번도 신세 한탄이나 원망, 하소연 또는 좌절의 말을 하지 않았습니다. 오히려 전보다 더 의연하고 담담했고 옆에서 안절부절못하는 나를 안심시키기까지 해서 참 감사했습니다.

엄마가 지난 일 년간 암 투병을 하는 모습을 지켜보면서 예전에 엄마가 해 주었던 외할머니의 이야기를 떠올렸습니다. 아빠가 갑자기 세상을 떠나 엄마가 지금의 나보다 젊은 나이에 혼자가 되었을 때, 외할머니께서는 딸의 불행 앞에서 참 의연하고 담담한 모습으로 엄마에게 든든한 위로가 되어주셨다고 합니다. 하루아침에 혼자가 된 젊은 딸의 불행 앞에서 엄마의 엄마는 오열하며 걱정의 말을 쏟아내는 대신에, 아빠가 돌아가신 뒤 100일 동안 송림동 집에서 제물포 우리 집까지 밤마다 하루도 빠짐없이 오셔서 함께 기도해주고 가셨다고 해요. 갑작스럽게 닥친 불행 앞에 모든 것이 두렵고 슬프고 막막했을 때 엄마에게 외할머니께서는 그렇게 묵묵히 옆에서 큰 힘이 되어 주셨다고 합니다. 엄마는 그때 외할머니께서 보여주신 요란하지 않고 오히려 묵직한 사랑과 위로의 힘으로 힘든 시기를 이겨낼 수 있었다고 이야기합니다. 그리고 시간이 흘러 이제 나의 엄마는 딸인 나에게 그 사랑과 위로를 고스란히 물려주고 있다는 생각이 듭니다.

　나의 외할머니께서는 당신의 인생을 기록하는 이 책의 첫 글을 이렇게 시작하십니다.

지난 구십 년간 겪었던 일들을 다시 생각하니 모든 일들이 주마등 같이 내 머리 속을 스쳐간다. 어려웠던 일, 재미있던 일, 어느 하나 소홀히 할 수 없는 일이지만 가장 기억에 남는 일은 흥미면으로 고무신장사에 나섰다가 죽을 뻔했던 일이 아닐 수가 없다. 몸도 마음도 떨렸던 그때 일은 지금도 잊혀지지 않는다. 지금 같으면 감히 생각도 못하는 일이다. 뭐니 뭐니 해도 배고픈 설움이 제일이라 했다. 너무 배고파서 나는 그런 위험한 일도 할 수 있었다. 그 때 내가 살아오지 못했다면 지금의 내가 있을 수 없었으며, 내 사랑하는 아들딸이며 손자손녀가 어떻게 있을 수 있단 말인가. 사랑의 하느님이 나를 지켜주셨고, 큰딸 영춘이가 엄마를 살렸고 저도 살게 했다.

아들딸이 무난히 학교에 입학하고 졸업하였고 가정을 이루었으니 그것도 행복이 아닌가? 돌이켜보니 감사, 감사할 뿐이다.

_ "돌이켜보니 감사할 뿐입니다" 중에서

돌이켜보니 감사할 뿐이라는 외할머니의 말씀을 나는 평생 마음에 담고 살아가고 싶습니다. 가난하고 먹을 것이 없어 배고픈 힘들었던 날들을 겪고, 어린 나이에 부모와 헤어지고, 때론 죽음에 맞닥뜨리는 공포의 순간을 넘기고, 평생을 함께했던 사랑하는 사람을 떠나보내는 아픔도 있었지만 모든 것이 지나고 나니 그 모든 힘들었던 순간들까지도 이제는 감사할 뿐이라는 구순이 된 나의 외할머니의 말씀은 나에게 그 어떤 위인의 말보다 소중한 삶의 지혜를 알려주는 것 같습니다. 또 나의 외할머니가 당신 인생의 황혼기에서 사랑하는 가족과 자식들이 곁에 있음이 행복하고 누구보다 가족들과 자식들의 건강과 행복을 당신의 가장 큰 바람으로 여기고 계시는 것을 보면서 나는 이렇게 느낍니다. 누구에게나 인생의 굴곡은 있기 마련이고, 삶에 버겁다고 느끼는 순간들이 닥쳤을 때 이를 헤쳐 나갈 수 있도록 하는 힘은 다름 아닌 삶에 대한 감사와 내 곁에 있는 사랑하는 가족들이라는 것입니다.

나의 엄마 그리고 나의 외할머니가 당신들의 70년과 90년이라는 인생을 통해 몸소 보여 준 것처럼 인생을 살면서 원하지 않는 불행이 닥쳤을 때 좌절하고 슬퍼하고 또 누군가를 원망하며 고통을 받기보다는 의연하고 담대하게 인생의 굴곡을 넘으며 앞으로 나아가는 삶을 살고 싶습니다. 그리고 언젠가 엄마와 외할머니처럼 나 또한 인생의 황혼기에서 내가 살아온 날들을 뒤돌아보게 되었을 때, 후회나 아쉬움보다는 그저 감사할 수 있는 삶을 살고 싶습니다. 그리고 내 곁에 있는 소중한 가족들을 더욱 아끼고 사랑하며 살겠습니다.

엄마와 외할머니가 제 곁에 계시는 것이 새삼 행복하고 감사합니다. 두 분이 소중하게 담아 주신 우리 가족이야기 <고마움에 대한 오래된 일기> 의 발간을 축하드리고. 사랑과 존경을 나의 온 마음에 담아 전합니다.

신현정

9070 엄마와 딸의 가족이야기

고마움에 대한 오래된 일기

초판 1쇄 발행 | 2021년 4월 20일

지은이 | 원옥연 • 박영춘
펴낸이 | 이재호
펴낸곳 | 리북
등　록 | 1995년 12월 21일 제406-1995-000144호
주　소 | 경기도 파주시 회동길 50, 3층(문발동)
전　화 | 031-955-6435
팩　스 | 031-955-6437
홈페이지 | www.leebook.com

정　가 | 18,000원

ISBN | 978-89-97496-60-0